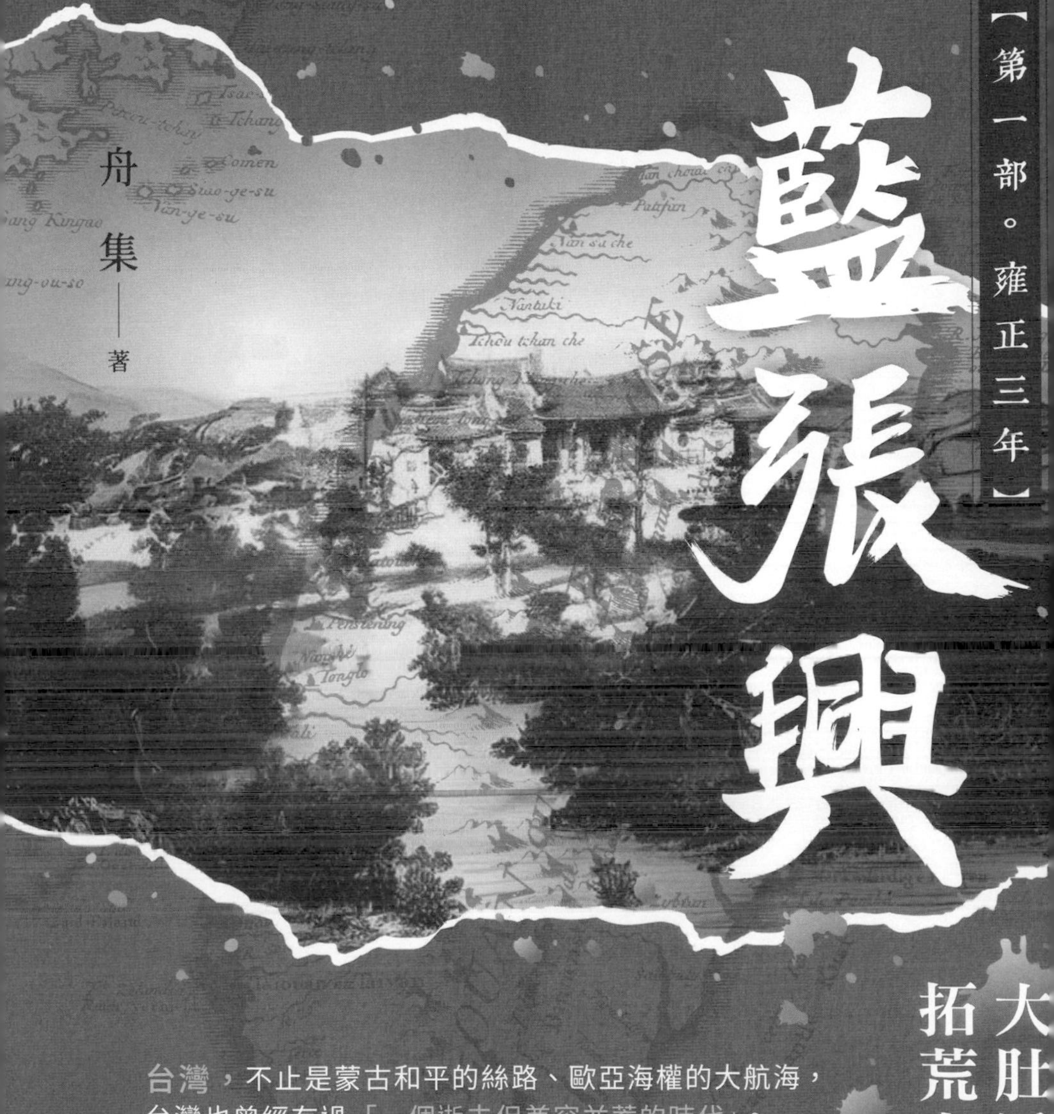

藍張興

【第一部。雍正三年】

舟集——著

大肚溪南北岸的拓荒者們

台灣，不止是蒙古和平的絲路、歐亞海權的大航海，
台灣也曾經有過「一個逝去但兼容並蓄的時代」。

平埔族吟咏歌謠、高山族傳誦祖靈，
台灣俯瞰遠眺盡是梅花鹿群以及森林沼澤。

漳泉、客人突破洶湧的烏水溝，遠離故土
來到滅人山，為自我的宗族和信仰，
在這大肚溪南北岸上披荊斬棘、
不惜染上鮮血——

目錄

序言

台灣清領時期康熙六十年（一七二一年），歲在辛丑，台灣爆發以杜君英、朱一貴為首的叛亂事件，造成台灣府陷落，文武官員陸續走避澎湖、福建避難，朝廷因此調派大軍，任命台灣鎮總兵藍廷珍（原籍漳州漳浦）署福建水師提督領軍，迅速來台掃蕩叛軍；這段朱一貴走反的事蹟，後人傳有「鴨母王」之名傳誦，那不是我們今日要敘述的故事。

之後，清廷在追捕朱一貴、杜君英餘黨的過程中，有感諸羅縣幅員過廣、管理不易，決議將大甲溪以南、虎尾溪以北部份自諸羅縣劃分出來，在雍正元年（一七二三年）間新置一縣，面對當時縣境內「番社龐雜」的狀況，新的縣被命名「彰化縣」，縣治設於半線庄。

同一時期，若我們將目光調離台灣南部的戰場，朱一貴之亂掃平後，藍廷珍留駐台灣各處巡視，就在大肚溪以北、今日台中盆地的地方（原作張鎮庄，康熙五十八年已廢庄遺民），物色上那一大片佈滿沼澤、雜草的荒地，興起加以整治拓荒的念頭。

藍廷珍特意將從湄洲天后宮請來的媽祖金身，原本供奉在台南大天后宮，又迎奉至大墩

「藍興宮」（今「萬春宮」），並就此長奉媽祖迄今，而我們這部叫《藍張興》的歷史武俠小說，就是自雍正年後的這一時期（一七二〇年代）、環繞大肚溪南北岸兩端，開啟故事的篇章。

為保全故事文本在真實史實下的創作空間，本故事中登場的歷史人物，一個都不會登場，僅供人物對談時不時言及，登場人物係基於歷史時空創作而出，悉數杜撰，還望周知。此外，由於人物多採台語對白，但凡有稱「番」或「番仔」字眼，為保還原時人說話狀況將予以保留，在對話框之外的敘述句則會悉數避免，望各路賢達尚祈鑒諒。

雍正二年（一七二四年），歲在甲辰，首任彰化知縣談經正上任，在廷珍所物色原屬張鎮庄的範疇，新立「藍張興庄」，談經正在同一年度核發藍廷珍單准墾執照，委由笠事蔡克俊統理，其墾照名稱即為【藍張興】。

本作《藍張興》初版付梓於二〇二四年，亦歲在甲辰，幸逢【藍張興】墾照核發屆滿三百周年，豈非巧合？幸甚、幸甚，引以為序。

㈠彰化置縣

彰化縣半線保
大竹宮口

雍正元年，歲在癸卯，喜逢朝廷在大甲溪以南、虎尾溪以北劃設彰化縣，新的縣治設於半線庄，烏溪南北岸的漢籍地主、墾戶租戶無不視為大事，各路人馬前往半線街庄拜會新任知縣卓登邦的車隊絡繹不絕，其中，亦有一排車隊，專程從烏溪北岸的藍張興庄徐徐南下，領頭的是總掌事顏克軍的次子顏仲崴，他的車隊在半線庄東北不遠處的大竹宮口小憩，顏仲崴才在廟埕外搭棚的板凳坐定，忽地痲雀、鴿群朝顏仲崴車隊一行人亂亂飛去，隨侍丁純趕緊護在顏仲崴身前，不斷揮手驅趕鳥群，直到被放生的鳥群飛到高處不見。

「二舍，你敢有按怎？」丁純回過頭，嘴上還銜著兩根鳥毛。

「無啦，無事誌。」顏仲崴撫拍兩袖、肩際上的亂毛，神情泰定。

「佗一个癮頭？欲放放生鳥進前，看無咱人攏睞佇遐？目珠攏毋知放予金……」

「好矣，丁純，咱閣有正經事欲辦，莫添枝加葉……」顏仲崴語音未落，又被隔壁捕鳥攤販的吵雜聲吸引，這回是鳥籠牚哩磅啷，全數掉落到地面的聲響，繼而傳過來的是男女的爭執聲：

「傅向陽，錦舍糟蹋燕兒嫌毋夠是毋是？你閣按算變啥魍？若毋是我拄好經過遮，你是毋是準備閣對燕兒跤來手來？」黃衫女子一手護著背後一名十一、二歲的小女孩，一手在那「傅向陽」前揮舞，大有咄咄逼人的氣息。

被女子喝斥的「傅向陽」雙眼細小，極力辯白的模樣十分吃力，聲音也不若黃衫女子來得宏亮，加上周遭人群吵雜，顏仲崴聽得不甚清楚，不住腳步趨前，卻被丁純拉住手臂：「二舍，咱毋是有正經事愛辦，毋通添枝加葉？」顏仲崴雙眉一皺，丁純只得放手，神情訕訕地跟在顏仲崴身後，一同擠入人群前方。

「……哎，阿九姑娘，你聽我講、你聽我講，咱兩人到底是無啥冤仇？你莫逐改攏遮爾歹，袂輸欲共我拆食落腹仝款。」

「你叫是我食飽無閒，你叫是我就愛受氣？愛佇遐歹聲嗽？恁乎……我真正看袂落去，燕兒攏已經旋來大竹，恁閣毋放伊煞，定著愛按呢食人夠夠才會樂暢？」

顏仲崴凝視著那位被喚作「阿九」的黃衫女子，腦後梳著長辮卻綑在頭頂，髮辮末端的髮尾猶如他生氣勃勃的神態，如馬尾般不斷前後晃動，那女子粗長濃黑的雙眉眉尾高高揚起，聲聲句句，振振有詞，何謂巾幗不讓鬚眉的氣魄，顏仲崴是頭一次感悟，身後的丁純傳來陣陣耳語，他說：「這查某的目眉敢若查甫仝款，歹起來有影歹。」

「看予清楚，伊毋但講話中氣實腹，我臆是食齋彼陣的人。」丁純一凜，轉過頭仔細打量「阿九姑娘」上下，點頭附和道：「二舍真無簡單，你無講我攏無想著……猶毋過二舍，算算時間，咱這陣是毋是先……」丁純一邊提醒，卻見顏仲崴饒富意趣盯著前方，聳了肩知趣地闔起嘴巴，在不知不覺間，周圍人嘰嘰喳喳的聲音越來越多，不少此起彼落，都是聲援黃衫女子阿九姑娘，眼見廟埕的鼓譟聲起，傅向陽面露慌亂，揚起雙掌，高聲說道：「喂喂喂，阿九，講話愛有站節喔，頭先，伊本底就是高家的嫺仔，我佇遮共伊相拄，悉伊轉去，天公地道，是佗位毋著？」

阿九原本就滿臉怒容，聞言更是雷厲，他揚起眉踏前一步，傅向陽全身向後一縮，「你、你……哎，你共我睨無效啦，我來揣伊嘛是錦舍發落的……」

「錦舍？好矣，提錦舍來揑我，我當時驚過？來來來來，傅向陽，我悉燕兒參你同齊轉去，就去錦舍的面頭前，我現場共伊質問，伊心肝內到底有是非抑是無是非？規工對查某囡仔毋是強逼，就是……，是攏抰驚有因果報應？」

「阿九姑娘，這款話你有膽講，我是無彼號性命聽，按呢啦……算我共你姑情，你予我問燕兒幾句話，我轉去嘛較好交代，好無？」

阿九不語，緩緩蹲低身子，才對身後叫「燕兒」的小女孩說道：「燕兒，有啥物話就拆白講，你的性格我了解，若毋是真大的委屈，你定著抰走來遮。」燕兒神態慘淡，怯弱的目光一下望著阿九，又瞟向傅向陽，雙唇顫抖半天，最終仍是搖著頭，沉默。

「哈！」傅向陽忍不住笑出聲，道：「逐家攏有看著，伊踮遐無講話喔，伊根本就無受著啥潲委屈啦！」

「燕兒，有事誌就愛家己講出來，」阿九轉頭傅向陽一眼，傅向陽稍稍收斂得意的神情，「若無，無人有法度會當共你鬥相共。」

「阿九姊，我……」燕兒不斷眨眼，低喃道，「我……我毋知欲按怎講……」

「嗯？」阿九雙眸透出懇切的光芒，顏仲崴注意到阿九牽著燕兒的左手腕上，露出一只翠墨色玉鐲，色緻晶瑩透亮，這麼一分神思量，眼前又多了一名貓仔面的中年男子來出聲攪和。

「歹勢啦，共恁兩人攪擾，是按呢啦，傅君、阿九姑娘，恁兩人拄才為著這細漢查某囡仔的事誌，共阮遮創甲糜糜卯卯，阮規排的鳥仔籠這馬空空，鳥仔飛了了，害阮兜的生理無法度做，所以……」

「廖國舟，攬擾著你的生理，我誠失禮，猶毋過，掠放生鳥仔這款無本的生理，佛祖慈悲，後擺猶是莫閣做矣。」

「阿九姑娘，你講話有刻薄咧，你攬擾到阮的生理，我猶未共你算數，你顛倒過來共我教示？」廖國舟原本坐在鳥籠後的板凳，弓著身軀站上前來，他身長頗高，但駝著背，脖項細長，衣衫算不上整齊，但未見太多破損之處，腰際掛著至少兩把匕首，頂著一張凹凸不平坑疤的貓臉，鼻樑也多處刀疤，實在不像正經人士。

「算數？想袂著啦，咱遮短刀會南岸炁頭老大若無這寡放生鳥，個日子就過袂落去啦，笑死有影。」[1]阿九按著燕兒的肩站起身，目光筆直朝向廖國舟。

廖國舟面色不善，舉足逼近阿九，顏仲崴忽然高聲道：「小等一下，這个頭家的損失，阮來貼。」

廖國舟一愣，轉過頭望向顏仲崴，上下打量顏仲崴裝來，立刻燦笑如花，搓起手說道：「哈哈，這位阿舍，你心肝誠好咧，天公伯定著定定共你保庇，予你食到百二歲……」邊說邊走近顏仲崴。

「好矣，你莫過來，小可事誌，對阮二舍來講無算啥，說多謝就毋免啦！」丁純搶身站在顏仲崴身前，制止廖國舟再靠來，並從袖口掏出一枚銀幣一拋，廖國舟順手接下，瞥見銀幣上的人像，正是佛銀，當下喜不自勝：「貪財、貪財，這改卯死矣！」

阿九佇立原地，也不望向顏仲崴和丁純，眉睫卻皺著更深，丁純暗暗不悅，道：「二舍，咱做人後擺毋免遮爾好心，有人加講一聲多謝嘛愛儉。」

阿九肅然，仍不做回應，燕兒忽然拉起阿九的衣襬，低聲說道：「阿九姊，多謝你的好意，我……我拄才猶未共你講的是……我來遮，是綴廖頭家來的。」

「啊？」

「喂喂喂，你是高家的嫺仔，毋是路邊仔的花花草草，清清彩彩就綴人走？你敢有問阮？問過錦舍？」傅向陽厲聲質問燕兒，甚至伸出手指指向燕兒的鼻頭，指尖才觸上鼻尖，即刻被阿九揮開。

「若是……若是燕兒無愛，無人會當𤆬伊走。」阿九朗聲說道，燕兒緩緩抬頭，仰望阿九的背影，他雙目擒淚，搖了搖頭，仍是緊閉雙唇。

「哎唷……阿九姑娘，事誌是按呢我講予你聽……」廖國舟語氣輕盈，當即彎下身軀牽起燕兒騰空的手，手背被阿九重拍一記。

「唔，就是乎……我進前毋清楚伊是恁高家的嫺仔，是伊家己行來我頭前，共我求那哭

1「短刀會」，虛構地下幫派，分作南派與北派，南派以泉籍腳手為主、北派多為漳郡人士；取材自清領時期乾隆朝的地下幫派「小刀會」。

那，愛我共伊買走，姑情我緊緊焉伊離開半線庄，愈緊愈好……」

「你空頭齣頭遐濟，莫空喙哺舌，有證據無？」

「來，早知你會問，這張予恁看……」

「早知你會問，來，這張予恁看，看這日期閣有手印，閣有牽猴仔簽字……」廖國舟一手搔著頭頂的髮辮，另一手從懷中掏出一張紙狀，阿九還未伸手，傅向陽率先搶過，紙狀攤開一瞧，果真畫了幅燕兒七分神似的肖像，下頭有十枚指印，傅向陽手指頭抹過去，還隱隱約約有印泥的細細紅絲，看來這帖契還真是不久前的功夫。

「燕兒，你咧想啥貨啦？」阿九語帶驚愕。

「歹勢啦，毋過事誌好處理啦……既然是錦舍的嫺仔，這張契紙，我會當掠做無看過……」

「大的，這是應當的事誌，算你有目色。喂，燕兒！你提廖頭家偌濟錢？退轉去，一仙五銀攏袂使暗崁！」

燕兒望向傅向陽片刻，淚珠盈滿著眼眶打轉，最終垂著目光，將懷中的碎布錢袋掏了出來，手臂顫抖地遞給傅向陽，傅向陽淺笑一聲，伸手正要接過，卻被阿九搶下。

「阿九姑娘，道理是在我這爿，你佇咧遐歹看面嘛無較縒，還來！」

「我管待你有契紙、無契紙，我拄才講過矣，若是燕兒無愛，無人會當焉伊走。」

燕兒原本已經從衣袋掏出裝錢的布袋，阿九當即按著燕兒的手塞回去，不過一眨眼，廖國舟趁隙，將布袋奪下。

「廖國舟你……？」

「你莫傷超過，我是帶念你阿爹的面子，才予你幾分薄面，你莫掠準講我脾氣誠好，袂對查某人動手喔？」廖國舟疤痕滿坑的貓仔臉逼近阿九，日頭照耀下，平添陰影，聲音更顯森然，現場眾人多以為阿九會就此罷休，未料阿九絲毫無半分懼色。

「喔？好矣，這馬來看你廖國舟偌爾有才調？來啊，猶毋是欲對阮動手？來啊，做你來矣，哪會猶袂來？」阿九聲音不大，氣勢凌人，反倒是廖國舟侷促地瞥向傅向陽一眼，傅向陽兩手一攤，廖國舟訕訕地卻淺咳一聲，嘆道：「哎，阿九姑娘，咱攏是道上的人，江湖規矩，我已經退一步，予這个嫺仔退還恁高家，你……你加減就配合一下，予傅君忝這燕兒轉去，事誌毋著煞矣？阿九姑娘……配合一下，咱逐家攏好過啦！」

「廖頭家，你的意思我知影，不而過阮兜閣較按怎，猶是食高家的頭路，所以有真濟的事誌，遮人傷濟我是毋好講，總講一句，我毋是毋知輕重的人，既然我跤踏這條線無欲退，一定有我的理由。」

「彼號查某囡仔的契紙頂寫偌濟錢，我來貼，傅君，錢，你就莫共伊討矣。」顏仲崴忽然開口，再度吸引廟埕口所有的眼光環伺顏仲崴，顏仲崴似不為所動，眼珠望向廖國舟，說道：「按呢，敢有合道上的江湖規矩無？」

「規矩？這位阿舍是啥物人？莫對阮指指揬揬，阮就阿彌陀佛啦！」廖國舟一邊搓著手，擠著滿坑疤的笑容應答，顏仲崴很快將目光轉開，喚聲：「純仔。」丁純心下不願，倒也不便忤逆顏仲崴，接連又掏了兩枚銀幣，各自塞到廖國舟和傅向陽的掌心。

「今仔日毋知燒啥香？既然這位阿舍攏按呢發落矣，我廖國舟無第二句話。」廖國舟哈哈大笑，他血盆大口，笑起來黃齒搖晃，他注意到身旁的傅向陽傅向陽愁眉苦臉，勸道：「傅君，你做人愛較有目色，這阿舍遮爾大範，無的確伊來路無簡單咧，按怎？敢講你是嫌無夠額？」

「拜託，我毋是掛意錢的問題，阮錦舍脾氣偌大你毋清楚？我是驚講……」

「傅君，你毋免操煩，我袂予你困擾……」顏仲崴說著微微彎身，將錢袋放回燕兒手中，道：「這个查某嫺……毋過是出去𨑨迌，今仔日毋知是按怎踅到這位仔，揣無著路轉去，佳哉拄著傅君，猶閣廖兄哥，同齊毛這查某嫺仔轉去，按呢事誌是毋是就煞鼓矣，嗯？」

惘惘惶惶的陰影覆蓋在燕兒的臉上，顏仲崴暗暗一奇，來不及細問，燕兒已鄭重點頭應聲，又道：「燕兒知矣，多謝這位公子……彼號……嗯，傅君，我會轉去，我會轉去……毋過，敢會使予我徙去做別項工課，看欲拭土跤、洗衫、顧灶跤，抑是燃柴、挑糞叟攏會用的，我拜託你，莫予我轉去原本的位好無？」

「你……你嘛較拜託，我開遮濟功夫來揣你，你閣欲講價出價？」傅向陽原本語氣不耐，後似是顧及一旁阿九的視線，口氣略略收斂，又道：「唉，好啦，既然按呢，我嘛是會使先安排你去恁阿姨遐，閣共錦舍講，講你這陣……破病抑是佇咧艱苦的款，橫直，這幾工卓知縣欲來，錦舍嘛愛無閒，連鞭就袂記得你的事誌嘛是有可能。」

傅向陽頓了頓，回頭望向阿九，道：「好矣啦，我已經算有誠意，莫按呢一直共我睨啦！」阿九不置可否，傅向陽聳了聳肩，朝顏仲崴與丁純拱手致意，便帶著燕兒先行離去，廖國舟則自顧自地和顏仲崴寒暄搭訕兩句，才畢恭畢敬地和顏仲崴告別，回到自己廟埕上的攤位，於是，適才引領一陣騷動的主角們，僅剩黃衫女子阿九獨身站立原地，不動如山。

顏仲崴微微一笑，和丁純視線短暫交會，丁純站上前，拱手道：「姑娘，這位是阮二舍，姓顏，號做仲崴，藍張興庄顏克軍管事的二公子，敢有緣共姑娘請教欲按怎稱呼？」阿九長嘆一聲，道：「二舍有禮，我只毋過是一个菜姑，知影我是啥物人佮號做啥物名，對北岸彼搭的顏家來講，一屑仔幫贊嘛無，失禮，我閣有事誌，先來走矣。」

丁純一凜，慍聲道：「喂！你、你哪會按呢？阮二舍欲請教你的大名，是你的福氣，你閣……」顏仲崴眼神一瞟，丁純只得住口，顏仲崴好聲道：「今才……今才看著姑娘雖然是查某人，但是講話蓋有氣魄，我有影是足欣賞的，所以……呵，歹勢，是阮較失禮。」

「顏家的二舍這陣會出現佇遮，應當是來拜訪卓知縣，知縣大人四常無閒，二舍的時間嘛寶貴，就莫開時間佇我這个毋是款的查某人講話，失禮。」阿九言語冷硬，顏仲崴不禁無奈苦笑，丁純冷笑道：「二舍，你今才的好意攏擲到水溝底矣啦，無彩你遮大手筆幫贊彼號查某嫺。」

阿九原本已向外踏出兩步，聞言凝住腳步不動片刻，才正過身軀，阿九那雙湛然生輝的目珠頭一回對上顏仲崴，道：「二舍，我掠準你是好心，本底無按算共你講這寡，燕兒爹娘早早無去矣，干焦一个阿姨，嘛是佇高家做粗嫺，為怎樣伊甘願共家己賣予販狴，嘛欲離開高家、放揀個阿姨？你敢有想過後壁是啥物原因無？」

「無……我……毋知……」

「你啥攏毋知，閣著急欲做好人？」阿九說著語氣加重了幾分，咬牙道：「你欲做好人，你欲攏款，為怎樣無愛規氣共人悉走？」

「姑娘，你是咧怨嘆阮二舍是毋？」丁純忿然。

阿九掩上雙眼，嘆了口氣，旋即又將眼光往丁純一掃，丁純竟像是被對方震懾，有話如鯁在喉。

「哎，真濟事誌攏是姑不而將，我無怨嘆的意思，這層事誌我無想欲閣講矣，阮先來行一步，失禮。」阿九語畢，隨即調頭邁步。

「等、等一下，阮嘛是欲去半線庄，咱會當同齊去？」顏仲崴望著阿九，忍不住高喊出聲，只見阿九足下仍不歇，丁純見顏仲崴面露失落，叱聲道：「喂、喂！你嘛小等一下，你上好是愛知影，燕兒彼款查某嫺阮二舍會當買一百个，嘛袂欠你一个來買啦！」

「啊？」阿九側過身，啞然失笑，「買我？」

「大膽！」顏仲崴與丁純聞聲乍然，棠轉身、一股菸草味先行飄來。

來者容顏蒼白、眉骨突出，碩大的眼眸頂著如刀鑿刻畫般的重巡，眼前那名青年男子身穿錦緞墨綠色的馬褂，腰間繫著金屬製雕鯉魚游水紋飾的菸桿，雖然蓄著漢人髮式，對方不論瞳孔與輪廓皆殊異於漢人，顏仲崴久聞【高福盛】頭家高濟芳，便是靠嫁娶半線社土目之女為妻，獲得大片土地開墾權，賴以成為大肚溪南岸的大墾戶，眼前的男子年歲與他相仿，顯然不是高濟芳，而單看他的樣貌，便可輕易推測出，就是傳聞中高濟芳的「雜種仔大漢後生」——高人遠。

「遠舍，你哪會佇遮？」阿九略略詫異。

「是我問你才著，阿九，你哪會佇遮？」高人遠從顏仲崴身後竄出，逕自走到阿九的身旁，而似乎是跟著高人遠行動的隨侍，轉眼也從顏仲崴、丁純的身側走過。

「問你的好小弟，有影予人袂過心，我專工走來遮揣人……你咧？」

「阮爹叫我來遮等人客……算算時間，這陣應該差不多欲到位矣。」

顏仲崴一陣沉默，從對談神色來看，高人遠似與菜姑阿九頗為熟識，阿九再度把目光迴到顏仲崴身上，「你欲等的人客檢采講是這位？【藍張興】顏頭家的二公子？」

「家父顏克軍，請問敢是高人遠公子？」

「正是……」高人遠張開斗大的雙目打量著顏仲崴。

「今才乎……是阮的人毋知禮數，若是講話有啥得失遠舍的所在，請遠舍帶念，丁純，好好共遠舍……闍有阿九姑娘會失禮！」

丁純趕緊躬身致歉，高人遠揮手制止丁純賠罪，忽然猛烈咳起嗽來，咳彎了腰，阿九順手拍起高人遠的背，髮絲飄晃，幾綹不慎觸碰到顏仲崴的頰間。

「潘介君，遠舍身體猶未好勢，伊出來行行，你嘛愛鬥顧一下。」高人遠身子贏弱，阿九顧及外人在場，隨口說了一句，並朝著高人遠身旁的隨侍使了眼色。

「病？你知影啥？伊毋過就是食薰的癮仙哥，伊有啥症頭我上蓋清楚，免你掛心。」高人遠身畔的隨侍雖也穿著漢服，但卻沒有薙髮，袖口遮蔽不住的手背上，尚可窺見墨綠色的刺花。

「這南岸番仔若無看著伊咧講話，我闍叫是伊對同安來的。」丁純附在顏仲崴耳旁低語。

「嗯……」顏仲崴無意識拂起他左側眼角的黑痣。

「潘……」阿九忍住惱意，道：「著啦，你講的攏著。」

「諾，家已知影就好。」

「好矣啦，咳咳……」高人遠揮著手制止身後的隨侍冒進，他狀況一緩，當即筆直地挺起身子，這回迎向顏仲崴的目光不再充滿戒備，說道：「二舍，這搭是大竹庄，對遮去半線庄抶講蓋遠，阮阿爹吩咐過矣，一定愛請顏家二舍來阮兜，予阮做東招待一頓飯菜，今仔日陰暗，卓知縣嘛愛過來。」

顏仲崴點點頭，鄭重與高人遠寒暄兩句，今番在大竹宮廟埕頭會晤，即是未久在雍正初年間，掀起烏溪南北岸風起雲湧的序幕，也是兩位少年當家的初次會照。

㈡高家家宴

彰化縣半線保
半線街．高家大莊

今逢彰化設縣，彰化衙門尚在築建，首任知縣卓登邦上任後，僅能借用半線北路營盤偏廳辦公，平素閒暇之時，便時常借宿於半線街高家莊，早於彰化設縣之前，大肚溪南岸便有兩大鑿照十分活躍，一是靖海侯家族的【施長壽】，根據地位在鹿仔港、另一個便是半線駙馬高濟芳，他所開辦的【高福盛】經略望寮山北段兩側（今八卦山），由於他通曉在地土語（巴布薩語），派駐此處的官員亦十分借重他，當然包括他的財力和人脈。

高濟芳一向樂於和官方打交道，這回聽說福建水師提督家族的人來訪，早早派自己的兒子高人遠去接風，也主動和知縣卓登邦提起設宴款待的事，卓登邦自然是滿口允諾。

「今年若是平安無出事誌，恁的牌仔應該毋免一月日就會發落來，到時，咱欲起官府、造船、揣工人一寡工程，就愛倚靠恁【藍張興】，閣有高頭家的幫贊啦！」

「卓大人，這是阮的本份，阮阿爹交代過……，【藍張興】的牌仔欲發予阮阿爹管理，卓大人嘛是收著袂少張家的關切，這改提著墾牌，阮一定會好好報答卓大人。」

「欸，本官這馬啉酒醉，醉話無算話乎……張家，張家這馬這位少年頭家，報墾的業務欲予伊做，我嘛袂放心啦，交予恁阿爹……顏克軍翁仔某來扞頭，我心加較在。」

顏克軍早年跟隨藍廷珍家族，被延攬成藍家的女婿，藍家先祖曾隨施琅征討東寧王國鄭氏集團，早對台灣一帶荒地墾拓頗有興趣，鹿仔港給施琅家族佔了機先，時任台灣北路營參將張定侯在康熙四十九年間私墾大肚溪北岸，顏克軍便被藍家遣派過去，以協助張定侯的姿態常駐張鎮庄。

當時因張鎮庄墾域鄰近貓霧捒社，墾務時時被侵擾，康熙五十八年發生「生番殺害佃民九人」事件，驚動閩浙總督，下令廢庄遣民，張定侯大受打擊，未久病故，張定侯兩子年歲尚幼，萬事便由顏克軍主持，張鎮庄墾務雖被下令廢庄遣民，但實際上在顏克軍的主導下，一切陽奉陰違，持續有私墾情事。

這回福建水師提督藍廷珍向縣府申辦【藍張興】，並明文萬事由顏克軍委辦，甚至將「張鎮庄」之名一舉改成「藍張興庄」，雖是藍家勢頭早已淩駕張家之上，在張家舊部眼裏，顯然不是滋味，才有顏仲崴特別南下，專程感謝彰化知縣卓登邦周旋之功。

「這擺來遮攪擾，聽講官府邊仔閣有一片四箍圍仔欲起廟，到時看講欲迎觀音抑是上帝公，阮有攢一寡金仔，這馬就寄付佇高頭家府內底，有需要就做你用，若是有其他的吩咐，嘛請卓大人、高頭家做你發落。」

「哈哈哈，定定有聽著別人咧呵咾，講顏管事的第二个後生，緣投閣生甲好看，今仔日頭一擺見面，有影、有影，高頭家，你講咧？」酒過三巡，黃湯下肚，招呼也打過，卓登邦興緻高昂，話也多了起來。

「當然是有影，若毋是卓大人的面子大，我高濟芳這个……肥腩腩的老百姓哪有機緣見著顏家二舍？我看伊這款……目眉長閣烏，鼻仔直，兩蕊目珠猶閣就有神，比我兩个毋成囝，好蓋濟矣！」高濟芳坐在卓登邦身側，他肚腩渾圓，寬闊的下巴鬍子倒黑，略嫌稀疏，他應聲舉起酒杯，拇指圈上玉環在燭光下閃爍。

高濟芳兩個兒子正坐在對桌，顏仲崴連忙起身，說道：「卓大人、高頭家，莫按呢共後輩我笑啦，我袂堪得。」

「坐啦、坐啦，莫遮緊張啦！」卓登邦笑著拉顏仲崴坐回位置，幫一旁的顏仲崴斟酒，不忘開口問道：「著啦，是按怎恁阿兄無同齊來？」

「阮阿兄……其實是阮嫂仔，伊生囝落來無偌久，身體狀況無講蓋好，所以阮阿兄較行袂開，這擺干焦我來爾爾，有啥物交代，轉去我會共阮阿兄通知……」

「顏頭家做公啊？誠好的消息咧，若無較早講？魁仔，你連鞭叫傅向陽去棧間，揀幾項禮物，送予顏頭家……好啦二舍你坐好勢莫振動，你絕對袂使客氣的，這是阮高家小可仔的心意，袂使講你無愛挃。」

「既然按呢，我就替阮顏家先說多謝啦……」顏仲崴說著又撫起面上的黑痣。

「少年人免客氣啦！」卓登邦拍拍顏仲崴的肩膀，又問：「恁阿兄成親，你咧？」

「我……喔，我定婚矣，年尾欲娶入門。」

「佗一家的姑娘？嫁予遮爾緣投的二舍，誠有福氣。」

「岸裏廖家的大漢查某囝。」

「岸裏？你講姓廖……敢講是廖敦素廖頭家的查某囝是毋？」高濟芳問。

「正是。」

「我會記的，岸裏是較倚大甲溪彼邊，遐毋是番仔，就是客人仔，所以……諾，你欲娶客人姑娘？」

顏仲崴點了點頭，面上表情仍十分不自在。

「誠意外，我原本閣叫是顏頭家會揀家己鄉親的做新婦。」

「卓大人，廖敦素雖然講是客人仔，毋過佃故鄉佇詔安，顏頭家佇漳浦，算起來，嘛攏是漳州鄉親啦。」高濟芳補上一句。

「顏二兄，恭喜你欲娶某矣！」說話的是高濟芳的嫡子高人魁，他高舉酒杯，燦然笑道：「茄苳腳（今彰化縣花壇鄉）的李盤前幾工，提一把抹紅漆的弓予我，聽講是足好的柴仔做的，講實誠的，我嘛袂曉射箭，物件送我干焦做擺設款，我早就知影講，二舍是有共『武嶺門』的高手學功夫，二舍若是袂棄嫌，我想欲共這把弓仔送予二舍，成做是我送予二舍欲成親的禮物好毋？」

高人魁與高人遠並肩而坐，單看容貌，完全不會把兩人是兄弟聯想在一起，高人遠面色蒼白，但眉眼顏色皆又濃又黑，與之對比的是高人魁兩道細長的淡眉，笑起來時兩顆深陷腮邊的酒窩仔，是顏仲崴最鮮明的印象，高人魁母親是來自鹿仔港的大族黃氏，也是高濟芳的正妻，在地人都相信，在高濟芳之後，【高福盛】九成九是由高人魁繼承，大家都尊稱他為「錦舍」，對比他享有榮華富貴、萬千寵愛的身份，倒也十分貼切。

面對高人魁突如其來的贈饋，顏仲崴先是思忖，這位「錦舍」到底為何惹了今日撞見的「阿九姑娘」不快？顏仲崴未及沉吟，連忙說道：「毋好啦，既然是別人送予錦舍的，我哪好意思提？真正毋免啦……」

「莫按呢講啦，我佮彼號李盤平……是換帖的啦，阮物件攏送來送去哪有差？二舍做你提去，若毋提，就是袂癮我做你的朋友。」

「錦舍，我……」顏仲崴雙眉緊蹙。

「魁仔，你嘛莫按呢，頭一擺見面爾，嘛莫按呢共人強迫好無？」

「諾？誠罕得，大兄，往擺佇開桌的時，我攏叫是你是啞口。」

「魁仔，你莫按呢講話好無……」

「哈，我拄才就毋是用講的，敢是用唱的？曷是你較佮意共你叫臭耳聾……」

「咚、咚！」高濟芳手指敲了桌案兩下，高人魁立時閉住口，他好似嘴裏含空氣，鼓著兩腮，大有給予人討饒之感，「愈講愈超過……」高濟芳皺眉自語，卓登邦笑了兩聲，緩頰道：「㑃兄弟仔感情誠好，閣會曉鬥嘴鼓是毋？」

高濟芳搖首道：「真歹勢啦，兩个毋成囝，這馬啥物場合？卓大人閣有二舍攏佇現場，講話嘛毋知愛有站節？」

「阿爹，真失禮……」高人遠才開口致意，卻被高濟芳打斷，「免啦、免啦……聽你咧講話誠費氣。拄才實在足失禮，潘介，去棧間提物件過來！」被點名的是高人遠的隨侍潘介，他和傅向陽、丁純一眾站在酒席後方，待當潘介領命，高人魁又忽然吆喝一聲：「順紲斡去我彼爿啦，提我欲送予二舍的弓仔，問阿緞姨就知。」

「我驚講我無法度一擺提好勢，若無，傳……」

「喂，一逝無法度是袂曉行兩逝喔？」

「丁純去鬥跤手，莫予潘介君行兩逝。」

「二舍，毋免啦，伊是跤手蓋猛的，行兩逝哪有要緊？潘介，緊去。」

潘介抿了抿唇，朝高濟芳和卓登邦點頭，便快步離去，身後又傳來高濟芳數落兩個兒子的致歉聲，顏仲崴暗暗尷尬，餘光不住飄往高濟芳兩個兒子的神態，高人遠始終垂著頭，而高人魁則像沒事人一樣，彷彿高濟芳念一念也就過了。

酒又過了三巡，這場接風宴總算告一段落，顏仲崴被帶到高家上房休息，總算得以喘口氣，他捶了捶肩膀，正想隨意在庭園伸伸懶腰，忽然想到件事，叫過丁純，吩咐下去，他決定把高人魁送來的朱弓，送給一路辛苦護衛的「興營」子弟，讓大師兄石振領受，略表慰勞之意。打發走丁純，顏仲崴才注意到遠方牆角飄來陣陣的香味，向前探去，竟是高人遠獨自一人，倚靠在牆角，含著菸桿默默品菸。

「歹勢，共你攪擾矣，普通時仔遮攏無人，我佇這角食薰慣勢，袂記你今仔日佇後斗。」高人遠垂著頭致歉。

「免客氣啦，閣再講遮是恁兜，我呔有要緊？」顏仲崴聳聳肩，不以為意，心下另有琢磨。

「咳咳，猶是歹勢，我忍規半晡，有影是擋袂牢，我薰食了，隨就走。」

「遠舍，小等一下，我想欲請教……」

「是？」

「毋是啦……」顏仲崴其實很想探聽阿九姑娘的事，卻不知如何啟齒，支吾了兩句，改口道：「拄才多謝你，就是……就是錦舍講欲送我弓仔的彼時，這馬想欲共你說多謝。」

「嗯……袂啦，顛倒是我較歹勢，阮小弟……有當時仔就較橫，擔袂小可仔看情形。」

顏仲崴望著高人遠，無語片刻，忽然輕笑起來，說道：「遠舍，你佇咧高家，面頭前有高頭家閣有錦舍，日子嘛過甲無法度事事順心。」

「你毋是嘛仝款？」高人遠說著默默將頭仰起，吸了口菸。

「嗯？」顏仲崴雙眉微揚。

高人遠將菸桿從嘴邊取下，吐出菸，邊敲打一旁的磚牆邊說道：「出世佇咱這款家族，敢有可能逐項事誌攏順心？」

浮雲褪去，皎潔的月色映照在高人遠的臉龐，他一雙眼眸如瀅瀅水光，遠遠的狗吠與悶悶的風聲作響，令他的目光倍顯幽深。

㈢短刀會

彰化縣半線保
舊阿束社．渡頭

「遮往時是阿束社，戊戌年遮做大水，濟濟人予淹死，落尾個規个社攏徙去望寮山（今八卦山）遐，最近幾冬開始有一寡流民佇遮蹛。」

「戊戌年？已經是緊欲十冬前的事誌矣乎。」

顏仲崴一行人隔日便啟程返回藍張興庄，不同於南下時走大里杙的渡頭，北返時奉顏克軍的命令，要與「短刀會」要角之一密會，便約在舊阿束社的渡頭，也預備從此處回藍張興庄，這還是顏仲崴頭一次自此處的渡頭返回，他趁著等待對方的空檔，不斷觀察四方景色，身旁的丁純補充說了幾句。

顏仲崴的隨行人馬，除了挑夫不說，隨行護衛的武夫也有七位，另外牛車還拉著五大箱的行囊，更別提顏仲崴也帶一匹棕馬當坐騎，在舊阿東社這般荒廢的沙地，不可不謂引人耳目，顏仲崴在周遭的灌木叢林處，感受到許許多多不友善的視線。

「二舍，緊綴我來離開遮，走！」正是「興營」大師兄石振疾馳而來。

「大師兄，按怎矣？」顏仲崴與丁純面面相覷，石振原本正在船家交涉，順道安排貨物、牛車運送的事宜，但此刻石振卻口氣緊張，只是說石振面色凝重也未盡然，這大師兄的面色就從來沒有不凝重過。

「莫問遮爾濟，二舍你緊上馬，趕緊走！」石振說著竟伸手推拉著顏仲崴，顏仲崴滿心疑惑，不住往渡頭簡陋的草寮處望去，赫然撞見廖國舟那張麻花臉，而他身後站了二十來餘人，不乏船伕裝扮的漢子，圍堵在【藍張興】的腳手和貨物前，「興營」一排武夫弟子正對廖國舟等，兩廂似是起了口角，互有推讓。

「你讓開，我欲來去看是啥物底事。」顏仲崴一奇，反手推開石振，才跨出一步，石振再度拉住顏仲崴手臂，正色道：「袂使！」語音甫落，渡頭處傳來沖天的嘩然聲，原本站立在廖國舟正前方的「興營」子弟連茂，胸坎當場給廖國舟抽刀貫穿，廖國舟快速抽回刀尖，身軀順勢往前一帶，連茂橫死當場。

「連茂！」丁純驚怒交集，兩廂人馬立即刀劍互斫、拳腳相向。顏仲崴調頭，拔起馬匹上的長劍，寒光一閃，石振連忙兩手伸出，預備制止顏仲崴，卻不意顏仲崴動作更快，拔起繫在腰際的佩劍疾飛助陣，石振攔不勝攔，也只得和丁純緊跟在顏仲崴的步伐。

「鏗、鏗、鏗」三聲，顏仲崴隻身衝撞廖國舟，廖國舟揮刀隔擋，頓感虎口發麻，刀柄差點從掌中脫落，廖國舟昨日見過顏仲崴，滿心以為對方僅是一般公子哥在舞刀弄槍，便起了小覷之心，未料到顏仲崴刀法勁疾，真有兩三下功夫，略顯吃力地接下顏仲崴兩招後，又是第三刀下來，後著接續後著連綿不斷，廖國舟腳步後退連連，仍只能採取守勢，暗暗叫苦。

「無恥鱸鰻竹雞仔，咱逐家來予個好看！」顏仲崴高聲怒喝，欲孤身衝向前，直取廖國舟腦袋，卻被丁純、石振和謝駿搶先，給圍堵在後頭，顏仲崴一愕，廖國舟趁隙得以脫逃，併退人群後方，顏仲崴疾聲斥道：「恁莫徛佇我頭前鎮位啦！」

「二舍，你若是有啥三長兩短，阮是擔袂起啦！」

「丁純講的著，猶毋較緊共二舍𤆬予走！」

「我是𤆬頭人，走？無可能！」顏仲崴怒從中來，只是石振半分不讓，顏仲崴眉宇皺得更緊，斜眼一瞥正在和短刀會交手的「興營」子弟，儘管對方人多勢眾，「興營」子弟倒完全沒落下風。

「興營」乃是由「武嶺門」石紹南開辦，起因為康熙五十八年間，張鎮庄因佃民被貓霧拺人殺害而廢庄，顏克軍有感需培訓一批訓練有素的護衛，特命石紹南自庄內特挑選二十五名適逢習武年齡的男童入團，專練武事、不須負擔農務，專責護衛藍家和顏家親貴，近年來隨著這群武團年歲漸長，正值青壯之年，個個有以一擋百的實力，頗收成效。然而，被刺殺的連茂身材高大，不僅是「興營」中最高長的男子，身手矯健亦不在話下，一招被對方了結性命，莫不是廖國舟無預兆舉刀突襲，萬萬不可能如此輕易得手。

「興營」子弟李桐、林愷、朱宣、陸常一瞬間都圍堵上去，首領廖國舟見狀，連忙往後方退，鑽入後頭倚仗的羅漢腳會眾尋求掩護，那陸常性格驃悍，憤於廖國舟對連茂痛下殺手，是以招招狠絕，隻身潛入敵陣，先是砍傷三名短刀會眾後，他逐步逼近廖國舟，猛力揮刀，廖國舟側身閃避，連茂預備再次蓄勁發招，沒注意到背後兩名羅漢腳發難，一刀捅向陸常後背，另一人則刺穿陸常小腹，陸常哀嚎一聲，武器脫手掉落，廖國舟見機不可失，快刀一斬，陸常咽喉血花噴濺，廖國舟滿是坑疤的臉龐染了一片殷紅，陸常倒臥當場。

「婧啦！」

「大的煞氣，讚啦！」

「予謝頭家無面，一定愛予個姓顏的送去西方見佛祖！」

廖國舟笑著用手背抹了抹臉上的血漬，他手刃兩名「興營」子弟，短刀會歡呼聲此起彼落、不絕於耳，顏仲崴厲聲道：「姓廖的，恁昨昏閣收阮顏家的錢，收甲喙笑目笑偌歡喜，今仔日就袂記了了乎？啥物謝頭家，你上好是交代清楚，若無，阮【藍張興】是袂放你煞煞去！」

「【藍張興】？你毋講就煞，若講起【藍張興】我就是規腹肚火就起來！我若早知影你這逝是欲來卓登邦提彼張墾牌仔，啥人欲共你巴結呀？謝容頭家為著討這張墾牌開偌濟錢，落尾煞予你這花眉阿舍囝提走，我咧，駛恁祖媽！」廖國舟語落，其他短刀會腳再度蜂擁而上，不僅圍攻起顏仲崴、石振為首的「興營」人馬，不少會腳也打劫起顏家的牛車車隊，一時之間，場面紛亂不已。

「興營」在人數上雖不及短刀會，畢竟是訓練有素的武團，素質遠勝參差不齊的短刀會羅漢腳，僵持火拚，短刀會漸形支絀。

其中一名短刀會赤腳漢子見「興營」難纏，逕自斬斷牛隻的牽繩，預備牽牛落跑，卻被「興營」謝駿逮得正著，並飛快地將那赤腳漢子反手推開，從對方騰出的手搶回牛繩，卻不慎右腿後側中鏢，謝駿吃痛，雙膝一軟，無意之中緊拉牽繩欲穩住身軀，卻讓牛隻受到驚嚇隨之失足，謝駿閃避不急，水牛碩大的身軀正巧壓在他的雙足，謝駿失聲慘叫，顯是腿骨碎裂。

「二舍，等一下！」丁純拉住欲衝去救謝駿的顏仲崴，「你等一下，看彼爿，是黃均、黃方定個來矣！」

一群約莫二十餘人馬自東北方向飛快前來，亦是短刀會人馬，但不同於廖國舟會腳，領頭的是黃均、黃方定，黃氏叔姪都頂著一把黑翹蓬鬆的大鬍子，黃方定其實不過二十出頭，這把黑鬍讓他增添不少威嚴，他人影既近，張喉呼喊道：「國舟伯，逐家攏是朋友，莫拍啦、莫拍啦，兩爿停晒一下，予阮一个面子好無？」

廖國舟高舉右手，屬下當即罷手，應道：「應當的啦，咱攏是短刀會的兄弟，停晒一下，予咱漳州的朋友一个面子。」廖國舟以及黃均、黃方定同屬短刀會，但不同派系，廖國舟這幫多來自同安，和黃均這派多吸收海澄份子，平素活動的範圍也不同，廖國舟在大肚溪南岸活動，黃均則是在北岸，「短刀會」並不是一個嚴謹的幫派組織，一群未依附地主的流民集結，四處拉幫結社混生活，偶爾參與農忙採收，協助驅逐原民部社，甚至受雇打家劫舍搶掠等事，由於這群人集散不定，成員來來去去，除了腰纏短刀為幟，以及若涉案會在屍體挑刺腳筋做記號，平常並沒有什麼太多幫規管束。

顏仲崴正自沉吟間，漳籍短刀會的會腳已經制服耕牛，並將謝駿抬出，但他面色蒼白，雙手撫著胸口，極力喘息的模樣，令人不忍細看。

黃方定道：「國舟伯仔，二舍遮減損兩个半，恁遐死五个人……就按呢準拄煞，兩爿攏莫閣計較好毋？」顏仲崴面色凝重，他們「興營」子弟個個都是用心栽培的好手，短刀會不過是地痞流氓組成的鬆散幫派，在顏仲崴心裏，一命抵十命都不為過，卻聽廖國舟立時反駁道：

「無遐道理啦！一命換一命，個閣欠阮三个人的命哪有可能按呢就準拄煞？」

丁純厲聲道：「你貓面癮頭是咧講啥潲話？是恁刣人咧頭前，閣怪阮刣恁的人報仇？」

廖國舟道：「毋是你大聲就占贏啦！踏話頭啦……恁這陣跤踏的是阮的地界，恁欲睏的棺柴枋欲坦橫、坦直，是阮講才準算啦！」丁純面紅耳赤，黃方定搶先說道：「二舍、國舟伯，恁兩个嘛毋是七少年、八少年，攏莫遮爾衝動，有事誌咱好好參詳，好無？」

顏仲崴道：「你共伊問是按怎欲刣阮的人？謝容頭家遐閣是啥物情形？個若無愛解說清楚，阮連鞭就欲為民除害，佮個下底所有的人，攏掠入去內籬仔關到死！」

「唉，」黃方定的叔叔黃均到現場後，首次發出聲響便是嘆氣，他道：「……本底佮二舍約佇遮，就是按算共你通知謝容的事誌……想袂到猶是袂赴。」

「啥物意思？」顏仲崴盯著體態粗肥的黃均問，厚壯的程度幾乎比黃方定寬上一號。

「你上好莫佇遐佯痟！」廖國舟咧齒咆哮，那張布滿坑疤的臉更顯醜怪，顏仲崴強壓下怒意不發作，又聽廖國舟數落道：「拄才就共你講過，【藍張興】這張墾牌，是對謝頭家手頭剢去的啦！我拆白共你講，恁兩个人毋是阮刣的，愛討公道，去揣恁阿爹討！有膽斷別人的財路，就莫怨嘆別人心肝雄啦！」

「啥物對恁謝頭家剢去？你叫是阮提著墾牌是偌輕鬆？恁家已無才調，莫牽托彼个有的無的啦！」

「有才調嘛好、無才調也好，總講一句話，阮就是袂癮看恁遮快活，按怎？來拚輸贏啊！」

丁純重重吐了口氣，大聲道：「二舍，我本底是無贊成你佮阮同齊相戰，猶毋過這貓面仔有影是蓋顧人怨，你一句話，阮攏做你發落啦！」

「無毋錯，共個拚輸贏，予這死貓仔歹看面！」

「嘿啊，順紲提個的命去祭孤，替連茂佮陸常來報仇！」

「展現咱【藍張興】的氣魄，逐家講好無？」

興營子弟慷慨激昂，顏仲崴也不禁熱血沸騰，大師兄石振卻搶在顏仲崴身前，石振正要開口制止顏仲崴，顏仲崴先推了石振一把，道：「別人已經蹧蹋咱袂成形，咱若是清清彩彩就煞煞去，後擺敢有人會共咱【藍張興】园佇眼內？」

石振一時無話，他視護衛顏仲崴為第一要務，無暇顧及其他，眼見顏仲崴心意堅定如此，似乎除了把他打昏，也沒有別的辦法立刻帶他離開現場。

「二舍，你一定愛冷靜，想想顏頭家、想想藍提督，你絕對毋通牽入來，你若出手牽入來，就會驚動著【藍張興】的基業你知無？」

黃均一席話，令顏仲崴皺著眉再度盯向黃均，道：「連茂師兄佮陸常是我悉出去，我若是無共個討一口氣，我後擺是按怎做人頭家？閣再講，貓面仔彼款跤數，本舍猶未囥佇眼內。」

黃均身旁黃方定忽然邁開腳步，他先反手推開石振，靠向顏仲崴，顏仲崴還想側身閃避，但黃方定硬是拉住顏仲崴手腕，黃方定趨身向前，下顎的鬍渣好幾根都扎到顏仲崴的耳垂，他道：「岸裏社張通事佮恁未來的丈人，個真緊邀請你去遐拜訪，你是有偌閒佇遮插事誌？」

顏仲崴甩開黃方定的手，那廖國舟見黃方定和顏仲崴諸多拖拉，漸感不耐，高聲催促道：「喂，黃均兄弟，恁這馬是按怎？愛拍抑是無愛拍啦？佇遐摸東摸西，我是看無咧。」

「國舟兄，咱平平是道上的人，門面話免講，這斗我參阮孫仔來，就是欲做恁的中人，按怎？阮是受著顏家薛頭家娘的拜託，敢有這資格代替二舍，去拜會恁謝容謝頭家？顏家的薛頭家娘，你嘛知影，予錢就毋捌攝屎過。」

「喔，好，若是顏家的頭家娘有誠意，阮嘛毋是無目色的。」廖國舟撇頭吐了口痰，又道：「二舍，好啦……咱按呢就準拄煞，今才死幾若人的事誌，以後就莫閣講矣乎？」

「豈有此理，本舍……」顏仲崴猛然抬起手、將刀身打橫，卻被石振按住手臂，顏仲崴當即怒視石振，石振卻似以哀求的語氣說道：「謝駿師弟的傷莫使閣拖矣，咱緊轉去，這爿就交予個處理，咱先行好毋？」

㈣顏家大舍

彰化縣貓霧捒保
藍張興庄．顏家大院

顏仲崴返回藍張興庄，才得知顏克軍夫婦提前去岸裏社，留信叮囑他要準備禮品後再兼程趕來，於是家中能主事的僅有兄長藍伯峻，再來便是自己了。

連茂、陸常的後事交由石振料理，謝駿傷勢嚴重，顏仲崴吩咐之下，先挪了個乾淨的房間供謝駿休息，並請庄中的大夫曹孟冬移步診療，待謝駿情況稍稍穩定的消息傳出，顏仲崴偕丁純同去探視謝駿，先在門口撞見了曹孟冬。曹孟冬見顏仲崴到訪，趕緊舉手作揖，顏仲崴揮手制止，問：「曹大夫，謝駿敢有怎樣？」

曹孟冬面色凝重，搖首道：「彼隻牛毋止壓著伊的腿庫，尻脊骿嘛傷著，伊這馬閣有法度喘氣，已經足無簡單矣……伊會當拖偌久，唉，我毋敢講。」

顏仲崴內心一沉，顧盼兩旁，低聲問：「你無信心？橫直這馬頭家無佇咧，我是毋是規氣叫阮阿舅來看覓，無的確……」

顏仲崴口中的「阿舅」名喚藍良玉，為顏仲崴生母的小弟，說是小弟，實際上並無血緣關係。藍家多以軍伍為業，長年在沙場奮戰，有位親兵替顏仲崴外公擋刀而死，顏仲崴外公便收養他尚在襁褓之中的孩子，便是藍良玉。藍良玉性格古怪，時年已三十八歲仍未有娶親，平時多居烏日庄，鮮少造訪藍張興庄，他早年時常四處遊蕩，傳聞在諸羅縣處向一位和尚學了一手醫術，移居烏日庄後，那又常聚集一些舉目無親的偷渡客，藍良玉從來不缺練手的對象，久而久之，也讓他練出一手不俗的針灸的技術。

曹孟冬拍起顏仲崴的手背，往前走了幾步，顯是為避開丁純，曹孟冬低聲道：「舅爺的工夫是比我較勢，毋是我腹腸狹，你若是請舅爺過來，頭家定著無歡喜。」

「救人性命較要緊，我管袂了遮濟。」

「二舍，我講較白，頭家……頭家根本就袂掛意謝駿的死活，你若是干焦為著謝駿請舅爺過來，予頭家受氣逐家攏毋好過，你是何乜苦咧？」

「……」

「我知影二舍明仔載閣欲去岸裏，你愛斟酌的事誌猶閣真濟，唉……我話講到遮，先來走矣。」調頭前又拍了拍顏仲崴的臂膀，嘆氣連連。
「二舍，曹大夫參你講啥貨？憂頭結面，閣掩掩揜揜……」丁純靠了過來，忍不住相詢。
「無啥啦，」顏仲崴聳了聳肩，道：「好啦，咱緊入去看謝駿怎樣。」
躺在臥床上的謝駿氣色甚差，呼吸聲聽來十分沉重，似乎連呼吸喘氣都顯得很吃力，但是一見到二舍，蒼白的面頰牽出璀璨的微笑，丁純先出言安慰，顏仲崴始終沉默不語，面上表情十分哀傷，反而惹令謝駿鼓勵起顏仲崴，要他切莫過於自責。
顏仲崴低吟一聲，彎下腰與謝駿執手相握，道：「阿駿，你免煩惱，我真緊會請閣較勢的大夫過來，你做你放心歇睏，你的身軀絕對會使轉去到以早仝款。」
「好……好矣……」謝駿吃力地應答，笑意不減。
「純仔，我欲寫張批，你揣人替我送去予舅爺。」
「二舍，咱等會欲去攢送予岸裏遐的禮品，你這馬閣愛寫批？」顏仲崴不悅瞪了丁純一眼，丁純只嘀咕道：「我來去問大舍遐有現成的墨汁無……」
「真好！阿駿仔，阮先行矣。」顏仲崴原本坐在床榻上，正要起身，卻被身後的謝駿低聲喚住，謝駿的聲音氣息奄奄，顏仲崴一奇，俯身將耳朵貼近謝駿的唇邊。
「二舍，你有機會……愛好好展矣……」

「展啥？」

「彼號……阿九矣……」

「哪會雄雄講著伊？」

「你毋是就意愛伊？叫是我無目色……，看袂出喔咳咳咳……」

「好好歇睏啦，講啥痟話？」顏仲崴兩頰熱意猛然湧現，慌忙地立起身子，道：「著傷的人好好歇睏，閣、閣遮爾愛練痟話，我……我欲走矣啦！」

顏仲崴返回房間，獨坐在銅鏡前，一邊嘆氣一邊更衣，一手無意撫起左眼角下方的黑痣，雙目渙散，似是想望了神，直到有人大大咧咧推開兩側門板聲響起，才乍然回神，一般僕役絕不敢如此冒昧，他趕緊將腰帶繫緊，咕噥道：「大兄，入來進前是毋知愛先拚門喔？」

來者正是顏克軍長子藍伯峻，顏克軍是藍家招來的女婿，雙方約有一子承繼藍家香火，長子藍伯峻便從母姓，藍伯峻和顏仲崴僅差兩歲，皆為同母所生，但似乎因為不同姓緣故，顏克軍對待兩個兒子的態度頗為不同；顏克軍對顏仲崴要求極為嚴厲，不但自幼需研讀古書，連武藝亦不能荒廢，好幾年的作息都是隨著「興營」武行早起打拳、練身，夜間還需練習算數、看帳；對藍伯峻採取放任的管教方式，他只要成績達標即可，所以【藍張興】關於招佃墾務等千頭萬緒，顏克軍幾乎都指定顏仲崴來辦理，藍伯峻只需要從旁輔助，甚至是挑簡單的事項來做即可。

「拚門？我門拚甲強欲變形啦，你是佇內底陷眠抑或照鏡看予家己緣投煞著？拚門拚遮大聲你攏袂聽著。」藍伯峻一派輕鬆，進門之後便直接往顏仲崴的床頂上坐落。

顏仲崴原本想辯解什麼，但下唇一抿，終究是算了，悶聲道：「昨昏攏無看著你的人，是趖去佗位？顧厝無好好顧厝，阿爹知影，閣欲講話矣。」

藍伯峻雙手抱胸，像沒事人一樣回話：「莫共我冤枉，我昨是知影你轉來才出去的啦，有戲班的人佇藍興宮搬戲，無看拍損啦！」藍伯峻外貌與顏仲崴有七八成神似，但少了左眼角那粒淚痣，身骨體格手臂都比顏仲崴小上一號，整體氣息更為秀氣，另外，他臉上笑容也比顏仲崴多上許多。

「咱就已經講好勢矣，卓大人問你是按怎無來，你毋是愛踮厝內底好好顧厝，加加配合幾工會死喔？」

「講甲你做事誌袂輸有偌細膩的，丁純講你欲寫批予阿舅，毋驚死！」

「彼个你莫插！唉……我叫是你昨閣旋去外口遇暝，毋過著啦……烏鬚仔落南，這陣無佇咧，莫怪。」

「譁！個有名有姓，叫聲黃大哥是叫袂得喔？」藍伯峻鼓起嘴。

「我才無愛，昨干焦看著伊，我規身軀礙虐。」

「諍！閣講這款死無良心的話，我真正予你氣甲頓蹄。」藍伯峻怪裡怪氣數落一陣，見顏仲崴沒附和，便往後一攤，仰躺在床板上，伸展兩肢臂膀，又道：「話閣倒講轉來，你會去揣阿舅，我嘛感覺足稀罕，規庄頭攏知影阿爹佮阿舅袂合，叫是你永遠袂逆阿爹的話咧。」

「你哪會聽起來……袂輸足歡喜的款？」

「講實誠的，自細漢到這馬，你攏足聽阿爹的話，逐項事誌攏隨在伊發落，我就毋捌看過你共伊拒絕過。」

「喔……原來我是按呢喔……」顏仲崴半是喃喃自語思量片刻，眼見藍伯峻全身慵懶躺在床頂，忍不住催促他坐起身子，「你坐起來啦，我趕時間欲出外啦！」

「好啦、好啦！」藍伯峻不情願地應答。

顏仲崴又回望鏡前，看著自己的倒影長嘆口氣，道：「唉……我嘛無想欲予阿爹受氣，毋過我嘛無法度……著啦，你坐遮久，來揣我是創啥？」

「諾，揣你創啥？你轉來這兩工攏袂秋清，咱兄弟仔加減嘛愛互相關心，知影講你最近心情穩，所以我專工來揣你，看你這馬到底按怎樣？」

「你來共我開心，確定毋是掀龜蓋？唉！連茂、陸常死去……謝駿嘛著傷……閣一寡有的無的事誌摻做伙，鬱卒才是有影！」

「你若是鬱卒，會當去看看你嫂仔母囝，無的確你看著紅嬰仔，心情……」

藍伯峻話說到一半，被顏仲崴充滿怒火的目光嚴厲一掃，藍伯峻乾笑兩聲，像是為了找台階，說道：「啊……哈哈哈哈，著啦，你毋是連鞭欲出發去岸裏？佮廖家做親情是喜事，祝福你啦、加較歡喜出門乎？」

「嘿啦，天大的喜事，遮好空你哪無愛娶入門？見攏！你見攏事誌攏講甲遮輕鬆，查某體閣學人娶某，你彼時是怎樣講的？佮烏鬚仔恩恩愛愛的時陣毋是真勢？佮大嫂的時你就推推揀揀，彼當陣你頷頭娶石琴的時，是按怎會允甲遐輕鬆？尾仔咧？姓薛共我強迫替你收尾的時，彼當陣你敢有捌想過我的心情？」

顏仲崴不知不覺越講越大聲，講到一半他對上藍伯峻錯愕的眼神，才恢復起理智，抹了抹額頭的冷汗，歉然道：「歹勢，我毋是刁工欲對你受氣……」

「仲崴，我知知啦……一切攏是我這做阿兄的無路用，莫怪你會對我發脾氣。」

「大兄，我無怨慼你的意思，攏是……一切攏是我家己的問題。」

「有問題你做你共我講矣，你攏袂伫腹內，早慢會出事誌。」

顏仲崴默然片刻，愁容稍稍緩了半分，這回換藍伯峻面色凝重，他道：「仲崴，我是認真的，你若是無愛娶客人妹，我會使替你行一逝岸裏，替你退婚。」

「莫講耍笑矣，退婚……阮已經從遐久，你哪會煞欲講退婚？莫亂矣！」

「仲崴，結親是正經的大事誌，尤其是，這斗你欲娶的人是對外口來的，你若是過甲毋歡喜，你毋但家己艱苦，閣會牽拖別人做伙，這才真真正正毋是佇咧講耍笑的，你閣想看覓好無？」

「我早早就想好勢，無啥物好講的。」

「你著遮爾想欲娶彼个客人妹？」

「大兄，你應當比我較清楚，這毋是我欲毋欲的問題，丁純……伊猶閣佇咧大廳等我，我先來走矣。」顏仲崴聲音聽起來十分疲憊，在他踏出門房之前，在戶模停留了片刻，最終只是聳聳肩，沒有回望坐在床頂的藍伯峻，顏仲崴不曾料想過，他踏出門房之後，與藍伯峻今生再也無緣相見。

丁純在中堂久候，他左等右等，總算盼到顏仲崴現身，卻一臉鬱鬱而至，丁純滿肚疑惑，顏仲崴已先行開口：「參大舍交代幾句話，有講較久。」丁純點點頭，道：「袂要緊，車隊已經佇外口等矣，咱隨時會當出發。」

㈤謝容案

彰化縣貓霧捒保藍張興庄外

顏仲崴在岸裏社與顏克軍夫婦會合，隨親家廖敦素、通事張通烈巡邏岸裏社、葫蘆墩、潭仔墘一帶的沼澤地，外地駐留了三夜，回程之時，由於顏仲崴輕裝騎馬，便領了包含丁純在內，四名小廝走在隊伍前頭，顏仲崴等甫入藍張興庄外圍的北營頭，便見顏家的長工風火奔赴而至。

「二舍，看著你誠好！」

「戴青？你是菁仔欉喔，啥物底事？」丁純出聲埋怨。

「歹勢啦！是按呢啦……二舍，昨暗開始，有一个講是姓馮的姑娘，對半線庄來的，悉一陣人滯咧頭家厝大門口，喝聲欲揣頭家，已經徛規暝矣，這馬是余暉𪜶當咧遐，毋知彼隻虎豹母閣欲舞偌久？二舍，你佮頭家轉來就好。」

「姓馮……？好，頭家咧後壁隨來，你先𤆬我去看覓矣。」

顏仲崴趕到顏家大院外頭，除了幾名丈青衣衫的武裝「興營」弟子嚴陣以待，神情戒備地環繞在顏家大院門口，也見到四位身穿淺色外衫的漢子堵在自家門口，各個腰纏戒刀，身形精悍，但看外貌，年歲不一，或留髭鬚老少皆有，他們髮辮整齊劃一地圍著頭殼外圈，以及脖項之處都配戴紫紅色的掛珠，其中最惹人注目的，便是站在人群最前，身穿鵝黃淡衫的女子，正是那日在南岸大竹宮廟埕初見的阿九姑娘。

「伊……哪會咧遮？」顏仲崴隨即翻身下馬，腳步尚未踏定，一股清香的檀木香味撲鼻而來，顏仲崴恍惚片刻，眼前銀光一現，金屬堅硬的觸感已經抵上他的胸膛，渾沒想到對方雖是女流，拔刀速度竟然如此之快。

「顏仲崴，你算毋算是查甫囝？」

「大膽，你、你欲創啥？」丁純厲聲怒斥，內心慌張不已。

「刀囥落……」興營大弟子石振大聲疾呼。

「無要緊，逐家莫緊張，」顏仲崴制止丁純以及其他躁動的家丁，他沒有推開那柄銀刀的刀尖，反倒神態恭謹拱起手，道：「馮……馮阿九姑娘頭一擺來阮兜，予姑娘等人等遮久，是阮較失禮……有啥物事誌，馮姑娘做你講，我若有法度，我一定會出力鬥相共。」

阿九左右環視一圈，言談之見顏仲崴頗有誠意，其餘丈青衣衫的武裝「興營」弟子嚴陣以待，悶哼一聲，還刀入鞘，冷笑道：「阮南岸幾若个庄頭這馬已經拍甲烏天暗地，恁顏頭家有影是一隻成精的老狐狸仔，真勢揀時間去岸裏巡田園，南岸發生啥物事誌閃甲離離離。」

「阿九姑娘，南岸拍起來？阮……我猶是頭一擺聽著，是發生啥物底事？」

「問恁阿爹啊！南岸謝容佃幾个頭家，毋就是目紅恁阿爹彼張【藍張興】墾牌仔？顏頭家進前是按怎扶挺卓大人彼个面我攏無愛講，想袂到恁阿爹牌仔提到手了後，橋過拐抽，咱知縣大人的生死攏無欲顧啊？」

「你毋通誤會，阮阿爹毋是這款人。」

「誤會？好矣，伊若有心，隨出面綴我去南岸，約束黃均、黃方定佃，閣有南岸的漳州人，我當頭對面共恁阿爹叩頭會失禮攏無要緊，若無，佇遮講較濟也無較縒。」

「阿九姑娘，我知你的意思，毋過你愛知影，先莫講南岸的漳州人會聽阮阿爹的話毋，就算會，阮遮欲派人過去嘛是愛先參詳啊！」

「恁阿爹是藍提督的柱仔跤，隔壁庄頭閣有張惠開頭家的跤手，你上好莫共我講，徙一百捅頭个人，恁藍興庄著會倒了了！」

「阿九姑娘，阮二舍脾氣好，請你講話愛有站節，我丁純較欠禮數，借問一句，【高福盛】是無人乎？頂改去恁高家，厝是偌大間，遐爾仔好額，卓大人有危險，就無恁【高福盛】的底事？這馬是怎樣？閣愛你一个查某人來搬救兵仔？」

「比起講話有站節，本姑娘閣掛意做事誌到底有無良心。今仔日，就是恁顏家提著牌仔後，謝容炁人去拍衙門，高家厝較大間有啥路用？為著保護卓大人嘛予佃規个圍牢牢，顏頭家到今攏無反應，講落尾就是占贏毋占輸啦！」

丁純道：「二舍，咱免插伊，咱人濟，規氣共佃趕趕走好矣！」

「你講的，欲趕就來試看覓啊……」阿九身側的齋教徒手指著丁純，不甘示弱回起嘴。

「丁純，你共我恬去！」顏仲崴首次嚴厲發聲便是喝斥丁純，續道：「後斗無我的允准……」

「丁純敢有講啥毋著？你對伊遮大聲創啥？」顏克軍的聲音不大，卻清清楚楚地傳入顏仲崴和阿九耳中，顏仲崴不禁寒毛豎了一背，顏克軍寡語少言，往往一開口，幾乎都是斥責之語。原來適才在顏仲崴和阿九等齋教徒僵持對話之際，顏克軍與夫人薛夕照的轎子已經抵達在顏家大院門外，顏仲崴渾然不覺。

「爹，拄才我……」顏仲崴趕緊向前，朝父親躬起身子，不自主出言辯解。

顏克軍擺了擺右臂袖口，看也不看顏仲崴一眼，筆直朝阿九而去，阿九雙眉豎直，佇立原地，不言不動，端詳顏克軍這位烏溪北岸大頭家的風貌，他身形中等，外貌比想像中不起眼，但劍眉薄唇、兩側顴骨峻峭突出，眼白極大，散發出難以親近的氣息，下垂的長鬚灰白摻雜，倒也相襯他五十來歲的年紀。

顏克軍在馮子德面前停下腳步，身旁僅有一名灰袍護衛尾隨其後，顏克軍雙眼一瞇，道：「你號啥物名？」聲如其人，冷硬如鐵。

「後輩馮子德，家父齋門馮剛，阮全門攏纏綴【高福盛】高頭家下底辦事。」馮子德盈盈一福，另外四位齋教徒亦隨之躬身致禮，忽然之間，捎出銀鈴般地輕淺笑聲，卻是自眾人眼前轎內而出，隨即是一名女子聲音竄出：「失禮啦，我咧講一个查某人號這款名，敢袂傷重？」

馮子德見身前的顏克軍沒有多大的反應，想那轎中乘坐的即是顏頭家夫人薛夕照，一如傳言，聲音聽起來十分年輕，恭聲應道：「阮的名是家父的師父號的，重毋重我毋敢講，上少，我會做一个肩胛頭會擔的人。」

「是啦，官人，我聽起來……這姑娘性格袂穤。」

顏克軍又沉默了片刻，道：「高頭家有啥物事誌，你講。」

「烏溪南岸這馬拍甲亂操操，袂輸天反地亂，半線庄嘛予謝容的人圍起，後輩這斗來，有紮卓登邦卓大人的批，向望顏頭家會當鬥相共，約束作亂的人，拜託顏頭家出面幫贊。」

顏克軍緩緩舉起手臂、攤開手掌，馮子德先是一愣，才想到將塞在袖口的信封取出，呈至顏克軍手上，顏克軍接過信封，展信閱讀，沉吟幾聲，臉色始終未改，他閱畢之後，將信遞給顏仲崴，顏仲崴立刻接過。

「我知影矣。」

「啊？」

「落尾的事誌，我會發落，你會當轉去交差。」

馮子德愣在原地，顏克軍瞥視顏仲崴，撥了撥袖口，顏仲崴立時道：「阿九姑娘，阮阿爹的意思是你會使安心轉去，毋免煩惱。」

「話、話猶未交代清楚，我真感謝顏頭家允准鬥相共，但是你講你欲派人，請問是當時？」

「真緊。」顏克軍再擺了擺手，示意送客，馮子德等如若知趣，理應告辭，這拒人於千里之外的語氣，令馮子德暗暗不愉，他身邊的隨侍更忍不住，當場大聲嚷嚷起來：「真緊是底時？是今仔日、明仔載，半月日抑是後个月？按算派偌濟人？你毋就愛講予清楚？若無我若知你是佇嘐潲抑是佇畫虎羼？」

「軒叔，莫講遮歹聽啦……」馮子德急忙勸阻，那「軒叔」尚不解氣，道：「阿九，咱千辛萬苦來到遮，我管待伊是毋是顏大頭家、薛頭家娘，聽伊按呢講話，我就是規腹肚火啦！」

馮子德拍了拍「軒叔」的肩，再度站上前來，朗聲道：「咱毋是無事無誌來的，原早叫阮來的，是恁顏家的大舍。」

「大舍？」顏仲崴大吃一驚，道：「你講阮大兄這馬佇恁高家遐？」

「毋是，伊這馬敢若佇黃均遐的款，橫直是伊派人共阮通知的。」

「莫怪，我就感覺奇怪，阮大兄若是佇咧，無可能予你佮各位師兄外口過暝過一暗。」

「好矣，我猶是同一句話，緊轉去，我無想欲知影彼號毋成囝的事誌。」顏克軍目光一沉，語氣十分冷漠。

「顏頭家，你允准阮的事誌……」

「恁做你𤆬話，別項，恁無需要知。」

「猶閣有大舍，恁攏袂掛意講……」

「我無這後生，愛掛意啥？」

顏克軍語氣已經透露出極大的不耐，他身後的灰袍護衛，忽然散發出一襲懾人殺意，透入骨髓，馮子德步履為之一僵，併退半步，再度端正目光，那護衛的殺氣隨著顏克軍轉身也瞬間消散。

「仲崴，送客。」主人開口送客，馮子德自然不便多留，他見到顏克軍、也順利將彰化知縣手書交予本人，算是任務已盡，顏克軍的態度雖然始終令馮子德不安，反覆思忖，終究是沒有正當逗留的藉口，只得向顏克軍施禮告辭。

彰化縣貓霧捒保
藍張興庄．顏家大院．正廳

「爹，大兄的事誌，你按算怎樣處理？」馮子德等齊教徒甫離開，顏克軍便逕自走回大廳，屁股尚未坐在椅子上，顏仲崴已經迫不及待發問。

顏克軍漠然回望顏仲崴一眼，撩起了前襬，緩緩坐上太師椅，手指撥弄著袖口，低聲道：「我無彼个後生，你拄才敢無聽著？」

「我、我……阿爹，我聽無你的意思……」顏仲崴神情激動，同一時間，一名三十歲出頭的婦女，素色鑲花邊的長裙飄襬，從側門徐徐入室，他在顏克軍旁的茶几邊停下，伸出修長的手替顏克軍斟茶，才緩緩在顏克軍另一旁的太師椅坐定。

「阮大兄這馬佇南岸，南岸這馬狀況足亂，我哪有可能袂掛慮伊的安全啦？阿爹，咱定著愛加派跤手，趕緊過去共阿兄摸轉來才著！」

顏克軍始終一臉靜默坐在太師椅上，好似不為所動捧起茶杯，品啜飲茶，顏仲崴又急又怒，道：「阿爹！」

「仲崴，你較冷靜咧，恁阿爹按呢講，一定有伊的道理，橫直恁阿爹會安排好勢，你就毋免管矣。」那少婦好言勸道。

「哼……」顏仲崴不以為然，顏克軍立即責斥道：「哼啥？伊敢是你會當歹聲嗽的人？」顏仲崴無奈，端起身子，畢恭畢敬地道：「阿娘。」

那少婦名喚薛夕照，甲戌年生，僅年長顏仲崴八歲，自然是做不成藍伯峻、顏仲崴的生母，顏仲崴生母藍氏在康熙四十九年間，因懷雙生子之故，生產之際遭逢難產，便撒手人寰，顏克軍立即迎娶楓樹腳庄（約今台中市南屯區）頭人薛卯的長女，當時薛夕照尚未滿十八歲，與顏克軍結縭十六年來，僅在五十七年生下一子幼嶼，也是顏克軍最小的孩子。

「伯峻嘛真害，咱規間遮大的厝，伊明明嘛知影咱去岸裏，伊應該踮厝內底鬥顧，愛走嘛愛先講一聲，人煞走甲拍毋見，莫怪恁阿爹會毋歡喜。」

「偌濟年矣，替伊拭尻川毋知幾擺？伊實在予我就失望的……伊食著姓黃的符仔水嘛據在伊去，我規氣當做我無這後生。」顏克軍垂下目光，轉了轉手掌中的空杯，再抬手放在茶几上，望向顏仲崴的目光轉趨嚴厲，沉聲道：「仲崴，你上好是莫佮伊仝款，規工共我逆！」

「是……」

薛夕照按了按顏克軍的手背，低語幾句，顏克軍雙眉微揚，道：「這張批……你來看覓矣，頂懸寫啥貨。」顏仲崴從父親手中接過信，快速一瞄，上頭有彰化知縣的印章，竟是朝廷曉諭，原來是馮子德適才遞交給顏克軍的書信。

顏仲崴念道：「……八月二十三，查彰化縣莿桐腳庄人，泉籍廖國舟與漳籍黃兆因跋筊細故起爭執……雙方皆不肯退讓，乃至於黃兆與其弟黃均、其子黃方定激動之下……」顏仲崴眼皮一跳，又續念下去：「竟雙雙將廖國舟毆打致死，廖國舟家人激憤之下，乃號召族人，廖黃兩家大打出手，黃氏三人趁亂逃脫。鹿仔港有富商謝容者，泉郡人，聽聞此事，遂廣發英雄帖，追殺黃家父子，各路江湖人士以武犯禁，不少無辜者牽連受害。本府素聞顏公高義，素日又有愛人之心，而以顏公之大才，貴重千金之軀，出面約束鄉民，必使干戈事平，係我彰化之大幸、大清之福，拜請顏公萬勿推託。」

「你看過批，有啥物感覺？」

「這批根本就烏白寫，彼个謝容……明明就是窮分咱手頭的曌牌，閣講彼个廖國舟，我這改去半線庄嘛有拄著伊，伊就是一个鱸鰻，閣生一張鬥夠歹看的貓仔面，哪有啥物家庭，我確實無法度相信，這敢真正是卓大人親筆寫的？」

「【藍張興】的牌仔本底是今年愛提著，這齣舞落去，我看閣愛拖甲明年。橫直，這層事誌上好是咱莫插手，雖然講對卓登邦有小可仔歹勢，我猶是感覺阮保存實力，這才是代先要緊的。」

「阿爹，曌牌……閣是曌牌，曌牌是有偌重要？佮大兄的性命來比……」

「慢且。」顏克軍低語時閉上雙目，仰起頭舉杯品茗，直到一滴不剩，一張開眼，便將空茶杯猛烈砸向顏仲崴肩胛，「咚」的一聲，空杯摔落地面，粉碎一地，顏仲崴肩胛濕了一片，他驚愕地望向父親。

「你知影阮討這張㹴牌討幾若十冬，真無簡單就欲到手，這馬你共我講啥，㹴牌仔毋重要？」顏克軍一臉平靜，冷然道：「家己講啥物痟話，你家己記予清楚。」

薛夕照趕忙站起身子，抽出手巾拂拭顏仲崴的衣衫，顏仲崴憋著氣撇過頭，薛夕照身上的胭脂味，令他不悅，薛夕照道：「官人，你嘛莫受氣，仲崴真捌事誌，會當理解咱的苦衷。」

「我是按怎愛聽你講？」顏仲崴揮開薛夕照的手，沒想到薛夕照不死心，反手抓住顏仲崴的掌心，正色道：「你聽嘛是愛聽、毋聽嘛是愛聽！」

顏仲崴聳了聳肩，薛夕照的手才緩緩放開，他道：「最近，咱愛顧貓霧捒社遐的番仔已經足艱苦，倩跤手足欠的，恁阿兄大主大意，無通報一聲就清彩毛人離開，規矩攏予伊破壞了了矣。你莫講恁阿爹無情，伊毋但是咱顏家的一家之主，猶閣是附近幾十个庄頭的大頭家，幾若百的口灶愛倚恁阿爹來討趁……仲崴，你是恁阿爹上看重的囝，你一定愛體諒恁阿爹的苦心。」

顏仲崴本欲反駁，雙唇動了動，終究是沒有說話，薛夕照見狀，那雙倒三角眼廓、細長尖翹的眼尾溢出笑意，道：「嘿啦，按呢足好，你乎……無偌久就欲結親，後擺欲操煩的事誌閣較濟，有閒就較捷去岸裏遐行行……」
「我無想欲娶客人妹，我一點也無想欲娶伊啦……」未曾有過的念頭衝口而出，顏仲崴忽然好想哭。
「仲崴？你哪會雄雄講這款話？」薛夕照尖細的眼眶張得老大，道：「進前、進前你毋是講……？」
「進前？」顏仲崴抽了抽鼻子，道：「進前恁敢有捌問過我的意見？閣再講，我講我的意見敢有效？」
顏克軍冷冷道：「進前，是你家己講欲頂替彼个毋成囝娶客人某，阮敢有共你逼？咱禮攏送矣，做客嘛做幾若擺，你這馬共我講你無想欲娶矣？恁兩个兄弟仔是有啥物毛病？逐工想空想縫是刁工欲氣死我呢？」
「阿爹，我知影你對阮足失望的，毋過阿兄，伊本來就是彼个查某體的款，彼个款是欲按怎娶某？落尾的事誌，我嘛艱苦甲，就算是按呢，我猶是無法度放阿兄死活莫插，就算伊佮黃方……」
「噓，恁阿爹袂癮聽伊的名。」
顏仲崴右手搗起胸坎，一股無以名狀的怒火再也難以遏制，忍不住推開薛夕照，咆哮道：「黃方定就黃方定，有啥物袂使講的？」往前踏上一步，正巧足底踏在適才破碎的茶杯上，發出「喀啦」的碎裂聲。

顏克軍搖了搖頭，手指撥弄起袖口內的內襯，並不言語，與之對比的是行色匆匆的薛夕照，不停拉著此刻暴跳如雷的顏仲崴，還需出言安撫。

「仲崴，你毋通按呢，拜託一下，較冷靜好無？」

「好啦好啦好啦，講較濟恁攏毋願去救大兄，閣較無可能救黃方定，但是恁知影無？黃方定若死，阮大兄嘛無想欲活矣啦，所以……」

「所以啥啦？仲崴，阮嘛是為著你設想……」

「你共我恬去！所以……所以我家己去烏日庄拜託阿舅，就恁攏毋免麻煩的啦。」顏仲崴立時奪門而出。

「仲崴，小等一下！」薛夕照差點動身追上前去，卻被顏克軍勸止。

「夫人，袂要緊。」顏克軍凝坐椅上，神情始終一派淡漠，道：「這改就據在伊去，咱喙講破攏無較縒。總是……愛予伊家己舞一擺，伊才有機會了解咱這个世間，毋是咱眼前看著的遮爾單純。」

㈥報喪

彰化縣貓霧揀保
貓霧揀社外

「二舍、二舍！」丁純驅馬疾行，總算在貓霧揀社外圍追上一路南奔的顏仲崴，顏仲崴，顏仲崴回頭循聲遙望，周圍盡是一片掩蓋過頭的芒草竹林，內心泛起一股猶豫，片刻後才拉緊轠繩，打算繼續朝南奔馳，但這回丁純已經追了上前，立刻駕馬側身擋在顏仲崴的前頭。

「呼呼……忝甲，二舍，小等一下啦……」丁純雖然滿頭大汗，卻堆著笑臉。

顏仲崴面容凝重，問道：「你若是欲勸我倒轉去，我勸你規氣放揀。」

「二舍，丁純是啥物人啦？你毋通共我誤會。」

「……」顏仲崴神色微緩，道：「你來創啥？」

「丁純自細漢就綴著二舍，二舍欲去佗落，丁純就綴到佗落，這無第二句話啦！」

「這斗我忤逆頭家的意思，欲去烏日庄揣舅爺，你毋知？」

「啊？二……二舍你欲去揣舅爺？」丁純沒有打探前因後果，匆匆而至，不免驚愕。

「著，純仔，我無想欲害你，較緊轉去，緊。」

丁純連忙搖頭，道：「我知影二舍是為著謝駿的傷才出外的。我、我袂放心予二舍一人，所以……」顏仲崴道：「毋是干焦按呢，唉……我無法度共你解說，好矣，横直你緊轉去。」

丁純正色道：「袂使、絕對袂使！二舍，我毋管是為啥原因，我無可能放二舍一人出外。」

「你的心意我真多謝，猶毋過……」

「二舍，我猶是彼句話，阮自細漢綴二舍大漢，嘛做伙拜【武嶺門】學武，咱師仔毋是有教『公誠樸毅』的教示？丁純無一工、也無彼个膽共彼四个字放袂記，二舍去佗落我綴去佗落，做你頭前是刀山蛇籠、內山斗底，也無第二句話！」丁純鄭重其詞，言詞懇切，顏仲崴不禁動容，他總算微微揚起嘴角，丁純隨之爽朗地大笑出聲。

「好！」顏仲崴韁繩一拉，正想到丁純身前，拍拍他的肩膀，胯下的馬匹失控，像是受到驚慌一般旱地拔起，登時將顏仲崴甩開，總算顏仲崴反應極快，撐著手臂護住頭部，在地上連滾六圈，才緩住身子，除了沾染滿地塵埃，身上並無大礙。

「咳咳咳……」塵土紛飛，顏仲崴連咳數聲，一手抹去面上的灰泥，隱約間，他座下的棕

馬已經朝遠處狂奔，顏仲崴心下喊糟，但尚未理清頭緒，卻被丁純慌亂的呼喊聲拉回現實，

「二舍！」

左近的芒草堆竄出一名亂髮飛揚的男子，表情極為猙獰憤怒，他高舉彎刀過頭，顏仲崴幾乎看不清對方揮刀的軌跡，倉皇之際撐起身子、起身閃避，仍是腰際中刀，滾燙的鮮血登時汩汩而出。

「害矣，是……番仔……」顏仲崴屏住呼吸，才注意到這他們無意中闖進貓霧捒社的獵場，他此時被五名的貓霧捒人團團包圍，個個怒氣勃勃，顏仲崴來不及細想，眼前的貓霧捒社丁又朝他猛烈揮刀攻擊，顏仲崴雖是公子哥，但武學根基深厚，此刻逢生死交關，內在潛力更是全數激發，他無視腹部刀傷，右腳一側，對方揮了個大空，顏仲崴趕緊抬起右足、腳板往前一勾，那貓霧捒人收勢不及，翻了個大跟斗，手上的刀也同時間落在顏仲崴的手中，顏仲崴趁勢揮刀架在那貓霧捒人脖頸，其他貓霧捒人一時半刻不敢欺近顏仲崴。

「嘿……」顏仲崴略略放鬆，腹部的刀傷陡然抽痛，總是強自挺住，屏氣凝神之際，顏仲崴後腳微挪，腳跟處卻好似被石頭碰撞，「咚」的一聲，顏仲崴眼角一瞥，竟然丁純的頭顱。

「啊……」顏仲崴突感暈眩，膝蓋不受控制的跪落地面，手上的番刀應聲脫落，才發現右手手背插了一枚尖針，指頭開始泛紫起來，一股滾燙的熱液從顏仲崴喉中衝出，他背後採用上等衣料縫製的墨藍背心，被彎月似的銀刀劃破開來，顏仲崴臥伏在地，低低喘息，然後，他意

識逐漸恍惚，漸漸沒有感到疼痛，只有冷……

彰化縣貓霧拺保
烏日庄

顏仲崴緩緩睜開眼，四周的光線令他不適，他眨了眨目光，對上了一名小姑娘，那小姑娘也打量著他，四目交接，顏仲崴才緩緩回神，對方約莫十歲出頭的模樣，想要問對方何許人也，但是才一張口，便覺喉嚨十分乾澀，發不出聲，那小姑娘卻不上前慰問，逕自抽身退出門房，顏仲崴急切地攀住他問事情，但全身酥軟，仍使不上勁，好在片刻之後，那名小姑娘拉著一名做文士打扮中年男子而來。

「哈啊……」那男子邊打了個哈欠，張口便飄散著酒味，道：「你倒幾若工知影無？總算等到你清醒啦……」

「阿舅……？」

來者正是藍良玉，藍家在地墾業託付給女婿顏克軍，卻不是養子藍良玉，據傳兩人早年有些齟齬，恩怨的版本很多，顏仲崴也不甚清楚，其中一個說法是藍良玉常因飲酒誤事，才被打發來烏日庄做閒差，負責接濟來台偷渡客，每年引渡的人數眾多，不乏奇人異士，也有不少人乃是負傷病而來，藍良玉既遇名醫傳授技法，此處也從不缺治病施救對象，醫壞也不怕糾紛，雖然醫術非為經世濟民之術，這藍良玉倒不以為意，反而潛心修習，是以一手優異的醫術，漸漸傳開。

「我倒偌久？」顏仲崴恍恍惚惚，藍良玉搔了搔頭，對身旁的小姑娘說：「你先去火灶遐共我鬥顧一下藥仔好毋？」小姑娘點了點頭，便走出房門。

藍良玉待小姑娘身影不見才移步在顏仲崴床頭前坐下，顏仲崴勉力撐起身子，右掌的肌肉處發硬，好似沒有知覺，顏仲崴昏迷前中毒針的畫面掠過眼前，他身子不由自主往前傾倒，藍良玉趕緊扶住。

「你已經倒半月日矣，你佮姊夫是冤家是毋？半月日中伊攏無派人共你關心。」

「我……我這馬昏昏頓頓，記無啥清楚……」

「頭殼閣佇咧踅乎？你乎……會當保住這條命無簡單，若毋是拄好彼時有食齋教的經過，共番仔參詳拜託，我才通化解個調配的毒，若無，你就早早見閻王。」

「是喔……」

「嘿呀，你若無別項事誌，我先來去顧藥罐仔……」藍良玉起身到一半被顏仲崴急忙拉住袖口，藍良玉遂坐回原位，問道：「閣有啥物事誌？」

「阿舅，我想起來矣，我會來遮……是想欲共你拜託，我有一个號做謝駿的師弟，伊……

個傷足重的，庄內的曹大夫講無法度，雖然毋知這陣的狀況，猶是向望……向望講阿舅你有閒會當去看覓仔好毋好？」

「喔，好，會使。」

「真、真的？你袂掛意阮阿爹伊……」

「嗯……我這幾工本成就有轉去一逝的拍算。」

「萬不二……是大人有交代啥物？」顏仲崴口中「大人」是指前台灣鎮總兵官藍廷珍，拜剿平朱一貴走反之賜，現已高升福建水師提督。

「毋是，」藍良玉神情黯淡，道：「仲崴，你……聽我講，四工了後，是伯峻出山的日子，我這个做阿舅的閣再按怎講，攏愛轉去共伊送。」

「啊？你講啥？阮大兄……死矣？」

「詳細的狀況我毋是蓋清楚，總講一句，伯峻求姊夫去南岸救人，姊夫毋允准，落尾伯峻就……自我了斷，有影是有夠不孝……」

嗣後，顏仲崴又陷入半睡半醒，再度清醒已是翌日清晨，顏仲崴披著一件單薄的外衫，踏出門楣，久違的陽光灑在頭頂，忍不住隱隱發顫，顏仲崴重新順口氣，四肢有些沉重，他步履蹣跚地走向外頭的林蔭，後頭傳來清脆的鈴鐺聲，是那煎藥的小姑娘跟在他腳邊。

「阮阿舅叫你來？」

「伊咻酒醉，猶佇咧陷眠，是我看著你出來，感覺袂放心。」

小姑娘語氣對藍良玉不置可否，若是平常，顏仲崴定會和這眉清目秀的小女孩聊上幾句，但此刻顏仲崴卻沒有這樣的心情，僅是默默無言埋頭向前，直到，他聞到淡淡的焚香味，以及朗朗清澈的誦念聲，同時傳來。

「是阿九姊。」那小姑娘如此一說，顏仲崴一怔，吃力地邁開步伐，撥開遮蔽視線的野草垂葉，果真是馮子德，他半跪長立於土墳之前，手中撥轉著念珠，垂首低眉，神態虔誠，誦經聲綿綿不斷，馮子德身前立著一塊簡陋的木牌，正刻著「丁純之墓」四字。

顏仲崴走近馮子德，並肩跪在墓前，他不黯馮子德口中誦念的經文，仍然跟著雙手合十，祝禱丁純在另一個世界能早日往生極樂，兩人並肩一陣，馮子德祝禱完畢，緩緩起身。顏仲崴感慨萬千，望著馮子德，千言萬語，不知從何啟齒。

「袂赴共伊救落來……我足遺憾的。」馮子德先開了口，同時，那小姑娘狀似親暱地牽起馮子德的手，搖晃了起來。

「阿九姑娘，無這款事，顛倒是我欲共你說多謝……丁純……丁純是一个孤兒，自細漢就綴佇我身軀邊佮我同齊大漢……你願意按呢……為伊誦經……我、我足多謝你的。」

顏仲崴原本語氣平緩，只是再當「丁純之墓」四個字重新映入眼簾，好似眼前再度一黑，言語也斷斷續續起來，他不願在馮子德面前失態，揮手拒絕馮子德的攙扶，動作雖緩，總算憑藉己力站起身子，迎上馮子德祥和的目光，內心微暖，不禁問道：「阿九姑娘，你哪會佇遮？」

「二舍，我聽講你清醒矣，特別來親口對你說多謝。」

「為啥物欲說多謝？我干焦昏死佇遮幾若工，一屑仔路用也無……」

「千萬毋通按呢講，南岸死者八十五人，傷者三百二十五人，佳哉有顏頭家出面調停，若無，應該會死加較濟人。」

顏仲崴摒住呼吸，沉默一陣，才道：「遮爾大的事誌，敢有牽連到卓登邦卓知縣？」

「聽講……卓知縣因處置失當，予革職查辦，已經押落去府城，等候頂懸發落。」

「鹿仔港的謝容咧？若毋是伊……事誌敢會舞遮大？若毋是伊……」顏仲崴不禁搗著胸口，痛苦地單膝跪地，馮子德身旁的小姑娘想靠近顏仲崴，卻被馮子德拉回，小姑娘不解，直言無諱，道：「阿九姊，伊攏欲哭矣，你無愛去共伊看？」

馮子德輕輕晃了頭，小姑娘表情依然不解，再回望顏仲崴，只見顏仲崴己半跪趴伏在地，雙手掩著面，鼻涕直流，半是喃喃自語地嚎哭不止：

「我一直足認份……對做囡仔到今，聽阮阿爹發落的逐項事誌，猶毋過……我……我尾仔感覺我愈聽話，我就過甲愈艱苦……誠毋簡單，我下定決心欲橫逆阮阿爹一擺，結果丁純……

丁純就按呢死矣！落尾阮阿兄嘛無救著⋯⋯我到底咧舞啥？到底咧創啥啦？我為怎樣欲橫逆阮阿爹？是毋是⋯⋯我繼續聽阮阿爹的話，這寡事誌，是毋是攏袂發生呀？」

㈦沖喜

彰化縣貓霧捒保
藍張興庄

藍伯崇出殯乃藍張興庄之大事，保內各地如烏日庄、楓樹腳庄、大里杙庄等處的頭人幾乎是親自前來，寄附顏克軍長子奠儀。

未亡人石琴抱著未滿足歲的藍閎官，披麻帶孝，長跪在藍伯崇的棺木前，心不在焉地應和往來致意的訪客，直到獻果時，念到藍良玉與顏仲崴的名字。

「伯崇的阿舅藍良玉先生，勞煩你徙步來這，獻果……」

石琴神色冷漠，盯著跪坐在他身旁的顏仲崴半晌，忽道：「你總算願意徛佇阮邊仔。」顏仲崴面色蒼白，也不知是否是大傷初癒之故，他見到石琴，欲言又止，不自然地把目光轉開，望著前方棺木低聲道：「大嫂，你愛保重身體，莫傷過傷心。」

「傷心？恁大兄的心從來毋捌佇我遮一工，我有通好傷心的？」大庭廣眾之下，石琴仍是笑。

「大嫂，我了解你的心情，是講……」

「我嫁予伯峻彼工，阮的恩情就透尾矣，伊是生是死，在我攏無啥物差別。」石琴像是無視顏仲崴般，自顧自敘懷，懷中的嬰孩如相應似的咿咿呀呀。

顏仲崴困窘無話，伸手迴過他眼下的黑痣，才道：「大嫂，我這站是較無閒，袂記去共恁看……」

「歹勢？毋免矣，自我有身、生囝到今欲一冬，你無一陣是有閒的我煞毋知？」石琴冷冷道：「我、阮阿爹，講到尾攏是恁顏家的棋仔，佳哉，佳哉我閣有這个囡仔，若無，我一定加濟怨嘆恁顏家的查甫人。」石琴的父親石紹南，是武嶺一帶頗有威名的武師，年輕時便隨同顏克軍來台灣打天下，當年藍伯峻結親時四處都鬧得不愉快，自己便被草草許配給藍伯峻，權當解決一場鬧局；石琴還有一個弟弟，便是「興營」大師兄石振。

顏仲崴始終不敢迎視石琴，有些尷尬地準備抽身站起，後頭司儀官高喊：「岸裏張通烈張通事、廖敦素廖頭家到！」大甲溪南岸客人的到來，當下便引起現場頭家交頭接耳的熱絡討論：

「客人竟然會來？咱顏頭家當時佮客人仔鬥搭做伙？」
「你毋知喔？嘿，個廖家早早就佮顏頭家文定，年尾就是親家……」
「是喔，毋過個兜大舍發生這款事誌，結親……敢有法度？」
「曷知？」

彰化縣貓霧捒保
藍張興庄．顏家大院

是夜，冷風清月，夜色如水。
顏仲崴坐在顏宅護龍外的銃樓之上，與「興營」當值的何勇對酒，顏仲崴始終沉默，他見何勇倚在窗框上發愣，隨口問：「勇仔，你來遮幾冬啦？」
何勇眨了眨眼，歪頭望向外頭的月娘，道：「我今年十五，就差不多是十五冬。」顏仲崴不經意地笑了一笑，何勇一奇，問道：「二舍，你問這是創啥？」
「哪有啥啦？無聊矣……」顏仲崴似乎有些醉了，這算是這幾天以來，他第一次感到心情放鬆，也反應在語氣上，又問道：「欸，你敢有意愛的人無？」
「無啦！二舍你雄雄問這創啥？」何勇嚇了一跳，差點跌下窗框。

「你反應為啥遮爾大？真好笑……」

「二舍你、你才奇怪……你若是共我的話傳出去，我毋才予四師兄笑死……」

「好啦，莫共你亂，著啦，欸，你……佮意佗一款的姑娘？」

「嗯……」何勇陷入了沉思，沉吟許久，久到顏仲崴都想要放棄追問，何勇才吐出一句，道：「我聽講查某人若是溫柔的上蓋好。」

「哇，你對佗位聽來的？真有道理咧！」

「就、就應該是愛按呢啦……我、我是無蓋清楚啦……」

「溫柔呀……」顏仲崴隨意地應聲，忽然，「興營」大師兄石振現身在銃樓。

「大師兄！」何勇霍地起身，石振則是執禮向顏仲崴一揖，說道：「二舍，頭家講，這幾工猶是向望照原本的計畫，啟程去岸裏……」顏仲崴啐了一口，大動作地扯下腰間的玉珮，砸在地上，當場裂成兩半，罵道：「這馬啥物情形？大舍才落土袂久，恁隨就強迫我去娶某？恁心肝頭、頭殼頂到底貯啥啦？」石振默默彎身，拾起地上碎裂的玉珮，道：「我話已經焄到，酒會傷身，二舍的傷才好爾，請二舍一定愛保重身體。」石振交代完畢，即刻轉身下樓。

石振走後，顏仲崴早已七成酒意，被石振一激又是萬分惱怒，也不搭理一旁的何勇，當即從銃樓縱身而躍，強行闖入顏克軍的房間。

此時顏克軍尚未更衣漱洗，似是仍在書桌旁商議明日事宜，面對顏仲崴毫無預兆地推開房門，顏克軍僅是往顏仲崴斜眼一瞅，嘆了口氣。

「你欲我啥物時陣去岸裏？」

「若是你願意，明仔載啟程是上蓋好。」

「啥物啊？恁兩人就按呢清彩決定……」

「我做決定毋捌清彩過。」顏克軍語氣冷硬。

「是啦、是啦！毋過我心猶閣足疼的，你敢袂當顧慮我的心情……這啥物時陣，你就愛我去娶親……」

「顧慮？我逐工欲摻的事誌濟甲，實在是無彼个工夫去顧著你的心情。我理解你真鬱卒，去烏日的事誌我就煞矣，無按算共你計較。話倒講轉來，仲崴，你『大定』緊欲到矣，我向望你精神起來，莫予咱兜失面子。」

「嗚……」

「仲崴，你毋知影因為進前你著傷的事誌，阮共廖敦素、張通烈個會幾偌擺失禮？個嘛是大戶，咱兩爿的時間有偌歹鬥……你應該足清楚才著。」當薛夕照邊說邊捧著燭台踱步而臨，顏仲崴心中又是一涼。

「娘……俺娘仔走的時陣，你嘛是這款，攏無啥看你咧艱苦，無偌久就講娶新的某入門……以早是按呢，這馬你嘛愛我按呢照辦……聲聲句句講攏是為著咱兜、為著【藍張興】，娶家己根本無佮意的人，你按呢，大兄按呢，到今你嘛愛我按呢？」

「婚姻大事，父母之命，你掠做阮是咧廷迌啊？我共你講，是毋是你家己佮意的人，彼敢若一疕仔重要啦！」出乎意料，素來自持冷靜的薛夕照疾言厲色，他字字句句，擲地有聲，不若過往老用一些不著邊際的話語來搪塞，顏仲崴愕然之餘，連連搖頭。

「你幌頭是啥物意思？」薛夕照尖翹的眼角斜睨過來。

「阿娘，我真正為你心寒，除了錢，除了功名算計，除了你上蓋寶貝的親後生，你是毋是毋捌愛過其他的人？」

「……」顏仲崴話如尖錐，在薛夕照心裏狠狠刮下一道坎，薛夕照難得啞口。

「像你這款人，永永遠遠無法度了解我心內有偌苦！」

薛夕照尖翹的眼角微微游離，難得見他無言以對，顏仲崴不禁竊喜，只是當一聲「仲崴」，顏克軍低沉的嗓音傳來，顏仲崴嘴上逞快的得意也瞬間煙消雲散。

顏克軍雙眼睇視著顏仲崴，眼見他指尖不斷來回撥動左右的袖口，三人默默無語，沉重的氣氛壟罩房間上頭，顏克軍忽然將目結鬆開。

「仲崴，你愛相信，你平安轉來，我比啥物人攏歡喜。」顏克軍竟出言寬慰，顏仲崴微微出神，復聽顏克軍又道：「明後日，咱同齊去岸裏提親。聽講，廖家的查某囝性格好，人閣溫柔，你會佮意伊的。」

「嘿呀嘿呀，阮已經請蟹蜍先算過，廖家姑娘的八字，佮你是七世夫妻的姻緣，有夠合的合，袂輸共我佮你阿爹仝款……仲崴，你有咧聽無？」薛夕照趕緊附和，顏仲崴內心又湧起一陣疲乏，不論他們說什麼，他都無心再聽下去。

「仲崴，你有聽著無？」薛夕照又重覆問了一遍。

「我欲去睏矣……」

顏仲崴拖著沉重的腳步，踏行至他久違的房間，在他來之前，下人已經整理乾淨，為他點亮了蠟燭，儘管難掩一絲絲霉味，顏仲崴懶洋洋地坐在床板上，那是藍伯峻生前跟他最後一次談話所坐的位置。

「仲崴，我是認真的，你若是無愛娶客人妹，我會使替你行一逝岸裏，替你退婚。」耳邊驟然響起藍伯峻的話語，顏仲崴望向前頭，注意到銅鏡前的桌上隨意散置的禮帖和婚書，顏仲崴再度起身，挪動腳步。

一張寬一寸、長八寸的紅字仔擺放桌頂，顏仲崴拾起紅紙，左右盯看半晌，耳邊又是藍伯峻的聲音：「你著遮爾想欲娶彼个客人妹？」

「著啊，算命先講阮是七世夫妻，愛緊娶入門，才會當替咱兜沖喜……」

「叩、叩！」外頭敲門聲響起，「二舍，你睏抑未？」是石振。

「啥物底事？」顏仲崴匆促抹了抹眼角，鎮定地回話。

「舅爺愛我來共你講，嗯，就是……」

「你緊講，我足忝的……」

「是……」先傳來石振猶豫的琢磨聲，低厚的嗓音才穿透門板，「謝駿師弟過身矣。」

「……」

「二舍？」

「大師兄，你……你先轉去……」

「……，是。」石振跫音漸遠，顏仲崴無意識地眨了眨眼，這一眨眼，才注意到手中的紅紙，幾乎快被自己緊握的掌心給揉爛。

顏仲崴忍住顫抖的指尖，將紅紙挪近燭台上的蠟燭，一瞬間，燭火吞噬了紅紙，苦澀的淚水奪眶而出。

雍正元年十月十七日夜，顏仲崴消失在顏家大院，從此不知跡影。

雍正元年・終

(八) 烏日巨漢

雍正二年，接替卓登邦的新任彰化知縣譚緯正，譚緯正核發墾照【藍張興】予藍廷珍提督家族，由總管事顏克軍代為領受，正式取得官方核可開發大肚溪北岸的資格，正當藍張興庄上下一眾，認為將有一個不寧靜的年份時，雍正二年竟在安然無事地順利渡過了，朝廷後來頒布命令，將在台灣闢建造船廠，必須從內山一帶砍伐林木、採集原料，讓【藍張興】統包事業又增一項，令顏克軍更有信心拓展事業版圖，雍正三年開春之後，磨刀霍霍邁向新的一年。

彰化縣貓霧捒保
烏日庄．謝王公廟

烏日庄位於大肚溪下游，設有舢船渡頭通往大肚溪南岸、彰化縣府各處，故人客往來雲集。今「興營」三名子弟在烏日庄宮口．謝王公廟後方土丘的竹林，與專司接應苦力的對口汪慶會面。

「阮嘛無共恁通知，恁『興營』來遮創啥？」汪慶手上捧著兩粒菁仔，他說話的時候，將一粒菁仔半含在齒間，語畢「喀」了一聲，吐出一口綠色的汁液在地。

「興營」子弟的裝扮極好辨識，頭戴藍巾，身穿白衫內襯，外頭又套著丈青色的無袖短衫，腰間繫著一柄制式的直背刀，刀柄以暗紅色線條綑綁，足下有粗麻繩索環繞小腿襪外圍，踏著頗為顯眼的黑色唐鞋。

「曷知？阮師父叫阮來，阮就來矣！」應聲的「興營」子弟雙手插腰，一臉懶散，與身後兩名「興營」子弟不同的是，佩刀是繫在右側腰際，他是「興營」的黎洪，排行師門第四。

「話講好勢啦！」後頭的徐隆不禁念起黎洪，說道：「汪慶兄，是按呢，阮師父早起講，算時間，對唐山來的船差不多到位，所以就愛阮來遮探聽探聽。」

「講探聽是好聽啦，實誠是咱頭家喝欠跤手，愛阮來遮掠恁金金看，恁有認真做工課無？」黎洪說了如此直白，令一旁的徐隆與何勇皺起眉頭，倒是汪慶笑了笑，道：「顏頭家咧想啥我煞毋知？猶毋過，藍浦貿船的消息一直攏無發過來，恁急嘛無效，恁若有閒，規氣閬一工佇遮等看覓，順紲來監視阮敢有認真做工課。」

何勇道：「莫按呢講啦！原本閣想舊年也是這个時間……」

「有時天光、有時月光，敢有可能逐年相閤？風透，湧奅，今年掠船隻的是有嚴抑是袂嚴……攏有影響啊！我看，恁這逝是白了工的，來，莫講我無心肝，這幾粒菁仔欲哺毋？」汪慶搖了搖頭，又從褲袋掏出數粒菁仔，攤開在掌中。

「免矣啦，頂改我干焦哺一粒爾，規暝睏袂得。」黎洪連忙揮手。

「嘿啦，」徐隆附和，「若是按呢，阮就先來轉去……欸，黎洪，你是起痟拍我創啥？」

「汪慶兄，阮遮無事誌，共舅爺講一聲阮有來過，我看廟埕遐敢若是當咧講古的款，阮來去看覓矣，就毋共汪慶大兄攪擾。」黎洪手臂圈住徐隆脖項，兩人別過汪慶後拉扯一陣，徐隆才推開黎洪，罵道：「疼啦，無事無誌遮大力欲創啥啦？」

黎洪啐道：「罵我起痟？你才起痟咧，咱真無簡單才有法度出來踅一逝，你在膾講咱這馬就欲轉去？我才予你氣甲越跤頓蹄。」

何勇雙手抱頭，一臉無事跟在兩位師兄背後，也不禁插起嘴說：「五師兄當然想愈緊轉去，上早欲出發進前予我看甲清清楚楚，佮貞兒姊佇門口遐膏膏纏，掠著時機當然愛較緊轉去。」

「唉唷？徐仔隆，貞兒是阮小妹，你上好共我交代清楚喔？」

「啥物膏膏纏？明、明明就伊問我欲去佗位爾，根本就無啥，予你講較袂輸……袂輸……」

「袂輸啥貨？話愛講予清楚喔。」

「就、就、就啥物攏無影啦！毋是講欲去廟埕遐看戲食茶？做伙去啊，才無人欲著急轉去，聽恁佇咧烏白講。」

「咱徐五俠面足紅的，看起來毋知是受氣抑是歹勢？」黎洪走向何勇，笑著數落徐隆，一邊把手臂搭在何勇肩頭，黎洪比何勇高了半顆頭，比起身高相仿的徐隆，搭起肩膀顯得輕輕鬆鬆，黎洪續道：「欸，這頓是你欲請的喔，就按呢決定好。」

「為按怎是我欲請啦？」何勇回過神來，正要掙扎，又被黎洪扣住脖子。

「諍啥啦？伊佮阮貞兒偷來暗去，你誠好膽無緊共我報告，當然愛罰你一頓。」

烏日謝王公廟左前方有幾棵茄苳樹，樹蔭下搭著簡單的帆布，聚集各處的販夫走卒，廟口剛好坐著一位先生正在口沫橫飛地說書，耳聽講得正是「三國演義」，黎洪興緻一來，斜眼瞥見某張空桌旁的板凳上還放著斗笠，黎洪連看也不看，隨意便坐下，斗笠掉到地上，逕自叫酒叫菜。

「毋是有人佔位你閣按呢？」徐隆牢騷，心下嘀咕黎洪總是隨隨便便。

「管待伊喔，食飯皇帝大，閣再講嘛無看著人，這位啥人？啥人啊？你看，無人應聲，坐啦坐啦！」

「毋過……煞煞去啦，橫直我嘛枵矣。」徐隆髮辮往後拋甩，拉了板凳逕自坐下，

「酒！」

「話倒講轉來，心酸目屎腹肚吞，這關二爺時運有影害，劉封佮孟達個兩个……無心肝啦、閣有夠無意思，王甫咧頭前跪，毋管怎樣共個兩个姑情，個講無愛派兵去救人就是毋，所以關二爺恬麥城內底乎……是足怨慼的啦！」黎洪叼著牙籤，不無附和說書先生對劉封、孟達的牢騷，嘴上念念有詞，渾沒注意到身後來了位獨目漢，那獨目漢拍了拍黎洪的肩，道：「這位兄哥，你踏著我的草笠仔，勞煩你……」

「諱，啥人啦？這陣當咧精彩……」黎洪嘴上碎念，仍是撿起腳邊的斗笠遞給對方，那獨目漢笑著接過，黎洪注意到他除了左眼給布條遮蓋著，右側臉頰仍有一道從太陽穴延伸至腮邊刀疤，此人左眼雖殘，但看體格身形，應為武夫，當即站起身，道：「歹勢啦……拄才無看著人才佔你的位，這馬還你啦！」

「無要緊、無要緊，我欲去揣人，你做你坐，提我這草笠仔隨就走。」那獨目漢似乎是晉江口音，可是去年渡來的能人異士嗎？黎洪尋思之際，他身旁的徐隆突然鬼吼鬼叫，徐隆事先好無徵兆，竟猛然拎起那獨目漢的襟口，狠狠往說書先生的方向一甩，好在那說書先生反應及時，當即側身一跳，沒給獨目漢身軀撞到，但原本坐的圓板凳給獨目漢撞壞，當場散架。

「五師兄，你、你是啉酒醉佇咧起痟乎是毋？」何勇大驚失色，趕緊架住徐隆雙臂制止他，黎洪則趕緊跑到獨目漢身旁關切。

「哎唷喂呀……」

「歹勢、歹勢啦，阮師細的酒量有影穲，本底想講今仔日無啥事誌才放予伊啉，想袂到……先生，你敢有怎樣啦？實在是有夠對不住啦！」

「無要緊、無要緊，哇，恁師細的跤手猛喔，頂改我予人抨甲倒頭栽，攏袂記是底時？」

獨目漢坐在地上，單手將散架的椅條推開，另一手拍拂身上的灰塵。

「先生，看你有按怎樣無啦，無，來去予阮舅爺看一眼……」

「毋免啦，我遮是無要緊，你應該愛越過頭，顧你另外的師細，看起來隨欲擋袂牢矣……」

「嗯？」黎洪一愣，轉過頭，果見何勇正費九牛二虎之力，猛拉著塊頭大上自己一號的徐隆，吃力不已。

「四師兄，你抑毋較緊來鬥相共？我……強欲禁袂牢啦！」

黎洪「喔」了一聲，懶懶地立起身，餘光往眾人七嘴八舌關懷的獨目漢瞟去，只見他拍了拍屁股、大腿，隨即恍若無事地站起身，同時，徐隆被何勇纏抱了半天，忽然一股噁心之意湧上，猛然推開何勇，彎腰猛吐一地。

說時遲、那時快，徐隆身後忽然出現一名六尺巨漢，他無視嘔吐物的惡臭，逕自逼近徐隆，大手一伸，一如適才被徐隆拋甩的獨目漢一般，當場也被拋甩出去，這回不僅椅條又撞壞了兩張，徐隆屁股著地，地上平白多了拖行的痕跡，「興營」氣派的丈青外衫的下襬也磨損掉線。

「你是啥人？」何勇驚怒交集，趕緊去扶起頭昏腦脹的徐隆。

「我是啥人毋重要，看恁這領藍色的衲仔，是『興營』的乎？當頭白日，烏白拍人，才知影恁『興營』是按呢毋是款！」

「雖然講阮有毋是，毋過你哪會使……」不知是否那位那位巨漢凜然身高的緣故，何勇氣勢矮了一截，說話也吞吞吐吐。

「喔，疼咧……你這大尰仔是創啥啦？」徐隆摸著發脹的腦袋，神智似乎是比較清醒些。

「我創啥？你今才出手共阮江大哥抨甲，莫佇咧佯痟佯毋知……」那巨漢怒氣勃勃，似是非要和徐隆討公道。

「無事誌啦，好啦，來走！」獨目漢從另一頭出聲制止。

「江大哥……」

「講袂伸捙，我欲先走矣。」

「好啦……」六尺巨漢滿臉不願，垂著頭，大步大步走向獨目漢。

黎洪眼見這漢子身高雖巨，但滿額青春痘，難掩稚氣，料想不過十六、七歲，忍不住想出聲試探對方，道：「彼个大龐仔，小等一下。」

六尺巨漢聞言，當即停下腳步轉過身，面上兀自掛著怒氣。

「阮師細的對江大哥無禮，是伊佮江大哥之間的問題，恁江大哥就講毋免掛意，你閣對阮師細出手，是啥物意思？」

「啥、啥物意思？哪有啥物理由通講？你這人是毋是漚搭……」

「這話毋著，若是這馬阮師細頭殼清楚，你欲共伊拍，做你拍我嘛毋話通講，但是伊這馬，我敢講啦，伊就是逐家看嘛知，啉酒醉，頭殼歹去，目珠看會踅，袂輸咧欲羊眩仝款……你對按呢的人跤來手來，你才有影是漚搭啦！」

「我哪會感覺四師兄根本毋是佇咧替五師兄講話……」何勇內心嘀咕，眼見那巨漢氣得臉紅脖子粗，但他口齒拙笨，對黎洪似是而非的言論，不斷重複吼叫：「你講白賊、攏是白賊話啦！」

「阿洪，我無按怎啦，你嘛好，莫共伊譬相。」徐隆好言緩頰。

「恬恬，我咧處理事誌，你莫掠做我是咧喋詳。」

「恁師細嘛講無怎樣，你佇遮才是囉嗦啥貨？」

「喔，莫囉嗦嘛會用得，看你有這个膽來跋一場無？」

「跋就跋矣，叫是我是予人驚大漢的？欲跋相拍是無佇咧驚的啦？」那巨漢人高馬大，仍是小孩子心性，不堪一激，完全無視前頭的獨目漢搖頭示意。

「好喔，話是你講的，阮若贏，你就愛共阮師細會失禮，若你贏，阮就袂閣共你計較你對阮師細動手的事誌，成做是伊徐隆白痴家己佇屎窟跋倒。」

「為按怎是屎窟啦？」徐隆忍不住插嘴，黎洪不耐地揮手制止徐隆，續道：「橫直無論是啥人輸，攏愛貼店頭家椅條、桌仔歹去的損失。」

「好啊，莫怪我無共你講過，釘孤枝我就毋捌輸過。」

「我嘛毋捌輸過啦，毋過我想講，若是欲提家私頭仔拍，店頭家一定欲唉聲救命，若無按呢啦，咱來遏手把怎樣？」

「你確定？」那巨漢哈哈大笑。

「當然，無佇咧講笑詼。」黎洪掛著笑容應聲道：「我順紲共你講，阮師細的氣力是比我加較猛，毋過對著你，免阮師細出面啦，我用倒手攏穩贏。」

巨漢雙眼一瞇，他人高馬大，對自己氣力向來有自信，見這黎洪雖然體格不差，但怎麼看都比不上自己，反倒還比較忌憚那位徐隆，於是一臉興緻勃勃、躍躍欲試，卻聽那獨目漢高聲道：「江達，莫比啦，你逐項順伊的話，你會輸甲貼貼。」

巨漢神色一凝，滿腔有種被看低的屈辱感，立時指著黎洪道：「來來來，你坐定坐好，比倒手是毋是啦？咱就來比，我就毋相信比氣力我會拚輸！」

黎洪嘿嘿一笑，朝何勇使了個手勢，何勇當即拉張板凳過來，黎洪與巨漢隔著一張木桌相互對峙，巨漢迫不及待把手袖捲起，他的手肘足足粗了黎洪半圈，面上得意的笑容，彷彿極欲證明自己的能耐，徐隆這時才恍恍惚惚地站起身軀，餘光所及之處，卻已不見那獨目漢的蹤跡。

㈨春雷驚鳴貓霧捒

彰化縣貓霧捒保
藍張興庄

雍正三年二月初二過後，第一聲春雷響起，新的時節於焉到來。

這日，「興營」子弟去支援祭儀活動，下午在校場自由操練，忽然之間，石紹南出聲叫了「徐隆」，外加了招人的手勢，徐隆登時背脊發涼，問道：「師父揣我，欲按怎？」

「啥物按怎？橫直乎，明年三月節，我會替你培墓拈香的。」黎洪正在與何勇對招，他應話時連頭都沒轉，絲毫沒停止揮刀的動作。

「姦，破格喙攏無好話。」徐隆作勢伸腳踹向黎洪的屁股。

「徐隆，愛叫你幾擺你才會來啦？」石紹南又催了一聲，徐隆內心一跳，趕忙轉身跑了過去。

徐隆雙手附背，端立於石紹南面前，一臉戰戰兢兢，內心七上八下，石紹南撫著鬚尾，起先並不說話，目光上下打量徐隆一圈，才將粗厚的大手在徐隆肩上一拍，石紹南雖上了年紀，手勁仍奇大，拍在徐隆身上，咚了好大一聲，石紹南道：「師父干焦叫你一个人出來，是有一件足重要的事誌欲共你講，你敢知影，是啥物是誌？」

徐隆目光飄晃，苦惱著最近是否又幹了哪樁蠢事，嘀咕著會不會是上個月在烏日庄那位大漢來找麻煩？內心忐忑，低聲道：「弟子毋知，師父敢會使直直講？」

「看你緊張甲這款，閣佮黎洪舞啥歹事誌啦？」石紹南又拍了徐隆肩胛一記，語氣十分輕快，續道：「共你講耍笑，放輕鬆、放輕鬆！我乎，已經共顏頭家講過，頭家伊嘛允准，你今年較骨力拍拚，年尾予你佮黎貞結親！」

「欸？」徐隆瞪大雙眼。

「歡喜甲欲悾歁啦？黎貞啊……你好兄弟黎洪的小妹，黎貞，年尾，揀做堆！」

「欸欸欸……呔、呔會雄雄……進前我攏……」徐隆滿臉通紅、語無倫次。

「哪有雄雄？你袂記貞兒是恁少夫人的嫺仔，阮查某囝早早就咧操煩，共我提醒過幾若擺。徐隆，這喜事有法度牽成，恁少夫人領頭功，愛會記去共伊說多謝，聽著無？」

「師父……」徐隆兩眼狂眨，愣在原地沒有動作，石紹南見狀，用五筋膎敲了徐隆前額，笑罵道：「你按算欲悾形悾形偌久？緊去共少夫人說多謝，去矣！」

「啊……是、是啦，多謝師父！」徐隆為顏家的家奴，婚事並無法自行作主，如今顏家同意替自己的婚事，當下喜悅之情溢於言表，他忘我地穿越練武場，朝顏家大院直直奔去。

「嘿！」何勇舉刀一揮，「五師兄予師父叫去……你感覺是為怎樣？」

「管待伊，前幾工藍興宮有請戲班，咱偷去看戲的事誌莫熇空就好矣。」黎洪吹著口哨，左臂舉刀隔擋，神色輕鬆。

「四師兄，你莫閣呼噓仔，彼工若毋是虹小姐共咱鬥遮閘，你早早就予師父摃死。」何勇皺眉數落。

「陣毋就無死？勇仔，你較認真啦，拍輸愛請食食喔！」

「喂，底時講的？」

「現此時。」

「無愛啦，我才毋……」

何勇被黎洪咄咄的刀招逼退了兩步，好在他身形輕巧靈動，一眨眼又拉開與黎洪的距離，餘光間，他注意到徐隆奔馳的身影，喚道：「五師兄，喂！走遮緊創啥啦？」徐隆不為所動，步履疾行，絲毫沒有停頓片刻，也沒有回應何勇的意思。

「呿，阿隆面上笑甲變態變態，定著有鬼。」黎洪揮刀攻勢不歇。

「哇，你閣來？」何勇有些慌亂，被黎洪逼得倉促發招，只見黎洪雙足一蹬，身形俐落靈動地翻身跳躍，舉著長刀抵在何勇頸間，大笑道：「哈哈哈，這斗是我贏，會記得，願賭服輸。」

「願賭服輸的去死啦，我才無愛咧！」何勇和黎洪的爭執起來，在徐隆耳中卻是聲音愈來愈小，他足下更是加快腳步，終於到了顏家大院的外牆，顏家內院除了隨扈和幾名長工、丫頭外，無事不得擅入，他左右張望，見四下無人，便腳步一躍，翻身上了圍牆，真是天公照應，黎貞正在少夫人廂房的窗頭旁擦拭銅鏡，一聽見動靜，便抬起頭，正巧和徐隆四目相對。

黎貞見徐隆雙臂掛在外牆堵上，笑得滿面春風，立時問道：「看你笑頭笑面……有啥物好事誌？唉，你乎，有事誌就傳話入來，我閣行去外口就好，硬欲跳起去壁堵頂？予頭家娘看著看你欲按怎解說？」

「歹勢啦，因為我傷蓋歡喜……貞兒，今才……今才師父共我講，頭家欲予咱年尾結親，咱會當結親的啦，哈哈哈……」

「這哪有啥啦……」出乎意外，黎貞別過頭，語氣淡定。

「欸，你感覺無啥喔……」徐隆難掩失落，只見黎貞在梳妝台前坐了下來，銅鏡上映照出黎貞竊笑的側顏，徐隆見狀，登時放聲大笑。

「你愛笑就笑，莫笑遮大聲啦，吼，緊落來啦，予頭家娘看著我就害矣啦，徐隆，我叫你落來你有聽著無啦？」徐隆恣意大笑，渾沒注意到身下有人接近，那人手掌扣住徐隆的腳跟，一眨眼就將徐隆從圍牆上猛烈拽了下來，徐隆屁股著地，差點又是四腳朝天。

「最近哪會遮衰尾？尻脊骿按呢定定予人躂……」揉著屁股的徐隆慢慢仰起頭，對上對方目光，趕緊起立，五指併攏在大腿側，恭聲道：「大師兄。」

「興營」大師兄石振雙手負胸，他目光十分嚴厲，石振跟石紹南雖然是父子，但是石振嚴厲的程度比石紹南更像「師父」。徐隆給石振盯視了半晌，保持沉默不動，才見石振唇上的短髭微微一晃。

「共頭家個兜偷看，我看，你是愈來愈大膽。」

「大師兄，是我毋著，歹勢。」

「閣知影歹勢，看起來你是較有救。煞啦，咱拄才接著薛卯頭家的委託，我欲𤆬隊去楓樹腳庄遐，陣隨就出發，行。」

「是。」徐隆抬手拭掉額頭冷汗，有些訕訕地望了顏家大院的外牆一眼，本來想跟黎貞好好說上話的盤算，看來今日是告吹了。

彰化縣貓霧捒保
貓霧捒社．東北獵場

特洛各（巴布拉語：Terroge）是約莫四十來歲的貓霧捒人，他今日領頭帶著十幾名壯丁和土犬，揹著獵弓、飛鏢、竹簍，穿越橫生直至胸口的蓬草，總算抵達貓霧捒南側的獵場。春雷響起，狩獵季卻漸漸接近尾聲，那些從野鹿取下來的鹿角皮筋，放在竹籃中拿去賣來的錢，是當地貓霧捒人交餉額的來源，有些也可以拿去換些漢人（巴布拉語：伊坦）在用的布匹、碗具、鐵器，甚至是鳥銃。

特洛各不喜歡那些漢人，可是土目大柳望說，漢人這幾年越來越多，日子只怕越來越難過……「掙來錢夠繳社餉？」特洛各心頭又是一緊，愁眉不禁顯現。

不同於這陣憂愁滿面的特洛各，馬祿（巴布拉語：Maloe）則是貓霧捒社最為得意的青年，前一日他最喜愛的女子牽起他的手，他開心極了，恨不得趕緊打隻獐首或鹿腸回社寮，腳步踏著的彷彿都是會飲應答歌的旋律。

前頭的土犬倏地尾巴一揚，領頭人特洛各停下腳步，馬祿立時警醒地斂容，踏上前望，怒容陡現，慍聲道：「伊坦不是答應過不會來這裏？為什麼還來？」特洛各搖頭道：「夠了，馬祿……你又不是不知道，伊坦的話如果可以相信，那大肚溪的鳥群差不多也死光光！」馬祿滿心不悅，道：「也不過才二、三十個伊坦，大幹一場，我們將他們全宰了好不好？」幾個年輕氣盛的社丁也贊同馬祿的話。

馬祿口中那群漢人大部分打著赤腳胳膊，他們肩扛著竹籃、鋤子，也見到耕牛五、六隻給人牽著，牛車上擺放著繩索、水桶、鐵具等等器物，中間一名中年男子特別顯眼，一群人圍繞他身旁，彷彿聽候部落長老訓示，神情恭謹地聽他發言。

「都給我安靜，你們懂什麼？」特洛各扳起臉孔，立刻要求大伙撤退，又說：「這裏已經給伊坦給佔走，咱們再生氣也是沒有用……」

「咆嗚！」土犬淒厲地慘叫，其他土犬宛如悲鳴般齊聲狂吠。

「怎麼啦？」特洛各腳底猛然被帶有熱氣的液體噴濺，甫將頭一揚，倏地眉心中了一箭，特洛各雙足一軟，倒在馬祿的膝上，當場氣絕。

「伊坦殺了特洛各、伊坦殺了特洛各！」貓霧捒人一邊大喊，操了刀與土犬向前飛奔，另些社丁們則快速就近找掩護，預備朝漢人發動攻勢。

十來位穿著丈藍青衫的漢人立即躍出，擋在那些莊稼漢人的身前迎戰貓霧捒人，一時之間，林場間的蟲鳴鳥叫給短兵交接淹沒，鐵器「鏘鏘鏘」地滿天價響，場面混亂異常。

此時，馬祿攬著特洛各的屍體杵在原地，面帶哀傷地將特洛各眉心的箭頭拔了出來。噴濺的鮮血沾上馬祿的雙眼，馬祿抹下血絲，又瞅見愛犬拔里（巴布拉語：風）亦橫倒在身前，不禁悲痛欲絕。

「喝啊！」馬祿怒喝一聲，飛快起身後抽起鐵刀，他，讓他疾走之勢猶如飛鷹俯衝，更有橫空破天之勢，兩方激烈混戰之中，馬祿視線只裝得下那位穿丈青色衣束、上唇蓄短髭的漢人，就是他！那人拿著紅色的弓弦射死了特洛各和拔里，這張臉他死也不會忘記！

那漢人兀自應付兩名氣力長大的貓霧捒人尚且游刃有餘，瞥見馬祿氣勢洶洶而來，心下大怔，使刀帶勁將身旁兩位貓霧捒人推開，千鈞一髮之際，側身閃過馬祿宛如雷霆萬鈞的劈斬。馬祿俯衝過烈、收不住腳步，將牛車上前轅給砍斷，耕牛受了驚嚇落荒而逃，隱隱約約，遠處的莊稼漢人傳出惋惜的哀號。

馬祿再一個飛快地轉身，見那留有短髭的漢人背後門戶大開，正是下手良機，卻渾沒注意到右側的暗影，一枚飛鏢打落他手上的鐵刀。

「唔……！」馬祿還不及反應，身軀被人重重踹了一腳，他被撞倒在地，在地上翻滾了好幾圈，背後的衣衫給地上散落的武器和石塊給磨破，馬祿背脊的刺花登時顯露，馬祿死命掙扎起身。

「徐隆，換你啦！」馬祿尚未站穩腳步，身軀竟然被另外一名漢子提拎起來，和那名漢子雙方視線交會一剎那，便握拳朝馬祿的胸口猛力一揮。

「哇哇啊啊啊！」馬祿項圈上的螺貝隨之破碎，碎片扎入馬祿頸下前胸，登時鮮血四溢，卻也順利讓那漢人的指背留下血痕。馬祿乾嘔幾口血絲，不禁怒目低吟，映襯上他身軀上青黑到發亮的蛇紋，散發一股玉石俱焚的氣息。

「硬掙喔！」那漢人口中對馬祿的硬氣表示讚賞，手下卻絲毫不留情，膝蓋一抬，猛力往馬祿腹部一頂，馬祿兩眼一黑，就此不省人事。

(十)薛家盛宴

彰化縣貓霧捒保
楓樹腳庄

馬祿重新睜開雙目，才發現自己雙手被縛，胸口血跡遍遍，他只得吃力且緩慢地坐挺身子，其他同胞也同被囚禁在一座僅有三堵牆的簡陋草寮下，兄弟們都是一副了無生氣的模樣，他啐了一口，烤肉的香味不意飄來，遙望起那一大群坐在大樹下乘涼的漢人們，正烤肉煮食……泥地堆置著一堆土黃、豹紋、黑毛等的斑駁毛皮……竟然是他忠勇的拔里，被這群漢人給煮來吃了。

「『臭番仔』予揍甲這款，暢啦。」

「早就想欲共這群番仔趕趕走，等足久。」
「薛頭家揣來的兄弟有夠厲害，看個的衫仔褲，比官兵閣風神。」
「是倚北爿藍張興庄有一隊『興營』，你毋知？」
「我對鄉仔來猶未到半日月，敢有可能知？」
圍觀群眾邊吃著狗肉，你來我往的高談闊論嘈雜聲響，貓霧捒人不是神情沮喪，就是咬牙切齒，包括馬祿在內。
楓樹腳庄的管事辜兩貴滿臉堆歡，他微胖的身軀不住向二十餘位頭戴藍巾、身穿丈青短衫的漢子躬身致謝，其中那位上唇留有短髭，儼然帶頭大哥模樣的漢子站出身來，向辜兩貴躬身回禮，那是石振。
馬祿一見石振，射殺特洛各的憎恨之火熊熊燃起，當即大聲咆哮：「嗚捒嗚捒！」辜兩貴身邊的小廝辛玉成立即奔了過來，大力踹向馬祿，馬祿吃痛，反應更形激烈。
「興營」的徐隆見辛玉成又要再施以暴力，趕緊出聲喝止：「這位大兄，伊有傷，你嘛莫共伊繼續蹧躂乎？」辛玉成道：「徐五俠你有所不知啊，伊……伊喝咱走啊，我毋過是愛共伊提醒，愛較老實一寡，毋才會……」馬祿逮住空檔，趁隙喘了口氣，他不懂河洛話，但他見到那位藍巾漢子粗布包紮的右手，猜想徐隆就是那位把自己給揍暈的漢人，眼見此人濃眉大眼，虎頸燕頷，體格壯碩，無怪乎對方有如此本事。

「辛玉成，徐五俠攏發話，你才愛老實，毋通閣佇遐應喙。」辜兩貴數落兩聲，又轉過頭向石振致謝，拱手說道：「石舍……」

「千萬毋通按呢共我叫，辜管事，你是頂沿，叫我的名石振就好。」石振說起話來語調無甚起伏，連神情也是十分緊繃。

辜兩貴呵呵一笑，捂鬚道：「石振君莫客氣，令尊是顏家『興營』的總教頭，恁阿爹真有福氣，有你這款出脫的後生……著啦，石振君，阮知恁逐家專程來，這馬腹肚一定枵啦，阮有攢飯菜，算時間應該是好勢，勞煩恁跤步徙位一下……」

「辜管事足多謝，毋過阮『興營』有家己的規矩，這斗來楓樹腳庄，料理這寡番仔，我驚講時間有較晚，閣再講，這嘛毋是足大的事誌，愛攪擾遮久，阮嘛是感覺講歹勢。」石振拱手一揖。

辜兩貴、石振正自寒暄的同時，黎洪不安分地蹽起腳步，抱怨道：「腹肚有夠枵，大師兄若是佇咧遐推辭假客氣，若害我枵腹肚行轉去，我一定會怨嘆伊一世人。」

「枵一睏仔是會成做死人骨頭喔？阿洪，我勸你最近較斂一寡，大師兄伊最近心情敢若是無講蓋好。」

馬祿端詳著正在應聲的黎洪，此人身形略高於徐隆，體格顯得瘦長，沒徐隆來得壯碩，但舉手投足間比其他人活潑得多。

「我就毋捌看過大師兄心情有好過，你看，伊彼張面皮，永遠是硬迸迸的款，你當時看伊笑過？」黎洪與徐隆同年，自幼皆在「興營」中習武長大，感情交好，這二人有搭沒搭地聊著，說著，黎洪忽然叫道：「喂，何勇，你過來一下，緊啦、緊啦！」

「怎樣啦？」何勇料想四師兄叫喚，十之八九沒好事。

「你看你做人偌失敗，連勇仔攏毋想欲插你。」

「呿，勇仔，咱師兄是偌生份？請你過來敢講愛我跪落共你求？」

「無啦，我哪有彼个膽？你是咱上可愛的黎師兄咧。」何勇一臉不太情願從人群後頭竄出來，從馬祿的方位看去，只見三名丈青漢子相互拉扯了好一會，時不時還傳來黎洪的吆喝，片刻後，何勇像是拗不過黎洪慫恿似的，終於步履不甘地轉過身面對馬祿，而當何勇與馬祿四目相對，不約而同大吃一驚。

「毋是我佇咧講，」黎洪笑道：「勇仔，你佮這个番仔生甲誠成，袂輸親兄弟仝款。」

彰化縣貓霧捒保
楓樹腳庄

石振率顏「興營」來楓樹腳庄驅番搶地，事情結束之後，被管事辜兩貴邀來到薛家合院，席開六桌。楓樹腳庄頭人薛卯，是【藍張興】墾戶首顏克軍填房薛夕照的父親，「興營」弟子無不畢恭畢敬，主桌坐了薛卯、薛卯的妻妾和子女，以及管事辜兩貴等人，興營自然是請大師兄石振居主客位，與之交流。

黎洪、徐隆、何勇等被安排在次桌，見眾人安排落定，薛卯站起來替飯局開場，首先要大夥先動箸邊吃邊聽他說，洋洋灑灑一席話，不外乎誇耀興營英雄了得，大恩難以言謝云云，薛卯兩名兒子也站起身來，與眾位興營子弟敬酒致意，話說到一半，薛卯忽然點了黎洪與徐隆的名。

「薛頭家。」黎洪與徐隆恭敬起身。

「拄才有聽兩貴講，兩个表現甲袂穤，我來看，漢草有勇喔！」

「薛頭家，你莫按呢講，阮別項事誌攏袂曉，身體練較勇健是應當的啦。」黎洪笑著應話，徐隆在旁點頭附和，黎洪說著又伸手拍打徐隆的手股頭，「咱『興營』第一勇健、漢草蓋好的是伊徐隆啦，共伊比起來，我袂輸草猴的款。」

「黎洪，你講話嘛愛較注意分寸……」石振低聲喝斥。

「無事誌啦，緊張啥？這款講話趣味趣味形的我上佮意。」薛卯笑道：「著啦，黎洪，你若是有閒，加減指點阮外孫幾招好毋？」

「練武身體較勇，當然是無問題。」黎洪點頭如搗蒜，又和薛卯閒聊幾句，獲許可後便同徐隆回座，薛卯兩個兒子在席間接連興高彩烈地發表言論，黎洪吃著飯菜時又嫌無聊，眼珠不安分地往薛卯的小女兒看去，附耳對徐隆說道：「咱薛主母攏三十外，頭前伊這敢若十四、十五的款，你感覺咧？」

「我感覺？管待伊這馬幾歲，我愛有啥物感覺？」

「我是感覺這查某囡仔……無采伊生甲袂穤看，就是烏肉底，減一味。」

「夭壽，薛頭家的細漢查某囝，你這話袂懍喔？」

「諾，緊張啥？我知你攏娶著世間上蓋古錐的查某囡仔，莫怪對別的姑娘無……」

「食飯啦，我攏莫講話，食飯皇帝大。」

酒過三巡，黎洪酒足飯飽，才注意到左手邊的何勇，碗盤全滿，筷子似乎連動都沒動過，只顧飲酒，始終保持沉默。

稍早之前，何勇與那名貓霧捒人見面，那貓霧捒人看到自己的臉，眼淚直直掉，言語非常親暱似的，對自己說不停，可惜何勇一句話也聽不懂，滿肚的疑惑，令何勇完全沒有食欲，只是默默斟酒。

黎洪正欲啟齒，一旁的徐隆卻動起手準備舀幾口酒來飲，連忙沒好氣地說：「阿隆，你酒癖遮穤，若是等會起酒痟，我是袂插你的。」

「今仔日發生遮樂暢的事誌，我攏無時間慶祝，酒……你就莫插我矣啦！」想到與黎貞結親的消息定下來，徐隆滿心喜孜孜，無視黎洪的警告，乾完一杯，自顧自又斟了一杯。

「一甌就夠矣啦，閣啉？」黎洪搶下徐隆的酒杯，直接放到何勇桌上：「來，勇仔，予你啉去！」

「呵，多謝兩位師兄。」這是何勇開席以來說的第一句話，儘管何勇年紀較小，但論起酒量，興營中沒幾個人能夠勝過他。

徐隆不悅地看何勇將酒一飲而盡，眾人又閒聊一陣，徐隆乘黎洪不注意又偷飲了兩口酒，臉色已然泛紅，引起同桌的辛玉成關切，道：「徐五俠，你的面紅甲，敢有要緊？」

何勇右手邊坐的是「興營」六弟子蘇越，他見徐隆似乎在發愣沒有回應，便道：「阮師兄個酒量較毋好爾爾，無事誌，多謝辛大哥的關心。」

徐隆其實目光本來是瞅向薛家合院後方的草寮，被辛玉成一喚，回過頭，忍不住指著那方向好奇問道：「我一直足好玄的，恁愛阮共這群番仔炁轉來銙佇遐，是有啥物拍算？」

「喔，恁毋知個偌有價值？阮攏提個來換地，若無，遮費氣炁個轉來創啥？閣愛攢食食予個咧！」

「辛大哥，這舊底就是個的地盤啊！個先來恁後到，講甲遮爾橫霸霸，按呢敢好？」何勇一臉怏然，雖然已飲了十餘杯水酒，不僅面不改色，口齒還是一樣清楚。

辛玉成訕訕道：「興營的兄弟，聽你講兩句話就知恁毋捌生理的事誌，熟似一場，我共恁講啦，毋捌就減講兩句，若無，是失恁頭家的面子。」

「歹勢，阮這師弟講話毋知大細，請辛大哥毋通受氣。」

「四師兄你……」何勇正欲回話，卻被蘇越以眼神制止。

「無要緊，你叫何勇是毋？來，你有啥物高見，講幾句來我嘛想欲聽。」

何勇見辛玉成一臉輕佻，心中有氣，又見黎洪與蘇越在旁眼神緊張，深吸了口氣，咬牙道：「我哪有啥物高見？干焦感覺講……這款大漢欺負細漢的做法，佮土匪有啥無仝？」

辛玉成酒意也有點上來了，冷笑道：「土匪？講甲有夠好！著，阮確實是土匪、是匪類，若恁，恁『顏頭家』就是土匪頭啦！笑死人有影，這款垃圾事誌顏頭家才是真真正正的專家，恁師父石紹南就是個蓋大的跤仔啦！」

「你……有膽閣講一擺。」徐隆面色潮紅，扶著桌案，搖搖晃晃地站了起來，辛玉成的鬥性被酒精挑起，漸漸有些口不擇言，他道：「怎樣？顏克軍做得、我講袂得？哎唷（手指何勇）我這陣才注意著，你、你這形……毋管是目眉、鼻仔抑是耳仔……，佮彼个胸坎受傷的番仔生甲有夠成的成啦……欸，辜管事兄、賴戀閣有劉洞，逐家來看喔，遮有一位番仔款的漢人喔！」

辛玉成站起身，翻弄起何勇的衣襟，何勇手臂一揚，怒道：「你創啥？」

「唷，目珠瞪甲有夠大蕊，呵呵，我來揣揣，無看你身軀頂敢有刺花？無的確有喔，欸，莫振動啦！」何勇勃然大怒，正想出手推開對方，手腕卻被黎洪急扣住，只是另一邊身旁已有六、七分酒意的徐隆可沒這麼沉著，正拳一出，當場辛玉成打倒在地，鼻血橫流。

這一拳打得黎洪和何勇瞠目結舌，辛玉成身體和椅子翻覆的聲音，也驚動了薛家大厝酒席上的所有人，原本嘈雜的筵席，即刻變得寂靜，只聽徐隆破口罵道：「姦，愛起跤動手，阮無咧驚啦！」

辛玉成滿口鮮血，伏在地上時一手不得不摀住嘴鼻，甚是狼狽，依然不甘示弱地回罵：「你……你佇阮的地頭食食，閣毋知死活共我拍？姦，有你遮爾夭壽短命的喔？」蘇越聞聲，立即搶在辛玉成身前，以防徐隆再次動手。

「喝夭壽是毋是？我看你皮咧癢……啥人啦？莫共我摸啦，我欲共伊拍予死，閃啦！」眼見徐隆發作在即，黎洪和何勇隨即撲上前去，一左一右將徐隆給架住。何勇心裏只想著該如何解決這場騷動，滿腔的火氣瞬間煙消雲散。

「徐隆，你是按怎烏白拍人？」石振起身拍桌，怒不可遏。

「大師兄……伊、伊拄才足超過……！」徐隆神智迷茫，語音有些含糊。

「大師兄，伊……伊……伊酒醉啦……」黎洪急忙解釋。

「我才無醉咧，阿洪、勇仔，恁攏予我閃一月啦，莫共我摸！」

「黎洪、何勇，恁兩个緊共伊押出去，莫予伊繼續佇遮起酒痟、卸世卸眾。蘇越，你緊共人扶起來、楊喜，你佮個仝桌，拄才到底是啥物狀況，你過來共薛頭家交代清楚！」

「是、是，大師兄！」石振的命令，黎洪很少這麼乾脆遵命，但這次的事態嚴重，黎洪完全沒有頂嘴的興緻，急忙拉著徐隆往草寮的方向移動，找口井給徐隆潑幾桶水，讓他腦袋快清醒，自己來收拾這個殘局。

黎洪與何勇架著拚命掙扎的徐隆，一路嘀咕一路走遠，背後是石振、楊喜拼命向薛卯謝罪的身影，蘇越取下身上的手巾替辛玉成止血，但聽辛玉成口中兀自辱罵不休，黎洪心底一沉。

「姦，早知影連一屑仔酒攏莫予伊啉。」

「我顛倒是足感恩五師兄替我出這口氣。」

「你閣敢講？」

那位困在草寮中，原本一派頹靡狀的貓霧捒人馬祿，遠遠見到黎洪、徐隆和何勇三人的身影，如獵犬般的雙目一閃，發出異樣的光芒。

㈩風波迭起

彰化縣貓霧揀保
藍張興庄・練武廳

【藍張興】大頭家顏克軍端坐於練武廳正堂之上，隨扈馬臉石阜站其側，「興營」總教頭石紹南右手持棍正背對著顏克軍，怒目直視跪坐在地的徐隆，後頭是一字排開的興營子弟。

「薛頭家招待恁食食，你煞對伊的人動手？著啦，個確實是有毋著的所在，但是你忍耐一下袂曉喔？當頭白日，佇咧遐邇濟蕊的目珠進前，共人的鼻仔拍凹落去……」

「師父，你話袂使按呢講，姓辛的本底就是凹鼻仔……」

「黎洪，師父咧講話，你插啥話？」石紹南回頭怒斥，後來清一清喉嚨，又道：「橫直啦，這層事誌若湠出去，笑我石紹南袂曉教徒弟，笑我怎樣閣怎樣……攏袂按怎，猶毋過頭家的面予你掖甲規四界！你，徐隆，閣有啥物話欲講？」

「頭家真失禮，師父講的攏著，徐隆無話通講，甘願領罰……」徐隆尾音未歇，「啪！」地一聲，徐隆額頭冒出鮮血緩緩蔓延至下顎，石紹南的木棍當下也斷成兩截。徐隆不敢妄動，仍直挺挺地跪在原處。石紹南悶哼一聲，將木棍一甩，站滿興營子弟的的練武廳無人敢應，舉室只剩下木棍擲地的迴盪聲，以及血珠滴落地上的聲響。

「好矣，」顏克軍愜意地品啜一口茶，緩緩站起身，道：「這層事誌，對方嘛無講啥，我嘛按算，就按呢交代過去就好。」

石紹南面有慚色，石振立即站上前，拱手道：「頭家、爹，石振身為大師兄，這改五師弟惹事誌，攏是我的毋好，請頭家佮爹發落。」語畢俯身一拜。徐隆見狀，也跟著石振俯首跪地。

「攏莫頭頕頕，起來。」石紹南聞言連忙扶起石振，徐隆僅將頭抬起，依然跪著不敢起身。

顏克軍將雙手負在身後，看著徐隆，道：「徐隆，薛頭家有交代，愛我絕對袂使共你處置……但是講，伊向望咱『興營』會使派人去個遐，做個的武術師傅，我看……你後擺就徙去楓樹腳庄，無事誌就毋免轉來，聽著無？」

徐隆聞言猶如五雷轟頂，足以令他忘卻額頭上的疼痛，張口欲言，但左後方先行迸出一句：「袂使得！」

那是黎洪，這麼一插嘴，全部的人視線都集中到黎洪身上，黎洪不禁惶恐，他僅顧及小妹黎貞預定年底要與徐隆完婚，如果徐隆就此去楓樹腳庄，那這婚事不是又添變數了？黎洪關心情切，竟不顧場合地脫口而出。

石紹南道：「黎洪，猶閣是你，這啥物場合，按呢共頭家講話是毋想欲活矣呢？」黎洪自知理虧，但話已經吐出，硬著頭皮也要表達自己的意見，道：「頭家、師父，徐隆這改對薛家的人動手，冤仇已經結矣，若真正派徐隆過去，恐驚對薛家嘛有不敬，我才認為講予徐隆去薛家對咱無一定好。」

「嗯，確實有影，諾，換做你咧？」

黎洪一怔，雙手一緊，眼下似乎也沒有退卻的理由，正要出聲應允，石振忽道：「等一下，頭家，進前佇薛家遐，薛頭家有講過，伊指名四師弟愛指導細舍（顏幼嶼）拍拳，四師弟若去薛家，我感覺無適合。」

「那……欲揀啥人去咧？」顏克軍視線環繞興營弟子一圈，弟子們不免開始躁動。

「頭家，若無適合的人選，石振願意去楓樹腳庄。」此語一出，眾弟子嘩然。

徐隆大感意外，他今日一早便一直長跪在練武廳正中央，才赫見自己頭頂上正對著「公誠樸毅」匾額四個大字，為顏克軍丈父．藍元騏親筆所題，徐隆識字無多，文墨不通，但此四字為「興營」庭訓，他如何不知？

徐隆並不討厭這個大師兄，但石振與黎洪素來交惡，但大師兄不僅沒有因此推波助瀾，公報私仇，欲除黎洪與自己而後快，竟然還為此願意力保黎洪和自己？徐隆心中感激，不免對這位大師兄增添了幾分敬畏。

「頭家，我願意去楓樹腳庄！」林愷旋即從人群中站出來，道：「林愷就是楓樹腳庄人，這馬阿爹阿娘嘛攏佇遐，若是頭家願意共事誌交予我，我毋但會當替師父走從，閣會當友孝父母，一定加較適合。」

「嗯，好，按呢上好。石師傅，看其他欲準備啥……攏予你來處理。」

「是。徐隆，頭家大量，你猶毋緊說多謝？」

「啊，是，多謝頭家、多謝頭家！」徐隆連忙叩首跪拜。

「頭殼額仔緊處理咧！看甲攏艱苦。」顏克軍袖子一甩，說著邊練武廳門口走出，興營弟子齊聲道：「頭家順行。」顏克軍跨出門檻，離開了眾人的視線。

徐隆鬆了口氣，正欲起身，不意雙膝一軟，才想到自己跪久了，雙腳有些麻痺，被黎洪一把提起才站立起來，後頭的何勇遞了塊手巾，給徐隆擦拭血跡，徐隆接著向林愷和石振大師兄道謝，而石振毫無表情。

當徐隆目光對上石紹南，卻見石紹南表情稍緩，但語氣依然嚴厲地說：「徐隆，這改是頭家大量，毋過，師父仝款愛共你處罰，聽好勢，對明仔載開始三月日，逐工上早，你愛替顏家大院的長工鬥陣，共逐工愛燃柴的樹仔剉好，聽有無？」

「是。」徐隆一手按著額頭回應，內心為處罰比想像中輕微而舒一口氣。

「石伯，顏頭家攏講免罰徐隆，你嘛共伊頭殼頂損一空遮大空，是按怎猶是愛共伊處罰？莫按呢好無？」聲音嬌柔細軟，說話的是石紹南的族弟石阜之女．張天虹，他從一開始便躲在練武廳的後方，湊著熱鬧看顏克軍要怎麼處罰徐隆。

顏克軍所持【藍張興】墾號中，其中一股源自張家的勢力，當今張氏當家張惠開、張惠秋兄弟，年僅二十出頭，尚未成氣候，而張天虹之母張妙娘，則是張惠開兄弟親姑母，張天虹出身高貴，身份與別不同，父親石阜是顏克軍的隨身護衛，儘管武功卓絕，但是石阜身患喑啞，無法開口講話，更無法管教女兒，張天虹又仗著母親張妙娘寵愛，是以養成驕縱任性的性格，連石氏父子都不得讓他三分。

「虹小姐，阮阿爹佇教示徒弟，處理正經的事誌……」

「啥物啦？我好聲好說佮恁阿爹講話，你莫佇邊仔咧插喙插舌。」張天虹面對石振這位統率「興營」威風凜凜的大師兄說話從來是毫無顧忌。

「虹小姐，我若無共伊頭殼頂損一空，無的確頭家袂遐簡單放伊煞。」石紹南看著張天虹，語氣輕緩許多。

「猶毋過……」

「閣有啥猶毋過？大小姐，遮無你的事誌，嘛毋免你操煩啦！」

「黎洪，你這个白目仔一出聲就顧人怨，無彩我聽著你欲派去楓樹腳庄的時，閣緊張一下，想欲走出來共顏頭家擋，替你講好話，你是毋是愛對本小姐說多謝？」

「有夠奇怪，我就無去楓樹腳庄、你嘛無出來擋？我是欲多謝你大小姐啥貨啦？講著這，林愷師弟，我頭先蓋多謝就是你跤手猛，真緊就出來應話，若無，你看這虹小姐閣欲……」張天虹講不過黎洪，立刻大力捏了黎洪手臂一把，黎洪吃痛，話說不下去，仍強忍著不要叫出聲來。

「石師傅。」外頭有人倉皇奔來練武廳，中止黎張二人的鬥嘴鼓。

「余暉，怎樣？」石紹南問，余暉為顏家內院的護衛，與薛夕照娘家有些淵源，薛夕照嫁給顏克軍後，也被派來藍張興庄，平時負責看護顏家大院。

余暉道：「外口有一个足躼、足躼的查甫人，講欲揣『興營』的釘孤枝，我……已經予拍甲袂喘氣，伊叫我閣去揣兩个功夫較好的，無伊就愛共練武埕上彼塊『公誠樸毅』的匾仔拆落……」石紹南怒道：「豈有此理，你敢知對方是佗位的人？」余暉搖首道：「毋知，聽伊的腔口……應該是對南岸來的，伊雖然少年少年，毋過伊的氣力足飽，一支手就會當共我閣有曾丹夯起來……」石紹南道：「無采舊年平平順順，今年應該是無這好運。恁逐家，攏隨我來！」

「是！」興營弟子應聲而去，愛湊熱鬧的張天虹也緊跟其後，抵達練武校場旁，果見一個長近六尺的巨漢倚靠在梅花樁，神態甚為悠閒，而兩名巡門守衛則頹然臥坐在射箭靶場，見石紹南率眾到來，連忙起身行禮。

徐隆緩緩跟在隊伍的後方，甫探出頭，乍見那位巨漢，不禁高呼：「是你？」那位六尺巨漢聞聲抬眼，見他一襲石青色的大袍，身材雖長，卻是一張稚氣未脫的臉蛋，長不少𤶃仔子（痘子），莞爾道：「是我。」石振奇道：「你有熟似？」

「呃……著。」徐隆倉皇點頭，後腦杓感受到來自黎洪與何勇責陳的視線，脖子登時熱辣一片。

石振未等徐隆解釋，疾行至眾人身前，拱手道：「這位英雄，怎樣稱呼？」那巨漢啐道：「我號做江達，對半線來的。我今仔日來這，專工揣『興營』兩位好朋友。」目光惡狠狠盯著隊伍後頭，黎洪與徐隆自知躲不過，同時走到隊伍前頭。

江達大聲道：「姓黎的，進前佇烏日庄著你的把戲，是我家己失覺察，我這改來，是因為頂改你聲聲句句呵咾恁師弟偌勢偌勢？我現此時就欲指名欲共伊相拍，『興營』的教頭佮兄哥，逐家敢有意見？」何勇趁著江達說話期間，也挺身鑽到黎洪和徐隆一旁，黎洪斥道：「你出來創啥啦？」何勇道：「咱三人是同齊去烏日的，敢有可能恁有事誌，我閃甲離離離？」

石紹南回望三名徒弟，語重心長地道：「黎洪、徐隆……毋是我想欲講恁，恁兩个最近真勢予我惹事誌。」石紹南一邊數落兩人，一邊斟酌著眼前這位江達既然單手能把佘暉提起來，只怕來頭不小，到底該當如何打發、又不傷和氣？

「師父，你共阮誤會矣，阮佮伊相拄是一月日進前的事誌，才毋是最近……」黎洪直呼冤枉。

「男子漢大丈夫，有相拍就有相拍，牽拖啥一月日、兩三工，抑是最近囉囉嗦嗦，五四三貓毛一堆，到底差佇佗位？」

練武場外圍竹林傳來清脆的女聲，眾人循聲望去，迎面而來是兩名女性，那名開口數落的年輕姑娘，一身竹青衫，項鍊以紅線串螺貝為飾，苧麻製的粗布袋懸掛在背，繫著一綑烏黑的馬尾，若張目細觀，馬尾堆還藏著一條細細的髮辮，從那女子左側鬢邊延伸辮尾露出隱約的紅線飄晃，腳邊還跟著一隻土黃色的中型犬，正伸出有黑斑的舌頭打起哈欠。

「阿嵐，你毋是講你徛佇尾溜看就好？行出來創啥？」江達語帶責難。

「阿兄，個人遮爾濟，咱總講是輸人毋輸陣，閣再講你人傷古意，這馬欲諍啄猶是我較勢啦，若無，彼个啥人矣……」那竹青衫少女細長的柳眉一揚，將目光瞥向黎洪，續道：「橫直啦，我來這逝，就是欲親目珠看阿兄你拆落個『藍營』的匾仔。」

「喂，這个小娘仔，講話愛較客氣……」黎洪不住站上前，卻被石振伸手制止，石振視線緊盯之處，既非江達，亦非其那位嘴刁的竹衫少女，而是站在最後頭那名黃衫姑娘。

「阿九姑娘，誠久無見。」那女子正是兩年之前，石振隨顏仲崴赴往縣城有過一面之緣的菜姑馮子德，他頸項上佩戴紫紅色的掛珠，左腕上的色澤墨綠的玉鐲，光彩奪目，一如昔年。

「你閣會記得我？」馮子德微感詫異。

「兩冬前，我有機緣隨阮二舍去縣城，嘛佇大竹宮見過阿九姑娘相觸的氣魄，我想，食齋教領頭的查某囝來遮，應該毋是來揣阮兩个狡怪的師弟遮簡單？」

石振一席話惹得竹衫少女江嵐足下的黃犬嘶牙低鳴，他冷言道：「叫是你欲講啥貨咧？來遮閣愛有目的？共你講，阮阿九姊愛來就來，愛走就走，你管待伊來遮是毋是干焦想欲挽一枝韭菜花，檢采講恁藍張興有立牌仔，講阮蹛南岸的一世人到死攏袂使去恁遐？」這小姑娘說話像連珠炮又快又刁鑽，如同在跟黎洪對話一樣，石振感到棘手。

「阿嵐，莫烏白講話，你底時看著我佇咧食韭菜花？」馮子德苦笑，似是在替石振緩頰，道：「失禮啦，絕對無欲拆匾仔，個少年講話毋知輕重，千萬毋通認真。」

「阿九姊！」馮子德拉了拉江嵐的手袖，江嵐皺眉，口氣才略微收斂，道：「好啦，阮本成嘛無想欲舞遮歹看，頭起先，阮干焦是欲揣姓黎佮姓徐的兩个爾爾，是恁『興營』兄弟無目色，硬欲共阮阿兄戰，個著傷袂使怪阮阿兄，抾肉幼仔抾無討的，我話講佇頭前。」眼前一名不過十六、七歲的小姑娘，張口就將毆打「興營」的帳推得乾乾淨淨，石振身為大師兄，面色漸漸鐵青。

馮子德道：「遮有石師傅這位序大佇咧，歹勢啦予你見笑。石師傅，按呢啦，阮江達猶是囡仔性，佇阮遐乎……伊逐工踅踅念，足想欲揣恁的徒弟相戰，若是石師傅袂掛意，予恁徒弟佮阮兜的江達比並，就成做是啖糝、消遣一下好無？」

石紹南心下躊躇，黎洪快步欺身到石紹南耳際，低聲道：「師父，別人攏到咱頭前喝聲，就規氣予師父恁愛徒徐隆去處理？」

「若是恁兩人有把握，嘛毋是袂用得。」

「師父英明，徐隆是師父愛徒，我對伊絕對有信心！若是……若是徐隆共彼隻大龐仔拍敗，替咱『興營』面子抾轉來，伊彼號剉柴剉三月日的處罰，是毋是就毋免矣？」石紹南不禁皺眉，張天虹已高聲斥道：「黎洪，早知你遮白目，處罰就處罰，閣有按呢講價、出價的喔？」

「姓徐的是毋是無膽，欲出場閣欲講價、出價？」江嵐岔笑出聲。

「吵死啦，無人咧共你講話啦，性格是偌穤才逐工想欲佮人掰手面？」張天虹還想走上前教訓江嵐，才踏一步，便被江嵐足邊的黃犬狂吠，嚇得張天虹花容失色，趕緊轉身逃到黎洪身後。

「倚我後壁創啥？」

「我哪有倚？本小姐這馬想欲徛遮，你有意見？」

「無啊，我拄才原本閣想呵咾你足婧氣的，像你遮緊落氣的猶是頭一擺。」

「你囉嗦啦，共我恬去。」

「是是是。」石振聽到黎洪如此沒分寸的回話，不以為然啐了一口。石紹南雙手負背，長嘆一氣，側過身望向徐隆說道：「徐隆，你愛知影，這改若是你輸矣……年尾結親的事誌就真歹講矣，橫直，貞兒猶是繼續留佇阮查某囝邊仔奉待，我顛倒較贏……聽有清楚無？」

「是！」徐隆朗聲以應，黎洪不客氣地在徐隆胸膛捶上一記，道：「共你鬥到遮為止啦！」徐隆用力點頭，抽身跳躍到練武校場中央，昂身挺立興營所有師兄弟面前，豪氣地將辮子一甩，纏繞住脖子。

「請！」徐隆朝向江達抱拳，而裹在徐隆額頭上的衣巾，紅點斑駁，漸漸暈開。

㈢誇力爭強不相下

彰化縣貓霧捒保
藍張興庄·練武校場

江達長近六尺[2]，手長腳長，與徐隆幾番徒手交鋒下來，下沉的拳擊宛如泰山壓頂之勢，徐隆漸感手掌發麻，有感對方氣力略勝於己，斟酌之際，徐隆再架開江達一掌，思忖與江達硬碰硬實屬不利，隨即跨步轉身，飛躍到梅花樁之上，喝道：「閣來呀！」

2 根據「臺大資工數位典藏與自動推論實驗室」製作【度量衡單位系統】，清代一尺的長度＝公制的三十二公分；江達身長近六尺，等於將近一九〇公分的身高。另外根據網路資料，清代男子的平均身高約為一六〇～一六五公分（清制五尺），所以江達在當時可以說是巨人中的巨人了。

「驚你啊？」江達不落人後，須臾之間，二人都立足在梅花樁上，拳腳往來又過了數十回合。

興營子弟不斷為徐隆助威吆喝，張天虹也在一旁鼓掌吶喊：「踹落來、踹落來！」

馮子德與江嵐倒是一派輕鬆，不時交頭接耳品足，唯有石紹南一臉沉思，他端詳著江達的武功路數，拳來腳往，大開大闔，不自主心情沉重。

說時遲那時快，徐隆見到對方肩際上露出一個破綻，心想機不可失，連快出掌，高喊一聲：「著！」

江達個子雖高大，卻靈動異常，他迅速地一個側身閃避，徐隆收式不及，眼見全身重心往前，步數已亂，右腳踩空在即，江達餘光所見，心下竊喜，料想勝券在握，想不到徐隆反應更快，將右腳直接往江達大腿上踩，迅速連蹬兩下，再一個俐落的後空翻，平順降落地面。江達當場呆立梅花樁上，衣衫上全是徐隆足印，一臉愕然，興營一陣鼓掌喝采。

「功夫真正袂穤。」馮子德當眾稱許。

「唔……」江達面色一紅，露出氣憤的表情，大喝：「閣來！」

「做你來！」徐隆勻了口氣，將辮子一甩，重新纏繞住脖子，躬身擺出邀招的起手式。江達只見徐隆神態得意，一手負在身後，正手在前，不乏挑釁手勢，其實江達心思單純，是一個極容易被挑動情緒的粗人，此景馬上令他不快，於是潛心運氣，決定使出殺著，縱身一跳，挾帶重心下墜之助力，此掌竟有鋪天蓋地、雷霆萬鈞之勢——

徐隆見此招攻勢凌厲，卻又難以閃避，側腳一掃倒抽梅花樁樁柱，雙手一推樁柱，梅花樁一觸江達手掌，立時被劈了兩半，興營弟子見狀不禁驚呼，徐隆被震退了數步，身上冒起了冷汗：「夭壽，這江達毋但懸大爾，力頭嘛夭壽飽。」

黎洪道：「伊氣力傷譀啦，若是真正予拍著我看徐隆嘛無剉柴的性命。」

張天虹斥道：「你真厚話屎咧，無欲關心恁師弟，猶佇遐廢話？」

「拜託，毋是像虹小姐你按呢咻咻叫閣跳跳跳才號做關心好毋？」

「我哪有咻咻叫閣跳跳跳啦？講落尾，個兩人會相拍，攏總是你的歹主意害的啦！」

「啥物歹主意？若是阿隆無細膩輸輸去，較認份上早起床去抾柴爾爾，嘛袂死人好無？」

「講甲遮簡單，你若是真正有義氣，你是毋是應該逐工陪伊上早去抾柴仔？」

「我才無愛咧，講我無義氣？舊年就毋知是啥人，逐工共我吵講愛陪伊練射飛刀，煞落尾咧？頭起先三工早起，第四工就開始咧喝忝，講起床起袂起，我寒天徛佇外口透風加透兩工，你才共我講歹勢欲取消，到底是啥人較無義氣？」

「歹、歹勢攏歹勢過矣，你怎樣啦？過年前的事誌，你閣提出來講，足無意思的。」

「著啦，我上無意思啦，橫直乎，日後你早起想欲練習，就叫徐隆共你鬥練，你無繼續練習嘛是拍損，因為我相信你練落去毋免幾工，江湖中開始就有『金蟬龜殼花』的名聲傳出去！」

「啥物『金蟬龜殼花』，花你去死，有夠歹聽！」

「吼，黎洪，你恬去啦，莫一直咧遐共虹小姐激矣！」石振見徐隆與江達兩人出招越來越快，心下緊張，耳後卻持續聽到黎洪和張天虹在無聊的爭執，更是心煩。

「喔……」黎洪應了一聲，才訕訕將目光重新轉回前方，江達遽然蹲低，一記掃地堂腿，虎虎生風而去，徐隆趕緊縱身一躍，不等江達招式使老，凌空抽踢，中江達的臉頰。這踢擊來得出其不意，但是力道不足，江達只是往後頓了幾步，而徐隆則是失去平衡，摔倒在地。

徐隆正欲翻身，額上傷口的血滴淌落，沾到了左眼，耽誤了時機，江達已大步逼進，徐隆勉力使出鯉魚打滾，甫將身子挺起，卻被江達一把捉住衣襟。

「掠著你矣！」江達大手揪著徐隆、腳步拚命往前，徐隆則腳步凌亂不斷地往後退，直到他背部撞上練武場外圍的竹籬柵欄，他才終於逮到江達使力停頓的縫隙，重新站穩馬步，扯破脖子周圍的衣布，立時掙脫江達的手掌，抽身往右一閃，顏家大院「興營」練武場的外圍給一圈竹籬柵欄圍住，而藍色旗幟佈滿了竹柵四周，上頭分別寫著的「公」、「誠」、「樸」、「毅」四個白字，每個字皆被白色的圓圈圈，徐隆閃避之際，順勢取下身旁「公」字的旗幟，猛力往江達面上一揮。

江達僅單手接住旗桿桿頭，他使勁一揚，居然將徐隆連人帶旗給舉了起來，在空中畫了一道弧線，徐隆落地之後，兩人的對峙之勢登時調換了方位。於是徐隆與江達兩人便雙手抵著「公」字藍旗正反兩端，徐隆撐著旗桿桿尾，江達則頂著旗桿桿頭，校場塵土飛揚，遮蔽了眾人的雙目，待黃沙滾滾，只見雙方爭強逞力，互不相下。

興營弟子齊聲為徐隆打氣，徐江二人抵著「公字旗」首尾兩端，居然也僵持了半刻之久。只是，徐隆卻漸漸有些不支，他額頭上的布巾再度滲血，逐漸染紅了左眼的視線，徐隆忽然雙足一軟，單膝跪倒在地，於是原本握在右手上的旗桿一鬆，「公字旗」被彈開至上方不住騰空迴旋，遮蔽了日正當中的日頭，稍縱即墜，旗桿輕巧地落在馮子德手上，勝負已分。

興營弟子不約而同發出惋惜聲，徐隆氣餒地跪在地上，一手摀住前額，右手重捶自己的大腿，怒吼一聲。

「五師兄！」何勇趕忙前去攙扶徐隆，黎洪與張天虹也靠向前去。

馮子德端詳手中的「公字旗」，餘光見江達緩緩收勢，只是搖頭，臉上有些落寞，道：「徐隆，你身軀頂有傷，這改就無準算，咱另工閣約佇烏日庄比，你講怎樣？」

「啥物啦？閣欲比一改？你這人有夠奇怪啊？」張天虹窩在黎洪身後，大聲質疑。

「無要緊啦，虹小姐，這是我佮伊的事誌……江達少俠，無論按怎，多謝你手下容情，毋過烏日庄閣欲比並一改，我就一定愛請示阮師父……」

徐隆一面回答，被何勇拉起身，陡覺自己的前額一陣刺痛，又聽見纍纍貝殼的聲響，張眼一看是掛長串項鍊的江嵐在替他清理傷口。

江嵐身側揹負著一個苧麻與粗布做的布袋，裏面似乎都是裝些傷痛藥膏，見他擦完藥粉，徐隆額頭的傷口不再冒血，不禁讓黎洪與何勇嘖嘖稱奇。

江嵐道：「這是藥水布你提去，睏進前就愛換，才袂發癀，我閣有淡薄治療烏青凝血的藥丸，量其約是兩工的份……」

張天虹道：「唷，阮阿隆流血流甲，才兩工的份額，是毋是袂曉做人啊？」

何勇道：「虹小姐，你莫按呢講啦……」

江嵐倒是面不改色，道：「因為啦，這藥丸有摻金蟬仔、龜殼花，愛成做藥仔足困難的，請大小姐諒情。」

「你！」張天虹聞言大怒，一旁的黎洪還不容情的放聲嘲笑：「哈哈哈哈！」

「有影摻金蟬仔、龜殼花喔？」徐隆適才專心比武，並不知道「金蟬龜殼花」原本是黎洪在取鬧張天虹的笑話，於是隨口一問，卻被張天虹誤會徐隆在幫腔取笑自己，不顧他此刻的傷勢，重重踩了徐隆腳背。

「疼！」徐隆痛到跳腳，張天虹氣鼓鼓的轉身，大踱步回到石紹南和石振的身旁，口中不住道：「臭徐仔隆、死徐仔隆，無彩我拄才遐爾為伊操煩，結果佮黎洪相仝，刁工欲共我氣死。」

馮子德將「公字旗」放到原處後，緩緩走來徐隆和江嵐的身旁，他沒有看到適才的吵鬧畫面，只聽何勇似是在幫腔地說道：「恁逐家攏莫誤會阮小姐，虹小姐的心腸足好，對待阮下跤手人攏足溫柔……」徐隆因腳背隱隱作痛，當即露出不置可否的神情。

石紹南信步走到江達的身前，問道：「你姓江，『武夷派』的江豪是你的啥物人？敢是親情？」江達略略一愣，道：「親情？無啦，阮是熟似啦，我嘛毋是真正姓江，不而過佇高家賺食，號一个漢名較方便……」江嵐惱道：「阿兄，個無問遮濟，你加講這寡有無的物事啦？」

石紹南往江嵐一望，道：「江姑娘，請毋通誤會，我會按呢問，主要是因為我佮江豪是足久無來行踏的朋友，也攏無機緣探聽個這馬怎樣……」

江達奇道：「哪有可能？江大哥伊三不五時就會去烏日庄，你若是欲揣……阿嵐你閣共我睨我創啥？好啦，我恬去攏莫講好無？」

「著啦，佮阮阿兄講的相閣，江大哥定定出現佇咧烏日庄，揣恁【藍張興】的良玉先生食茶開講，石師傅你若是有心，欲探聽江大哥的事誌，寫一張批去問良玉先生就會當解決，才毋知共阮探聽是啥物拍算？」江嵐言語逼人，馮子德嘆了口氣，道：「阿嵐，講過你幾若擺，講話莫遮衝碰。」

江嵐原本柳眉直豎，表情隨之放軟，石紹南沉吟片刻，苦笑道：「無要緊，這層事誌成做我無講過，無事誌啦。」
「原來彼工一目仔是武夷派高手，莫怪……」
江嵐轉過頭，與黎洪四目相交，笑道：「莫怪啥？」
「嗯？哪有啥貨？」
「真正無啥貨？」
「你是愛我講啥貨？」
「呵，你有膽過來，我就共你講。」
黎洪噗嗤一笑，晃著腳步走近江嵐，江嵐突然抽出短刀，抵在黎洪的鼻樑，冷笑道：「彼工若是我嘛佇咧現場，我才毋可能予你這倒手仔欺負阮阿兄。」
「哇，彼句是怎樣講的？『惹熊惹虎，毋通惹著刺查某。』我這馬是相信的啦。」黎洪語態慵懶，話畢對江嵐報以一笑，隨即雙手一攤，只見左掌上多了塊長條狀的黑布，叮叮噹噹地作響，裏頭纏著一排金屬製的輕短小刀。
「你……」江嵐見到自己纏在腰際的黑布竟不知何時被黎洪抽走，心下大詫，但聽黃犬狂吠，對黎洪做齜牙狀，江嵐聳了聳肩，知趣地將短刀挪開，使了個讓黃犬安靜的手勢，黎洪也即刻將飛刀布歸返江嵐，江嵐伸手接下，手卻被黎洪給緊握住，江嵐頗感惱怒，卻聽黎洪以極低的聲音說道：「我有位朋友著傷，敢會當共你拜託？你轉去進前，敢會使是阮庄頭南營邊佇掛紅旗的所在等我？」江嵐一怔，不明所以應了一聲，徐徐退後腳步。

石紹南若有所思地盯著江氏兄妹，久久不言，馮子德問道：「石師傅，算算時間，阮差不多欲轉去，請問你猶有啥物指教？」石紹南才回過神，道：「徐隆，你欲佮江達少俠比並的事誌，我是允准的，你差不多就四月彼時去烏日庄……等下咱轉去，你先來阮遐。江少俠佮馮姑娘，若是無趕船，嘛是會當留落來做伙食中晝按怎？」

馮子德笑了笑，道：「石師傅的好意，真多謝，毋過我到底是食齋的，佇外口食食較毋利便，先予石師傅會失禮。」石紹南頷首道：「若是按呢，我嘛無欲共你勉強，請！」馮子德道：「請！」

「好，攏轉去啦！」石紹南一聲令下，人群總算漸漸散開。

偌大的練武場，一如馮子德三人初來乍到的模樣，空空蕩蕩的，和一隻晃著尾巴的黃犬，那批丈青外袍的興營漢子越走越遠，只有江嵐，在馮子德三番四次的催促下，依然頻頻回顧。

㈢朱弓下

彰化縣貓霧拺保
藍張興庄．練武廳

石紹南遣散興營眾子弟後，惟徐隆被石紹南單獨留下，又訓了好一頓話，直到顧灶跤的粗嫺歐陽嫌來飯廳忙活，石紹南才總算放過徐隆，留他一人陪歐陽嫌收拾碗筷，歐陽嫌便打量兒子額頭上的傷口，不住叼唸起：「你這猴死囡仔，閣佮人相拍傷著？夭壽你這對襟仔，哋會破甲這形？」

「好矣啦，我才予師罵甲臭頭，你敢會當較停仔才罵？」

「猴死囡仔，你是玉皇大帝抑是上帝公轉世，講你幾句爾，你就袂爽是毋？」

「莫閣雜唸好無？我活欲忝死……」徐隆翻起白眼。

「你頭殼破一个空是按怎？攏無講偌巧閣破一空，啥人遮歹共你母仔講。」

「你無法啦，這師父摃的……」

「師父共你摃的？為怎樣？你閣惹啥物事誌？隨招出來乎。」

「吼……師父罰攏罰過矣，你……你愛我招啥貨啦？」

「嫌仔阿姆，伊去楓樹腳庄遐啉酒，落尾起酒痟，共薛頭家的人拍甲烏青凝血，才予石師傅伊罰。」一位文秀大方、笑眼盈盈的女子穿過門戶而來，正是黎貞，而歐陽嫌收碗收一半，聽到黎貞告狀聲，將碗公的湯水潑到徐隆臉上，伸手大力捏起徐隆的耳朵。

「母仔，你創啥啦？」

「失面子失到庄頭外口，莫怪師父共你摃一空！」

「阿母，莫按呢啦，佇貞兒頭前歹看啦……」徐隆苦臉求饒之時，歐陽嫌悶哼一聲，將手一鬆，並將繫在腰間的手巾丟到徐隆面上，啐道：「佇貞兒頭前予你有小可仔面子，先放你煞，家己拭予清氣。」

徐隆鬆了口氣，捧著手巾將面上的湯汁擦拭乾淨，放下手巾，黎貞一襲竹青色的衣裝映入眼簾，他想起江嵐。

「咦，毋捌看過你穿這色水的衫。」

「你竟然有注意著？怎樣？這衫是少夫人送的，伊講咱年尾欲結親，這領予你看你一定會佮意，我本來閣應講，你這人遐爾頇顢，哪有可能會發現？想袂到啊、想袂到，阮兜的阿隆嘛袂遮無目色。」黎貞是專門服侍顏家少夫人的女婢，他口中的少夫人是指藍伯峻的遺孀石琴，同時也是石紹南的女兒，石振的長姊。

「哪有可能無注意著？你……穿素的佮藍的較捷，我嘛無是無生目珠，講我平常頇顢……傷超過，你的事誌，我當時頇顢過？」

「愈來愈會曉講話，來，我予你一个獎賞。」黎貞說著身體靠向了前，徐隆忽然心臟怦怦狂跳，結果黎貞在徐隆耳畔停住，低聲說道：「阮兄佀佇咧南營頭遐的竹筒厝，叫你煞矣緊過去會合。」

「嗯……」徐隆原本滿心以為黎貞要吻他，心下失落，僅敷衍地點了點頭。

歐陽嫌見二人在竊竊私語，心裏想著這對小情侶不知影在講什麼情話，忍不住偷笑笑出聲來，黎貞趕緊挺直身子，徐隆臭著臉斥道：「阿母，阮是咧講正經事誌，你笑啥啦？」

「唉喔，遮大龐的人閣真勢歹勢？」眼看歐陽嫌越講越起勁，黎貞趕緊打斷，岔口道：「嫌仔阿姆，阿隆進前毋是有做過竹龍抑是竹蛇？敢有賭的？三舍伊足佮意，少夫人差我來問恁啦……」

「有啊，一大堆咧！」

「阿母，麻煩你鬥提予貞兒，我閣愛無閒，先來行！」

「啊？猴死囡仔，旋遮緊創啥？喂！」

彰化縣貓霧捒保
藍張興庄

徐隆匆忙趕到藍張興庄南營處，這裏有五、六棟竹筒厝是屬於囥放鋤具雜物的倉庫，還包括逢年過節需要張燈結綵的道具。徐隆連撲空了兩間竹厝，終於在第三間發現黎洪和何勇的蹤影。

前日他們在楓樹腳庄時，何勇不忍那幾位貓霧捒人囚禁在草寮內，只因為人質來割地換人，偷偷在每個貓霧捒人的繩索上割了一刀，方便他們自行掙脫。但馬祿由於胸口挨了徐隆正中直拳，受了不小的內傷，把馬祿放在原處無異自生自滅。何勇決定扛著馬祿回藍張興庄救治，在黎洪的掩護下，趁徐隆醉臥楓樹腳庄期間，何勇中間先行溜返藍張興庄一趟，總算沒讓石振發覺。

徐隆姍姍來遲，終於撞見馬祿躺在堆滿雜物旁的竹蓆上，江嵐在替馬祿診脈，那隻黃犬則舔著馬祿身上大大小小的傷疤。

黎洪道：「閹豬公才遮慢，你是咧算步喔？」徐隆摸了摸額傷，道：「師父話足厚，我是有啥法度喔？」餘光見何勇與馮子德站在角落，又問：「彼號……江達無佇咧？」

馮子德道：「伊呀……生遮懸大，徛厝內傷軟，徛外口閣傷影目，所以就叫伊先去頭前的庄頭等阮。」徐隆點點頭，望向江嵐，問起對方的狀況，江嵐道：「我替伊候脈，感覺伊內傷真重，我無紮治療內傷的藥仔，極加替伊落幾針，加減順氣一下，恁……猶是考慮講去揣恁庄頭的大夫，我會使幫贊的無濟。」

「袂用得，若是通揣大夫呔有可能共你拜託啦？」黎洪忙道。

「這番仔是阮三人私底下救的，阮無法度去拜託阮庄頭的大夫。」何勇也附和。

「若是……去討幾帖藥咧？」馮子德問。

「毋好啦，阮庄頭彼个曹大夫，進前干焦共伊討幾塊膏藥，落尾阮師父隨來問我是毋是閣佮別人相拍咧，害我月錢予三除四扣。」

徐隆啐道：「你就真正有拍閣敢共曹大夫怪？」

黎洪道：「夭壽咧，我是有拍無毋著，毋過我去討膏藥是彼工你阿母喝手骨無力、尻脊骿痠疼，我是因為按呢才去共曹大夫討膏藥的，呔會是我月錢予人扣？」

徐隆訕訕道：「著啦著啦，話攏總你咧講……」言談間，貓霧捒人馬祿在迷濛中睭開雙眼，舉目所見最清晰的是江嵐的黃犬，自然而然伸出手撫摸牠，黃犬亦友善地搖起尾巴，江嵐驚呼一聲，道：「伊醒啦。」

馬祿不語，想到自己英勇慘死的愛犬，視線突然模糊一片，他抬眼迎視江嵐，掙扎著起身，他想對江嵐說些什麼，但馬祿通曉的漳泉話有限，除了「多謝」之外，在場的人都聽不懂馬祿的所言。

馮子德好奇地望向何勇，問：「你……你號做何勇是毋？是按怎你佮伊生甲遮爾……成？」何勇垂下頭，道：「我……做紅嬰仔的時就予人抱來阮庄頭，阮契父姓何，我就綴的姓何，我以早有聽過阮父母是貓霧捒的番仔，看伊的款，我嘛感覺阮有可能是親情……」何勇的出身，「興營」人盡皆知，但要讓他自述這段身世，總有點難以啟齒，沉默一陣，眼見馮子德與江嵐並無任何嫌惡之情，令何勇心下略略寬慰，卻被外頭的叫嚷聲，打斷了原本平靜的氛圍。

「啊！哪有番仔佇遮啦？」那是張天虹探頭入室，與貓霧捒人馬祿四目相對，第一時間不住高聲驚叫，張天虹連忙轉身狂奔，口中連連呼叫不止，前方兩三百步就有一處廟埕，那裏不但有幾間較緊密的屋舍，有不少的攤販在走動，為制止張天虹，首先飛快衝出的是何勇，何勇拉住張天虹的手肘，張天虹拚命掙扎，放聲道：「何勇，你共我放開，毋聽是毋是？準備欲走反啊？」何勇連忙道：「失、失禮，虹小姐你聽我解說……」

馬祿再不懂河洛話，也明白他已驚動了外人，為了不連累救命恩人，趕緊拔掉身上的針，慌張地站起來破門而逃，江嵐原本想攔住馬祿，卻被馮子德制止，他低聲道：「阿嵐，遮毋是咱的地頭，莫強出頭，予事誌變甲閣較複雜。」

江嵐隨即領會，對黎洪說道：「予恁金蟬龜殼花看著，你會怎樣無？」

黎洪訕訕道：「唉，阮的麻煩事誌逐工攏有，無欠這層，遮交予阮就好，恁猶是緊閃，總講一句，多謝恁鬥相共，若是牽連恁落海，顛倒是阮的毋著。」

「青山不改，綠水長流，告辭！」馮子德拱手，偕與江嵐並肩離去。

「何勇，疼、足疼，你放手！」張天虹面色潮紅，何勇當即放緩手上力道，張天虹趁隙甩開何勇，「喔……」張天虹目光一低，手肘浮現出何勇鮮明的掌印，不禁惱怒交加，狠狠朝何勇搧一記耳光，罵道：「你有夠過份！我欲共阮阿母投、共恁師父、恁大師兄投，閣有恁顏頭家投，恁今仔日逐家，我隨个仔隨仔攏掠予去算數！」說著便轉身向前方奔去。

何勇難掩窘樣，撫著紅腫的臉頰，對於是否要追上前去躊躇不已，只見黎洪大跨步搶上前，他舉臂擋住張天虹的去路，好言道：「虹小姐，姑情一下，咱有話好講，勇仔毋是刁工的，阮佮彼个番仔嘛是有苦衷的，拜託莫共頭家投，我共你姑情啦！」

「好啊黎洪，你嘛有來姑情本小姐的一工？」

「虹小姐，請你手梳高懸，今仔日算做一个人情予阮。」

「做人情予恁？莫講笑詼啦，愛本小姐來做人情，你一个拍拳的長工爾爾，久本小姐的你一世人嘛還袂了啦！」

「虹小姐，你若是欲按呢講，我嘛無法度，無我共你跪落拜託……」

「誶！跪啥物跪啦？我無愛你跪啦，厭氣話爾爾，我不准你跪！」

徐隆視線穿過張天虹與黎洪爭執身影的縫隙，總算注意到馬祿，他似是不黯藍張興庄南北方位，居然往市街中心方向奔移，心下一急，便追上前去。

徐隆還沒踏上幾步，察覺到馬祿散發出一股旺盛的殺氣，張目遠望，竟是朝向顏家三舍顏季崑，更有甚者，黎貞與另外一位婢女李蔭手中各抱著一袋布疋，亦步亦趨地跟在顏季崑背後。

「顏家三舍」顏季崑是顏克軍和元配藍氏所生，藍氏當時懷上雙生囝，生產時遭遇難產，藍氏和另一名嬰孩當日身亡，僅有這顏季崑活了下來，但先天不足，現時雖然已是十五歲的外表，但行為舉止與六、七歲的孩童無異，只見顏季崑把玩著竹龍，竹龍的身軀正靈巧晃動，發出「咿呀咿呀」的聲音，被逗樂的顏季崑，跟著哈哈大笑。

那馬祿驟然往前方疾速狂奔，似要對顏季崑不利，黎貞與李蔭大驚失色，顏季崑兀自在前方手足舞蹈著，渾然無知，黎貞立刻搶身擋在顏季崑前，手上的布疋散了一地。

「等咧！」徐隆大喝，死命地全速疾馳，他手臂使勁奮力一伸，卻仍是要再一個手掌的距離，才能把馬祿給拉住，周圍陷入一片令人窒息的死寂。

「咻！」一聲，及時劃破凝結的空氣。

黎貞再度睜開雙目時，他見到馬祿眉心中箭，橫躺在地，跟著倒抽了一口氣，足底往後發軟，驚魂甫定，先與徐隆先對上視線，茫然地往遠處一望，李蔭呆若木雞地杵在原地，不斷叨唸：「阿彌陀佛……阿彌陀佛……」

「貞兒，我、我的竹龍歹去矣啦！」顏季崑大聲抱怨。

「歹勢啦，三舍莫受氣，我閣去提討新的予你要好無？」黎貞趕緊安撫顏季崑，餘光終於也注意到不知何時站在他們身後的石振。

石振輕巧地撥弄弓弦，熟練地收起了他那把長弓，那不知名的貓霧捒人兀自雙目圓睜、倒在血泊之中，就像無數死在石振朱弓下的屍體，不值一看。

㈩四 大肚社湮滅

彰化縣貓霧捒保
王田庄．山仔頂

乙巳年三月初三，石振領著徐隆、蘇越、楊喜等十餘名師兄弟前往烏日庄西境的大肚社，這回，黎洪與何勇奉命留守，未隨隊出行，路上，徐隆盯著石振腰纏長刀、肩負朱弓的背影，感嘆著自己和黎洪、何勇花了那麼大的心力救下那貓霧捒人，卻終究難逃一死，不免悵然。

「興營」子弟終於進入王田庄附近與大肚南社的番界，負責接待石振一行人的為王田庄頭人楊必亨，他也是【藍張興】底下的一名大租戶，楊必亨帶著自家的人馬，與石振商討交談，良久良久，徐隆等只是坐在山仔頂的草廟前歇腳，聽候發令。

是夜亥時，十餘名興營子弟齊聚於山仔頂的草廟前，徐隆仰天望去，朔日剛過，天頂仍是新月，烏雲散佈，無數星光閃爍，正遺懷間，楊必亨和隨從打著油燈緩步而來，徐隆立時聞到油燈散發一股刺鼻的嗆味，似乎是用粗製的燈油灌注，燃燒的時候發出陣陣黑煙，火光搖曳，楊必亨的身影彷彿被臭不可聞的味道拉長著，他們在石振面前停下腳步。

石振的目光朝眾師弟一掃，道：「逐家聽好，楊頭家的人這馬已經到大肚社，大肚社番仔會疏開，對山尾的方向走，興營的愛佇咧子時進前趕到遐，看著厝就燒，看著人就刣，一隻雞仔、鴨仔攏袂使放予煞！」興營弟子引起一陣激烈的喧嘩，楊必亨像是早有所準備似的，取出另外一張手書與黑色令旗，喝道：「這是恁頭家的命令，咱新上任的縣爺大人嘛贊成，遐的四箍輾轉，咱一定愛提落來，恁若是有意見，就是共顏頭家逆、共大清咧逆！」

石振道：「興營聽令，這馬隨啟程，行！」

「小等一下，大師兄，咱拜師時毋是有咒誓過，絕對袂使烏白刣人性命？」徐隆焦急發聲。

「這是朝廷的命令，咱奉旨辦事，恁頭家攏無講啥……你是按怎？毋欲走反？」楊必亨措辭甚重，徐隆一時面如金紙，支吾道：「毋是啦……我的意思是……」

「楊頭家失禮，阮這師細較老實，頭殼反袂過來，我來處理就好。」石振趕緊緩頰。

「好，石振君，時間愛掠好，毋通延遲。」語畢楊必亨拂袖而去，徐隆想叫住楊必亨，往前追踏一步，卻被石振推了一把肩頭制止，斥道：「咱時間有限，聽話。」

徐隆不敢置信，回望向石振，怒問：「咱毋是豬狗精牲，咱按呢做，你就毋驚報應？」

石振臉孔一扳，道：「徐隆，我算到三，去？毋去？」

「無可能，這款糞埽事誌我袂癮做，毋去！」

「徐隆，我閣予你一擺機會，去？抑是毋去？」石振當即抽出佩刀，往徐隆喉頭抵去。

「無愛！」徐隆抽出了腰際的配刀，重重往地頭一插。

「頂改的番仔來咱庄頭，若毋是我趕緊共伊創死，你敢知影事誌會舞偌大？我叫是你已經知影教示，這改閣為著番仔番社，你到底愛惹偌濟事誌？」石振語氣是不容置疑的斬釘截鐵，手中的冷刀月光照映在石振的輪廓上，神情冷漠。

徐隆萬難苟同，盛怒地抽出地上的刀，猛力朝石振身上招呼，蘇越見狀一驚：「五師兄，你莫衝動呀！」電光石火間，石振反手一擋，「鏗——！」兩人短兵相接，石振與徐隆呈現對峙之勢，石振手上原本的油燈也摔落在地上，燈油溢出，火焰在泥草堆中燃燒，火光照耀住兩人，也增添兩人刀光交錯的陰影。

徐隆滿腔怒火，每一招一式都咄咄逼人，倒是石振只採守勢，他神情凝重，心下思忖：「起先共黎洪排開，就是掠準徐隆較聽話，想袂著伊痟痟起來，比黎洪較歹處理。」兩人又對拆了六、七招，石振收式退後丈許，道：「徐隆，你若是收手，今仔日你以下犯上的事誌，我會當掠做無發生。」

徐隆搖了搖頭，腦中晃然閃過慘死在石振箭下的馬祿，臉孔倏地與何勇重疊，內心又是一陣悲憤，不禁雙手使勁，將石振挨在自己刀尖上的刀刃架開，側身出招，使出一招「破玉碎石」，無所顧忌，毫不保留地使出看家本領。

「你叫是我心肝偌雄？我嘛是袂癮做，猶毋過無法度啊！」石振向來壓抑自持，難得縱聲大吼，徐隆惻然一驚，不住縮手，但那招「破玉碎石」卻停不下來，在石振眼角的左上方劃下了一道口子，再差幾釐便劃破了石振的左眼。

徐隆臉上感到被鮮血噴濺到的溫熱，愣愣地看見石振眉上的鮮血緩緩冒出，赫然發現脖頸一涼，石振無視眼角的創口，又以刀背架住了自己的脖子：原來若非石振手下容情，自己早已身首異處。

「這兩冬，對唐山來的人愈來愈濟，咱地就無夠用，無佮番仔討欲啥人討？敢講你看佪無田無園，全部枵予死死，這就是你愛的結果？」石振語氣是少見的慷慨激昂，刀口依舊抵著徐隆的脖頸，石振語畢腳步往前一踏，在徐隆的脖子上割出了一道血絲。

徐隆沉吟無語，不禁想起多年來在石紹南門下拜師學藝的點滴，石振雖然嚴厲，卻也一直如同兄長般地照料自己，令徐隆內心一軟，只是當腦中晃過貓霧捒番仔被石振一箭射死的畫面，又令徐隆幌起頭。

「無法度，我猶是無法度……」

「無藥醫的孝呆控闇，興營弟子聽令，共徐隆予我押落！」石振一聲令下，眼見多年來情同手足的師兄弟，全數朝自己刀劍相向，徐隆不由得悲憤起來。

「五師兄，咱同齊行。」李桐好言勸道：「聽大師兄的話，好毋？」

「愛去……恁家己去！」徐隆踱著步伐，激動地將手中直背刀往地上奮力一甩，金屬碰撞的聲響直上雲霄，「我無愛耍矣！」

石振使了個目色，蘇越和李桐立刻衝上前去架住徐隆手臂，徐隆內心苦悶，卻不掙脫兩人箝制，束手就縛，李桐問道：「大師兄，欲怎樣共五師兄發落？」

石振將刀緩緩放入刀鞘，沉吟半晌，接過楊喜遞來的手巾輕拭左眼皮上的血跡之後，才道：「徐隆以下犯上，蘇越、李桐，恁揣索仔共伊縛牢，事誌煞尾了後，共伊押轉去，予師父發落。」火光燒盡燈油，蠟炬成灰，興營弟子列隊出行，月色漆黑如幕，身後是一片湮滅。

㈤聖母鴻仁德可參天

返回藍張興庄後，石紹南以「不敬尊長」為由，原本僅欲責陳徐隆二十棍，但見徐隆言語頂撞，毫無悔意，又見獨子左眉角處的破相刀疤，心頭火起，將二十棍翻倍成重打四十棍。受罰後徐隆被帶到顏家大院的後方，緊鄰豬寮的破舊古亭畚中禁足。事實上，徐隆根本無需禁足，挨了這麼多棍，沒有休養十天半個月，根本下不了床，遑論走動。

彰化縣貓霧捒保
大墩街．藍興宮

三月二十三日，天上聖母「媽祖婆」的生辰吉日，原本被禁足的徐隆，竟蒙顏克軍特赦，免除禁足責罰，黎貞聽聞此事，興沖沖地拖了徐隆出來，吵著要去藍興宮拜拜，感謝神恩、去除晦氣。

徐隆久未見天日，又見黎貞，自是眉開眼笑，黎貞拉著徐隆的手臂，不停抱怨薛夕照身邊的辜換娘一天到晚找他麻煩，狂發牢騷。

「你知影無？彼个老查某，講啥咱愛拜媽祖，做人袂使重頭輕，觀音媽嘛愛拜，結果咧？伊就我抄寫四十九篇的心經，愛我一工交出，寫到我手骨強欲斷去。」

「你實在有夠勢，若是愛我寫遮濟字，我甘願去拚壁，規氣閣予師父加損四十棍好矣。」

「你莫閣講這款話，上好是莫予嫌仔阿姆聽著，伊心疼甲欲死，煩惱你以後無法度行路欲按怎咧？」

「你咧？」徐隆忽然施力將黎貞攬過來，伸手撫起對方的臉頰，問道：「我若是無法度行路，你欲按怎？」

「嗯……奉待你一世人？」黎貞認真沉吟，伸出另外一支手，將徐隆的手揮開，道：「想攏莫想咧！」不忘出手重重捏了徐隆的臉頰一把，徐隆吃痛，笑著討饒道：「你呔會按呢講，我艱苦遮濟工你攏袂毋甘？」

「好矣啦，今仔日是媽祖生，我放過你這改，今仔日你攏愛陪我四界踅踅喔！」

「好啦！毋是講手骨欲斷去，捏遮大力，共我騙。」徐隆撫著被捏過的臉皮，一臉委屈。

「欸？」黎貞定睛一看，徐隆左側臉頰真的被他捏到發紅，內心有點過意不去，「確實傷大力，歹勢啦。」

「哼……」徐隆撇起嘴角，將目光撇開。

「受氣啦？阿隆，喂，莫毋插我，徐隆！」

「愛我無受氣，足簡單的，」徐隆神色緊繃，儼然不苟言笑的石振上身，續道：「你捏的所在共我哻一下，我就永遠袂對你受氣……」徐隆語音未落，黎貞已經兩臂一圈，環住徐隆的脖項，整張臉貼忽然靠近來，吻上徐隆的唇。

黎貞雙腳離地，全身懸掛在徐隆肩胛，徐隆攬在黎貞的腰際，雙臂托著黎貞的重量，兩人唇齒交纏了片刻，才額頭貼著額頭，微微喘氣，黎貞輕聲問道：「按呢敢有準算？」氣息全吐在徐隆面上，「永遠袂對我受氣？」

「當然……哪有可能無準算？」徐隆意猶未盡，原本想將靠過去再索一次吻，卻被黎貞以掌心給無情地堵住唇嘴，「嗚？嗚嗚！」

「咱講好的喔！」黎貞從徐隆身上跳下來，掛著燦爛的笑容，挽起徐隆的手臂，笑道：「好，咱來去踅！」

「好……啊、我的尻川，你莫行遮緊啦……」徐隆唯恐傷口裂開，步履蹣跚，黎貞卻像是明知故犯似的，一直拖著徐隆的腳步快步行走，兩人步出門檻之際，恰巧石琴與一身便服的石振站在顏家大院的院門口，石琴輕笑道：「貞兒，行較慢的，我看徐隆的傷拄好，你莫共伊創治。」

「少夫人你毋知，就是刁工愛共伊創治。」黎貞笑著應答，趁石琴與黎貞交談之際，徐隆下意識與石振目光相接，親見石振左眼角的刀疤依然清晰歷歷，這是自己被禁足在古亭畚以來，第一次與石振相見，卻是相顧無言。

「少夫人，阮先來行啊！」徐隆還來不及與石振說任何話，便被黎貞拉住，兩人快步遠去。

藍興媽祖宮人潮鼎沸，前方敲鑼打鼓、鞭炮聲滿天價響，黎貞緊緊握住了徐隆的手，徐隆腦子只嘀咕著屁股被行人頂得老疼，實在沒有那個心思注意周遭有什麼武陣、舞獅、南曲演奏的，黎貞忽然高聲叫道：「唉呀！娘媽起駕啦，咱去鑽轎跤好毋？」徐隆擺起一張苦臉，道：「莫啦……人遮爾濟，去排毋知欲排到當時？」

「今年才過偌久？你已經衰甲若啥？頭先是頭額破一空，閣來是予揁尻川顊，幾工無法度行路？你一定愛聽我的，誠心來求媽祖的保庇，保庇今年你平平安安、順順利利。煞閣有，嫌仔阿姆半暝定定會拍醒，伊睏袂好勢的症頭，咱是毋是嘛應該來共媽祖討符仔來保平安？」

「好啦好啦，你講的攏著，聽你的，我無意見。」

「毋是攏愛聽我的，你家己嘛愛誠心、誠心知無？」

「諾，我攏綴你來，誠心閣有誠意，誠實啦！」

徐隆大傷初癒，被黎貞這樣拉著四處燒香祈福，竟然比打一整天拳來得疲累，正當以為拜拜祈福可已告一段落，突然之間，藍興宮外頭已經搭架好巨大的布棚，連忙又拉著徐隆前往一探究竟，可是前方人潮太多，擠不到前頭，除了人頭，黎貞什麼也看不清楚，正自懊惱，忽聽的後方有人叫喚他們的名字：「阿隆、貞兒，來這爿看戲喔！」

黎洪和何勇坐在戲棚對面揮手招呼，黎貞不禁微微蹙眉，他倆真好意思跳到曹孟冬大夫鋪滿的瓦片的屋舍上？再凝神一望，黎貞心下一奇，旁邊還坐了兩位未曾謀面的姑娘，穿著打扮還真是詭異，想著想著，黎洪已縱身一躍，握著黎貞的手，一前一後抵達屋頂上頭。

「看恁阿兄偌勢，佔到遮爾好的位。」

「明明是我先揣著的，你勢啥？」柳眉杏眼的少女，膚色白皙異常，後揹著一個簡便的苧麻布袋，毫不假辭色反駁黎洪，而黎洪僅是瞅了那少女一眼，拍著後頸笑了笑，居然沒有回嘴？黎貞暗暗稀罕。

「阿嵐，莫逐改攏愛佔贏，袂輸激一个派頭。」另名女子身著黃衫，一只翠綠生煙的玉鐲，在左腕袖口下若隱若現，正是馮子德，另一名姑娘則是江嵐。

「伊是阮小妹仔黎貞，拄才講話的是阿九馮子德姑娘，若較歹性地的是江嵐姑娘。」

「倒手仔，你講啥人歹性地？」

「倒手仔？我無名無姓喔？」

「啥人歹性地你先交代！」

「阿嵐，好矣啦……」

「諍，阿九姊，是伊白目仔先惹我受氣的……」

「好啦，我無愛講你。」馮子德輕嘆口氣，目光轉向黎貞，問道：「黎姑娘，你相啥？」

「鳥鼠。」

「阮阿嵐減你兩歲，你毋免對伊傷客氣。」

黎貞點點頭，對話間，徐隆終於被何勇扛到屋脊上，因何勇個頭稍小，拉提徐隆不易，也害得徐隆傷處不適，徐隆一見馮、江，張口便問：「馮姑娘、江姑娘，恁呔會來？」馮子德道：「阮來看戲的，今暗的戲，是阮【高福盛】的頭家欲替恁媽祖做生日，專工對廈門請來的搬戲。」

「有講欲搬佗一齣？」黎貞好奇問。

「是『陳三五娘』，我早早聽著高頭家欲請戲班搬這齣，就決定綴阮頭家來，嘛按怎攏愛摸阿九姊來看戲，哈哈！」江嵐露出興高彩烈的笑容，這才是十六歲該有的神情吧？

徐隆道：「江達無綴的來？」江嵐啐道：「哪有可能？伊彼个人蓋無聊，個上大的趣味就是拍拳佮比武，閣有綴著個羅大哥的尻川後壁行東行西。」何勇奇道：「羅大哥？敢講是……」馮子德笑道：「咱大肚溪南北岸，姓羅蓋出名的，除了伊，閣有啥人？」

徐隆神情陡然嚴肅起來，他曾與江達過招，單論實力，兩人應該在伯仲之間，但江湖上比江達武功修為高的大有人在，未來也不是沒有交手的機會，如果不勤加鍛鍊……徐隆不禁凝思出神，直到馮子德高呼一聲才回過神來：

「這馬阮錦舍佮恁頭家攏徛起去戲台頭前，看起來是準備來開場。」

「錦舍？」黎貞低聲詢問。

「阮頭家的細漢後生高人魁，阮攏叫伊『錦舍』。」江嵐回應。

「原來喔……」黎貞聞言探起頭，往戲棚一望，那護衛石阜直挺挺地站在顏克軍身後，戲台第一排坐的都是顏家親眷，包括石紹南、石琴與石振父子，自然也有張家的張惠開、張惠秋兄弟，以及張妙娘與張天虹母女也在席位之中。

「各位北岸的鄉親序大，我是半線庄的高人魁，【高福盛】頭家是阮阿爹，北岸的鄉親若是有需要，毋管是去官府揣咱彰化縣爺，做生理欲招人參詳、抑是干焦想欲揣食食的，絕對毋通客氣，做你來半線庄揣我，有任何困擾，我高人魁一定會鬥相共就著啊！」那高人魁生得白淨討喜，外袍鑲著雲紋如意，燙金星點，或整或半，大小疏密，服飾顯得十分講究，隨手一把輕盈修長竹摺扇，令他看來風度翩翩、貴氣凜然，當他說完一席開場白，戲台下鄉親歡聲雷動，鼓掌叫好。

「今仔日是咱媽祖生的大日子，尤其佇咧『藍張興庄』，閣較是大日子中的大日子，阮早知影今仔日偌重要，過年進前就聯絡廈門的戲班聯絡好勢，逐家有可能感覺講，敢有需要遮厚工？遮功夫專工請外口的戲班來做生日？敢愛開遮濟錢？我共逐家講，這毋是錢的問題，這是阮高家的誠心、高家的誠意，慶祝藍興媽祖生日，阮【高福盛】佮恁【藍張興】仝款歡喜，來，咱誠心誠意替媽祖過生日，逐家講，好毋好？」且聽高人魁面帶微笑，和藹可親地開場說話，聲調爽朗自然，他兩腮深深的酒窩更是非常討喜，心下對這位【高福盛】錦舍印象甚佳。

「誠心誠意？今仔日呔會感覺講聽著這四个字，心肝足沉重的？」徐隆托腮，忽然一陣疲乏，眼前高人魁總算說完話，捧著前袪緩緩下了台階，連連向顏克軍等躬身拱手，眼光飄移，接著揀了位緩緩坐下，笑笑地往張家的方向一望。

張惠開雙眉一揚，與高人魁視線對上，微笑相對，張惠秋見狀，不禁附耳問道：「阿兄你咧笑啥？」張惠開道：「嗯……你對這『錦舍』的感覺怎樣？」張惠秋莞爾道：「我看伊嘛二十外歲……巧神巧神的款，袂穤！」

張天虹卻頭一歪，皺眉道：「袂穤？我是看毋啥出來，阿母，你看咧？」

張妙娘淡淡一哂，道：「查某囡仔，日後你愛會記的，這款場，恬恬仔看戲，話會使減講就做你減講。」

㈩六 年年歲歲花相似

彰化縣貓霧捒保
藍張興庄

乙巳年三月廿五，石振私下轉達徐隆與黎貞的婚事取消的消息，黎洪對此懷抱強烈不滿，怒道：「大師兄，遮大條的事誌，是按怎毋是師父來講？阿隆毋是外人，雖然伊定定會惹事誌，毋過師父嘛是足共伊倚重……貞兒閣較毋是外人，少夫人對伊一直誠好，我無法度接受，我……」

「你欲怎樣？」

「我愛家己去問少夫人！」黎洪腳步一抬，旋即被石振一把擋架，道：「莫去問矣，加較歹看爾。」

「我管待你喔？你莫共我擋牢！」黎洪厲聲相詢，石振的眉宇牽動了左眉角上的刀疤，似是迴避黎洪的視線，他長嘆一聲，黎洪素知石振性格，他從不輕易長吁短嘆，心知必有蹊蹺，問道：「是毋是閣有啥物事誌，你猶未交代？」

「頭家改換主意，伊決定欲予恁小妹仔……佮三舍結親。」黎洪聞言五雷轟頂，張口無言，石振見黎洪沒有答話，續道：「四師弟，頭家決定的事誌，咱這寡下跤手人是無法度插的，我知影你一時仔無法度接受，毋過你愛是較認份，想較開的。」

「想較開？」黎洪聞言跳了起來，粗聲道：「阮兄妹仔命苦，生來做人的奴才已經足悽慘矣，我愛想偌開？我干焦一个親小妹仔爾爾，恁閣愛予伊嫁予三舍，嫁予一个悾闇？」

「黎洪，你拄才講啥？無愛命矣喔？」顏幼嶼心智發展駑鈍，終究是顏克軍的兒子，顏家的三舍，黎洪一介奴籍妄議主子，大逆不道，石振必須大聲喝止黎洪。黎洪被重斥一聲，好似回過神來，眨了眨眼，垂下腦袋。

石振神情略緩，道：「貞兒……貞兒是一个好姑娘，我相信伊嫁予三舍，阮姊仔一定會照顧貞兒，你做你放心啦……」石振姊姊石琴嫁給了大舍藍伯峻，而黎貞原本即是石琴的丫鬟，兩人感情向來和睦，結為同姒仔再好不過。

黎洪半晌不語，片刻才道：「貞兒咧？敢有人共伊講？」

石振道：「伊彼爿薛主母應該會當面共伊講，唉，伊的事誌阮姊仔會處理，我……我顛倒較煩惱恁這爿。」

黎洪無奈嘆了口氣，又道：「阿隆猶未知影貞兒欲嫁予別人，你按算底時欲共伊講？」石振默然，黎洪搖了搖頭，嘆道：「伊早慢愛知影，無要緊，這馬我就去揣伊，鬥你開這个喙。」當即轉身跨起步伐，不一會，石振跟了上來，道：「我佮你做伙去。」

彰化縣貓霧捒保
藍張興庄．旱溪濱

徐隆來到澄清僻靜的旱溪口做例行巡事，平常都是兩人一組，但今日因黎洪臨時被石振找去，徐隆想著也無礙，這條路線他老早踏尋過不下千百回，便獨身行動，時序三月下旬，夏季漸至，徐隆已感汗流浹背，走近溪畔，彎下身子，將兩手沁入溪水，抬手抹起臉，而當他手掌一攤，卻遠遠從前方的雜草縫中，瞅見高人魁可疑的背影。

徐隆一瞬間屏住氣息，緩緩向前方草叢移動，依稀見到他與一名番仔模樣的男子交談，那番仔神色緊張，還不時地環顧四周，生怕被外人察覺似的。

「鬼鬼祟祟，毋知欲變啥魍？」徐隆暗想著，背後卻陡然傳來黎洪和石振高呼他名字的聲音，驚動了現場。

「黎洪這个癮頭，刁工共我創空乎？」徐隆心下咒罵，再將頭晃過前方，那兩人的身影已雙雙消失。

「跤手蓋猛……」徐隆無奈，只得站直身軀，正準備出聲回應黎洪，不遠處遽然傳來兩道淒厲的男性慘叫，徐隆更不作他想，循聲飛奔了過去。

「是李桐？猶、猶有余暉？」徐隆大驚失色，李桐和余暉同一時間橫躺在地，鮮血汩汩地從兩人腳踝之間流淌，當下一片血泊，模樣甚是淒慘。

「嗚……」不同於氣息奄奄的李桐，余暉從牙縫中傳出一絲低鳴，徐隆連忙扶起了他，問道：「余暉，你敢有怎樣？」余暉喘息道：「莫、莫插我，看……看李桐……李桐有要緊無？」徐隆伸手搭上李桐的手腕，身體猶自溫熱，卻已沒了脈動，顯是沒多久前遭殺害的。

黎洪與石振一前一後也抵達了現場，兩人皆是滿臉詫然，黎洪先低下身來將李桐的身子一翻，胸口被捅了個大洞，忿然道：「啥人下的手？姦佣祖媽，遮爾歹心毒行！」

石振略顯激動地問道：「徐隆，這馬啥物情形？你緊共我講予清楚……」

徐隆忙道：「我、我毋知，我今仔來……就看著李桐佮余暉就已經倒咧塗跤……」

石振稍形冷靜，彎身出手扶起余暉，問道：「呔會按呢，到底出啥物事誌？」余暉額頭上滿是冷汗，搖頭道：「今、今才，啊……我想想……有人雄雄對我後斗出現，共我損予昏……

煞落來……我會記得，就是徐隆伊出聲，是毋是李桐伊……」講著講著，余暉一口氣換不過來，連連抽氣。

「你先莫講話，阮隨炁你去揣曹大夫。」徐隆欲將余暉給揹起來，渾忘自己臀傷未癒，一拉抬余暉，屁股的傷疤讓他表情扭曲，整個人僵直在原地。石振推開徐隆，將雙腳皆是鮮血的余暉揹負在身上，即刻往顏家大院方向回去。

黎洪愕然，抱怨道：「大師兄，伊就按呢走矣？我若扛李桐的時拄著個姊仔李蔭……欲怎樣共伊解說啦？」李桐之姊李蔭為張家的女婢，交情與黎貞十分友好，黎洪無奈地看向徐隆，徐隆指了自己的屁股，兩手一攤。

「唉！」黎洪認份地嘆了口氣，彎身將李桐屍身擔在肩上，快步返庄，徐隆默默跟在黎洪身後，不住尋思：「我聽著李桐的聲了後，一霎仔久攏無延遲就到現場，若聽余暉的講法，下手的人輕功定著真好……我聽師父咧講，若是講著輕功，『食齋教』是蓋勢，我今才明明就有看著高人魁的背影，敢講是彼个阿九下的手？個【高福盛】猴空相鬩迵，毋是無可能……」

㈦歲歲年年人不同

彰化縣貓霧捒保
藍張興庄

庄中大夫曹孟冬表示余暉已無大礙，但是腳筋已斷難續，只怕落得殘疾的病根。余暉在救治之後，躺在床板上睡去，石紹南便退出房間，眼前換成李桐的屍身倒在石家合院的前緣，一排「興營」弟子在後成列，不少人都眼眶泛紅。

「石師傅，李桐是阮兜的人，袂使按呢死目毋瞑瞌，請石師傅一定愛替李桐主持公道！」發話的是張惠秋，【藍張興】中的張家二少，長兄張惠開更是顏克軍主力合夥人，亦是張天虹的表兄。

石紹南端詳李桐的屍身半晌，才道：「斷跤筋的手路……恐驚是『短刀會』下手的……」

石紹南一談到「短刀會」，張惠秋神情瞬間難看起來，「短刀會」與楓樹腳庄的薛卯關係千絲萬縷，受傷的余暉又是頭家娘薛夕照娘家的人，李桐之死只怕事涉薛家內部恩怨，很難不牽連到頭家顏克軍。

徐隆道：「師父，余暉佮李桐出事誌進前，我親目珠看著，【高福盛】錦舍佇溪仔墘佮一位我足生份的番仔款講話，咱去揣錦舍，順紲共伊請教，師父看怎樣？」

張惠秋道：「閣愛請示？去，做你去，有事誌我來擔！」

石紹南目光一閃，皺眉道：「惠秋舍，錦舍是咱的貴客，莫遮衝碰才好……」

「石師傅，我呔有衝碰？去揣伊請教一下爾爾，敢有啥貨？」眼見張惠秋神色忿忿，石紹南躊躇難當，石振忽道：「惠秋舍，爹，請教錦舍的事誌交予我來辦，閣較按怎講，發現李桐的時我嘛佇溪仔墘，我佮黎洪、徐隆三人同齊去請教錦舍，會較穩當，惠秋舍、爹，恁感覺怎樣？」

石紹南點頭稱是，吩咐道：「嘛好，會記得，你千萬愛有站節。」

張惠秋道：「我有淡薄仔煩惱佃壓袂落彼个錦舍，猶是我嘛去好毋？」

石振道：「毋好，李桐師弟的後事嘛是愛緊處理才著。」

「著乎，我實在是氣昏頭，雄雄袂記愛辦這上要緊的事誌。」

「按呢，阮先來走矣，黎洪、徐隆，行！」

「大師兄真勢共人差。」黎洪心中抱怨，仍老實地服從石振的命令，師兄弟三人甫踏出石家門口，卻剛好被張天虹堵住。

「黎洪、徐隆！恁這兩工死到佗位去？我一直咧揣恁，恁知毋知啦？」張天虹霹靂啪啦地叫嚷，黎洪心下甚煩，回道：「虹小姐，阮這馬有要緊的事誌愛辦，無閒佮你佇遮喋詳，阮先走，失禮啦！」石振則不願多解釋，提起輕身功夫，飛快地奔到數十丈之外；黎洪見狀，又嘀咕起這大師兄實在太奸詐，也馬上一步「銀鞍踏雪」追了上去，僅剩徐隆在原地。

徐隆看著張天虹氣鼓鼓的面容，尷尬地笑了兩聲，卻苦於臀部猶傷勢猶未好全，移動的步伐無法太快，才走幾步，立刻被張天虹攔住：「徐隆，你閣行、閣行呀？」

徐隆強笑道：「虹小姐，阮無共你騙，陣確實有要緊的事誌……」

張天虹怒道：「你這死無良心的悾仔，顏伯仔發話矣，年尾按算共貞兒欲予嫁予顏季崑，你是知抑是毋知？」

「啥、啥貨？」徐隆雙目圓睜，不敢置信。

「你毋知喔？喔，薛頭家娘前幾工揣阮阿母……」張天虹嘴巴一張一閉的開開闔闔沒停下過，只是他說了什麼，徐隆一個字都沒有聽入耳；當徐隆回過神時，他已經全速地拔足狂奔，渾然忘卻雙臀的舊傷，耳後才陣陣傳入張天虹尖銳的嗓音：

「喂！徐仔隆，你走傷緊的啦！是袂使等我一下無？」

彰化縣貓霧捒保
藍張興庄．練武校場

徐隆抵達練武校場，大汗淋漓，高人魁與他的手下成群聚集，石振端正地站立高人魁身側，一邊尚有昨夜才共同賞戲的馮子德，定睛一望，前方是江嵐與黎洪在過招。

高人魁一臉輕鬆，好整以暇地搖著他的長竹扇，另外有位隨從捧著一袋的瓜子侍候著，不知情狀的人，還以為高人魁在悠閒地聽說書呢，黎洪與江嵐有來有往，高人魁身後的七名隨從不停吆喝鼓掌，場面甚是喧騰。

高人魁對石振笑道：「恁『興營』干焦這寡本事爾爾？連一个十六、七歲的小姑娘攏拍袂過，有影是笑詼。」石振頷首不語，徐隆正巧來到石振的身後，暗自嘀咕著此刻的高人魁，和昨夜台上翩翩的氣度判若兩人。

徐隆到來，登時又吸引高人魁的注意，他扇子晃了晃，忽道：「欸，粗皮的，本舍徛遮久，跤痠啦，你去共本舍閆提椅仔過來。」

「啊？」

「啊啥啊？啊你是臭耳抑是啞口，阮錦舍講跤痠，緊去提椅仔過來。」

徐隆尚未接話，高人魁身邊隨侍又對徐隆吆喝，徐隆面露不悅，道：「遮是阮普通時仔練武埕，無可能有啥椅條仔，恁若需要，倒手爿仔有蓋濟梅花柱，我會當坦橫的，予恁坐佇咧柴柱仔懸頂。」那隨侍小廝面色一沉，拍起石振的肩，斥道：「哇，夠有禮貌，這就是恁【藍張興】對待人客的方式是毋？」石振無奈地拱起手，欠身道：「失禮啦，彼號、彼號徐隆，你猶是……」

高人魁忽然用扇端拍了拍那小廝的頭，微笑道：「傅向陽，你嘛莫按呢，閣再按怎講，遮攏是別人的地頭矣，哈，這位師兄，免遮爾功夫矣啦，我拄才清彩講講爾爾，毋方便就煞煞去矣啦。」

「是。」傅向陽點頭回禮，立即又手指著徐隆，道：「阮錦舍腹腸闊，袂癮共你計較，粗皮的，共阮錦舍說多謝啊！」短短數個時辰之內，李桐師弟新死、余暉重傷，又聽到黎貞要嫁給顏季崑的消息，徐隆心情本已鬱悶，此刻莫名其妙挨了一頓罵，居然被要求向對方道歉，不禁面展怒容。

「睨？你共阮睨？」眼看傅向陽又要跳腳叫囂，高人魁將摺好扇子一揮，傅向陽當即後退，高人魁右手一提，掌中竹扇的尖處往徐隆下顎一挑，徐隆暗暗惱火，極力克制不快的心情，高人魁問道：「你號做啥物名？」徐隆粗眉一擰，正欲啟齒，石振搶先應道：「伊是阮的師弟，號做徐隆。錦舍，我的這位師弟較毋知禮，若是有啥得失錦舍的所在，我願意佮伊做伙會失禮。」

「哈哈哈，會失禮就免矣！」高人魁微笑，兩顆深邃的酒窟仔擠在臉上，他順勢將扇子收回，自顧自揮了起來，道：「無啥啦，本舍看著乎，原來恁『興營』嘛有漢草才粗勇的人才，想講熟似一下，順紲共伊講一下耍笑，哈哈哈，我會記得啦，徐隆。」

徐隆點頭回禮，其實視線恨不得立時從高人魁身上移開，說了這一會話，徐隆才終於有時間往練武埕中央望去。

徐隆與黎洪同門多年，時常切磋技藝，對於黎洪的本事瞭若指掌，只是今日一看，只覺得黎洪身法比往常要緩慢許多，充滿彆扭與不和諧，若說要憐香惜玉，也不至於把自己搞得這麼狼狽吧？莫非是早起的時候拉壞肚子所致？不住高聲問道：「黎洪，你咧變啥魍？」

「你莫吵啦，恬恬踮咧遐看就好……」黎洪這麼一分神說話，江嵐好似立即逮到空隙，逼得黎洪倉促間使一記倒翻筋斗，順利閃避江嵐一記冷不防的飛刀。

「摔畚斗？無想著你生做算賬，跤手嘛是足活。」

「呵呵呵……」面對江嵐的奚落，黎洪也只是乾笑，心想：「對方若是查甫，我客氣啥？五筋膎直直共伊托落去，托佇咧塗跤，鼻我的襪仔的臭酸味，無彩我拄才讓伊遐濟，伊竟然對我出手猶是遮雄……袂使，我感覺我袂使閣讓伊……唉！」

「繼續來？」江嵐露出得意的神情，黎洪見之卻不禁莞爾，他聳了聳肩站直身子，伸手拭了拭額頂的冷汗，道：「早知江姑娘有崁遮暗步，我頂月日應該共你縛佇你的腰仔的布予擲……」最後一個「掉」字還沒說口，江嵐飛快射出兩刀，惱道：「你這人話屎一堆！」

他們先前都是赤手空拳過招，這刀來得又急又快，黎洪不得不抽刀擋架，「鏗鏘」作響，江嵐此時亦持起匕首短刀，刺向黎洪，僅剩三步之遙；黎洪正欲閃過，不慎足底一滑，江嵐再剩二步之遙便能欺近己身，黎洪失去了閃避的先機，情急之下，將左手上的刀往前扔去，江嵐持短刃的右手一掃，距離黎洪僅剩一步！

眼看便要得手，江嵐正自得意，右手腕乍然被黎洪順手抓起，接著江嵐驚呼一聲，整個人竟被黎洪高舉過頭，扛在肩上。

「倒手仔！你、你緊共我放落來！」江嵐滿臉通紅，但手腕與腳踝的脈門皆給黎洪扣住，當下動彈不得，黎洪自覺此舉唐突，略略尷尬，道：「失禮啦，你愛認輸未？」

「哇！哈哈哈哈哈！」高人魁和傅向陽等見狀鼓掌高聲叫好，馮子德臉色一沉，喝道：「恁實在有蓋害，笑遮大聲……攏毋知站節？黎洪，我警告你，你隨甲阿嵐囥落來！」

「緊，我算到三！」江嵐又是一聲怒斥；黎洪無奈，當即鬆開了江嵐的手腕，江嵐立時掙脫，那隻黃犬猛然從樹叢中竄了出來，張口狠狠咬住黎洪的右足腳踝。

「啊！」黎洪放聲慘叫，跌坐在地，石振與徐隆皆是吃了一驚，萬萬沒料到江嵐還有此後著，徐隆還想衝上前去拉開黃犬，卻被馮子德制止：「莫過去！」

江嵐成功掙脫落地，「轉來！」黃犬立時停止動作，退到江嵐身側，江嵐順手摸撫起黃犬的頭，輕輕一笑：「嗯……看起來是我贏啦！」黎洪額頂滿是冷汗，他掙扎坐起，雙手拉開右足的褲管，給那隻臭黃犬咬得不只鮮血淋漓，更是齒痕歷歷，心頭火起，罵道：「我攏已經放開你矣，你閣放狗共我咬？」

「我扗仔就無認輸你是咧？若、若是你不服，起來呀，咱閣比一改。」

「比？你閣敢講欲比？」黎洪怒不可遏，徐隆彎身扶起黎洪，黎洪卻先行阻卻徐隆，咬牙自行站立，鮮紅色的血液已經染紅他右腿肚下半截的褲管襪布，江嵐不忘又補了一句：「莫講我下毒手，若是，我趁 Suazi 共你咬牢的時對你出手，你……你敢閃會過？」

「……！」黎洪生平第一次著了人家的道，又被搶了一段白，深感奇恥大辱，怒目瞪視江嵐，強壓下拳拳的怒意，暗暗顫抖。

「哈哈哈！好啦、好啦，逐家頭扗仔按呢耍，本舍看的嘛歡喜。欸，倒手仔，雖然講你予狗咬著較衰，毋閣你有觸著阮阿嵐，閣共伊擽懸懸，阮阿嵐是一个嬌姑娘，芳貢貢、幼麵麵，你嘛無食著虧啦！」高人魁一臉燦笑越說越過份，馮子德喝斥道：「錦舍，你嘛愛留一个喙舌好勾泔，若無，我絕對會予你歹看。」

高人魁收起笑容，啐了一口，仍是一副不懷好意的表情，道：「歹看？按算共阮阿爹投？馮子德，你莫遮無目色，天下艱苦的事誌遮爾濟，減插本舍的事誌，你的日子會較快活。」

「錦舍，若是會當共你拍予換性，就是我為天下艱苦人，會當做上好的事誌。」

「你莫叫是恁阿爹做隘首偌偉大，我共你講，我若是成做頭家，頭一層欲做的，就是拔掉恁阿爹佇北投的位！」

「好矣，彼時咱就來看覓，落尾食虧欲哭的，上好毋是錦舍你！」

傅向陽見高人魁與馮子德又開始針鋒相對，滿心想打岔制止，遂朝黎洪方向吆喝：「喂，倒手仔，欲認輸未矣？上少應一聲啊！」

「我認輸矣。」黎洪抱拳行禮，踝部傷口兀自鮮血汩汩，也半化解高人魁和馮子德之間凝結的氛圍，徐隆低聲問道：「你為怎樣佮江姑娘相拍起來？」

「你毋知，阮來揣錦舍，才問一句錦舍敢有去旱溪遐……佃遐全部的人就共咱圍起來，落尾是江姑娘家已硬欲入來，講啥輸人袂輸陣，為著佃高家的面子，對我起跤動手。」

傅向陽道：「喂喂喂，拍輸去的人閣敢佇咧踅踅唸？」石振道：「錦舍，歹勢啦，阮嘛是愛加問兩句，因為今才聽講有番仔出現的款，阮遮有人受傷，錦舍是阮【藍張興】的大人客，阮一定愛保護錦舍的安全，所以……」傅向陽道：「知知啦，囉囉嗦嗦，阮錦舍真安全，是你佮恁師細出現才開始無安全。」

石振道：「驚擾到錦舍阮實在足失禮，猶毋過錦舍，若是你有看著啥物奇怪的人，麻煩共阮講一聲，多謝錦舍。」

「喔。」高人魁揚起扇子遮擋逐漸刺眼的日頭，敷衍了兩聲，傅向陽回道：「看這日頭，阮差不多愛準備轉去，錦舍連鞭愛去揣顏頭家佮張頭家拜會，就無欲參恁繼續迌迌。」

徐隆怒道：「迌迌？阮有人死去矣，恁攏毋知，閣講阮咧迌迌？」

「死去？」高人魁臉色一沉，訕笑道：「逐工攏有人死去，檢采講你逐一个人的死去攏愛揣阮囉囉嗦嗦？遮爾仔有愛心，若會毋規氣去做和尚？」

「錦舍，婧氣！粗皮仔徐隆，聽著無？」傅向陽高聲附和，除了馮子德和江嵐之外，餘下的侍從放聲大笑，徐隆氣惱已極，他不能得罪高人魁，眼前這位沒眼色的草猴總可以了吧？抬起手臂，預備出拳往傅向陽臉上招呼。

「喂！」石振臉色微變，卻已然制止不及，傅向陽還沒反應，身後冷不防竄出一個人影，硬是將徐隆正拳給接了下來。

徐隆雙目如火，與那人衣袖一拉一扯之間，顯露出手背上若隱若現的刺花，那人一雙眼眸散發出冷如冰霜的光芒，令徐隆一凜，一股異香驟然入鼻，非花非草，卻又說不準那是什麼味道，心緒不禁忐忑。

「水泱，無要緊，你先退落。」高人魁懶洋洋地又搖起扇子，道：「本舍趕時間，恁幾个，後擺才揣恁隨个仔隨仔算數。」石振使了眼色，黎洪與徐隆不大情願地跟著附和說道：「錦舍順行。」高人魁將扇子拋在空中轉一圈，重新落到手中，又是一笑，也不看後頭的馮子德與江嵐，逕自率傅向陽等隨從離去。

㈥媒妁之言嫁地主

彰化縣貓霧捒保
藍張興庄．練武校場

三月廿五日，「興營」的李桐與顏家守衛余暉於旱溪畔突然遭遇「短刀會」的人襲擊，落得一死一殘，唯一的線索或許在高人魁的身上，但是對方身份敏感，高人魁避而不談的反應，讓石振更是狐疑，待高人魁、傅向陽等走遠，石振叫住馮子德，忍不住出聲道：「阿九姑娘，兩冬前，你出現佇遮，尾仔阮大舍就走矣，這改，你閣出現佇咧遮，阮遮閣有人出事誌。」馮子德面對石振不善的提問，雙手抱胸，道：「聽石大師兄的口氣，袂輸甲我當做是掃帚星的款？」

「一切實在是傷拄好，我無別項意思。」

「恁庄頭出事誌我足遺憾，咱觀音媽由來慈悲，若是需要我來誦經迴向，我願意留落來鬥相共。」

本以為對方會不假辭色的反唇相譏，馮子德這一席坦坦蕩蕩的回話，令石振一時啞口無言，偈促間他望向黎洪與徐隆，黎洪始終沉默地站在徐隆右手邊，左手邊的江嵐只是蹲低身子，摸著他的愛犬 Suazi（妹妹），默默不語，沒來由瀰漫一股尷尬的氛圍。好在此時，石振注意到張天虹與何勇的出現，照理說何勇應該在張家大院替李桐師弟處理身後事，但看這情形，應該是被張天虹死拉活拖押過來的，石振不禁暗想：「彼號七師弟，逐改攏予虹小姐差遣甲，誠無欲想閣講伊。」

「欸，黎洪，我揣你足久矣！」

「嗯……」黎洪內心煩躁，並無心思跟任何人閒聊。

「你知影貞兒的事誌猶未，伊昨暗來阮兜……黎洪，你有咧聽無啦？」

「……」黎洪一反常態，垂著頭沒有答理張天虹，張天虹忍不住拍了黎洪一記肩膀，黎洪竟順勢坐倒在地。

「欸？我敢有遐大力？黎洪，你有按怎無？」

「無啦……」黎洪無力地搖頭。

「黎洪，你這褲跤是怎樣啦、呔會攏是血？」

「小可仔事誌，你免問啦……」

「彼號……我這有一寡去傷解鬱的藥仔，倒手仔，遮……予你啦？」江嵐心下歉疚，總算先打破沉默。

張天虹左右看望黎洪和江嵐的神情，內心猜到了幾分，毫不客氣從江嵐手上搶下藥罐，道：「黎洪，我共你鬥提好勢矣，管待這藥仔偌珍貴，共你害甲按呢，你攏毋免歹勢！」黎洪仍是頹喪的模樣，默默搖頭。

「我攏已經展我的好意，伊這人是怎樣？加減應一聲是會死喔？」江嵐正自咕噥，一抬頭，才注意到黎洪正在掉眼淚。

「黎洪，你、你怎樣啦？」張天虹忙問。

「無啦，莫問矣啦。」黎洪抹掉了眼淚，一手搭著左膝站起身子，又重複了一聲：「莫問矣好無？」才斂起面容望向江嵐，江嵐下意識後退半步，卻沒想到黎洪神色鄭重的朝自己拱手作揖。

「江嵐姑娘，害你予錦舍佃園洗甲彼款，我……我實在足歹勢。」

「我、我才無囥咧心肝窟仔咧，閣講……唉唷，應該是我較歹勢才著，害你著傷……啊……你按呢歹勢，我顛倒毋知欲講啥貨……」江嵐不意對方示弱在先，本來滿腔鬱結，登時全部煙消雲散，連說話也難得結結巴巴。

張天虹看見江嵐吞吐的表情，暗自爽快，笑道：「哼，進前毋知是啥人？頂擺看著伊毋知偌討厭，叫是伊偌巧？原來嘛有憂結結的時陣喔？」江嵐聞言變色，不住迫近張天虹，張天虹還來不及反應，黎洪馬上伸臂護住張天虹，神情戒備瞪視江嵐。

「你若是振動著阮小姐，我無可能像拄才彼款共你讓，莫怪我無共你警告！」

「手下敗將，話莫講傷頭前，你若是知影我……」

「阿嵐，好矣啦！」馮子德喝止江嵐，趕緊把江嵐拉到自己身後，正色道：「李桐佮余暉的事誌，阮足同情嘛感覺遺憾，恁有懷疑錦舍、懷疑阮【高福盛】的理由，這我會當理解，毋過，我佮江嵐確實啥物攏毋知，我會當掛保證。」

石振道：「我為怎樣欲相信恁的話？第一，你會出現佇遮，本底就是一層奇怪的事誌。」江嵐道：「奇怪的是你，頭拄仔到這馬，你就一直針對阮阿九姊，阮阿九姊佮你有冤仇是毋是啦？錦舍本來就毋是啥好款，恁敢知影阮後壁攏怎樣叫阮錦舍？了……」

「阿嵐！」馮子德又叫住江嵐，江嵐只得把話吞回喉嚨。

「了啥物？本小姐聽無清楚，閣講一改好無？」張天虹笑著催促。

「張家小姐，阮阿嵐無捌禮數，請小姐手梳攑懸，莫共伊計較好毋？」馮子德談吐有禮，但眉目間一派威嚴，張天虹未敢造次，「嗯嗯」了兩聲，黎洪道：「虹小姐，莫遐嗯嗯嗯矣啦，你大小姐好好毋踮厝內，走來阮練武埕欲創啥？」

石振又蹙緊雙眉，什麼「嗯嗯嗯」？這四師弟對張天虹說話態度也太隨便，但張天虹絲毫不以為意，順著黎洪的問句，應道：「我專工揣你閣有徐隆，你聽著莫傷受氣喔……」

「敢是貞兒伊欲嫁予三舍仔的事誌……唉……」黎洪有氣無力地問。

「你知影矣喔？也好，我按呢嘛免講遐濟。昨暗頭仔顏三虎烝貞兒來阮兜，愛阮阿母收黎貞做契女，理由講是因為乎……嫁予顏家三舍會當較……奢颺。」

「貞兒予張主母收做契女？是按怎無人共我通知？」

張天虹兩手一攤，道：「我昨無看著你嘛感覺誠奇怪，無的確是顏伯的意思？雖然講是行一逝款，阮兜嘛是有攢五果、花蕊、香啊、五方金……燒予恁黎家的公媽，共你講喔，跋桮有得著象桮，是有得著恁兜公媽的允准。」

江嵐問道：「貞兒？敢講是彼工佮阮同齊看戲仔的貞兒？恁小妹彼个？」

張天虹臉色微變，慍聲道：「看戲仔？黎洪，恁當時佮𪜶同齊看戲，竟然無共我講過？」

黎洪沒好氣地道：「同齊看戲怎樣？你對我受氣？阮小妹仔後擺就姓張，我做人阿兄是上尾知的，我煞袂使大聲？」

「誶，我無彼號意思啦……」

「著啦、著啦！我是長工你是大小姐，我落土歹八字，委屈啥貨攏恁講才準算……」黎洪罵到最後一句，徐隆與何勇臉色也為之一變。

「黎洪，你講有夠矣啦！」耳聽黎愈說愈過份，徐隆與何勇生怕黎洪失言，好在石振出聲喝斥，打斷黎洪，而黎洪總算收斂，雙手緊握成拳，微微發顫，彷彿也將滿腔的苦水吞下去。

何勇問道：「貞兒姊怎樣？頭家毋是年初才允准，講年尾欲予五師兄佮貞兒姊結親？」

徐隆黯然道：「頭家按算……予貞兒嫁予三舍，伊日後就是咱的三少夫人。」

「啥、啥貨？」

「你這馬知矣乎？佇頭家眼內底，阮根本毋是人！干焦想著貞兒欲嫁予彼个悾闇悾闇……」黎洪話猶未歇，石振伸手一把抓住了黎洪的上衫，斥道：「這是我第二擺共你警告，若是你閣想欲活命，上好莫予我聽著你講第三擺仝款的話，聽著無？」

「你啥物意思？欲共我刣頭是毋？來啊！有膽做你來啦！駛恁娘咧，我連講攏袂使講、講攏袂駛講？像你這款人，鐵齒銅牙、石頭心肝，哪有可能了解我的艱苦？」黎洪不甘示弱竟也扯起石振襟口咆哮。

「我哪有可能無了解？阮姊仔嫁予大舍，無偌久就守寡……嫁別人嘛無可能，一世人就伊一个人行透尾，你叫是世間上干焦恁兄妹仔傷可憐，阮就無委屈、阮就無怨歎？阮攏是石頭心肝仔？心袂疼、攏無要無緊？」

黎洪怔愣了片刻，雙掌才緩緩從石振衣襟上鬆脫，石振隨之也放開手，並側過臉，重重吐了口氣。黎洪不自主望向徐隆，眼前的徐隆兩眼無神，似換上了另一張臉，黎洪對徐隆從來沒有過如此陌生過的感覺。

彰化縣貓霧捒保
藍張興庄

別過馮子德和江嵐，石振等便返張家協助張惠秋主持李桐的身後事。徐隆在踏入張家門楣之前，登時發覺黎貞在正門口花窗旁等待他，四目相對那一刻，明明前日才與黎貞一塊賞戲逛街，徐隆卻覺得那是很遙遠的事了。

徐隆別過目光，不知如何是好，回過神來，徐隆感到掌心一股冰涼，黎貞牽住他的手，他換上一身淺藍色的大襟衫，緄邊繡著金盞銀台的六瓣水仙花紋，布扣處鑲著一顆紅橙的玉做為鈕釦裝飾，典雅高潔，自己質地粗厚還不時扎痛的麻布衣衫，完全相形見絀，徐隆屏住呼吸，往事卻一一湧現：

他與黎貞自幼青梅竹馬，黎貞父母早逝，蒙徐母歐陽嫌收留，曾在同一個屋簷下生活，直到被召入顏家做女婢服侍為止，但也沒有阻絕兩人交往，這些年來，幾乎所有人都以為，他與黎貞終將順理成章結成一對夫妻，年初蒙顏頭家允諾，彷彿宿願成真，沒想到也是頭家，三言兩語便反悔了這樁婚約。

直到感到手掌一空，黎貞抽出手，徐隆才挪回目光，眼看黎貞又想要伸出手臂，攬住自己的肩，徐隆卻匆忙後退，兩手反過來架住黎貞的肩，制止他再靠近身。

「咱袂使閣按呢……」徐隆啞聲說道。

「悉我走。」黎貞語氣簡短而充滿決心。

「走？」徐隆吃了一驚，他更吃驚的是，黎貞正雙目炯炯地盯著自己，毫無遲疑。

「著，我這兩工煩腦甲袂食袂睏，頭殼強欲想破空，咱干焦賭這條路通行，予我毋免嫁予三舍，我……我無想欲嫁予三舍，阿隆，我拜託你，悉我走。」

「你講甲簡單，猶毋過，咱會通去佗位？你敢想過無？」

「無，橫直，天大地大，總是有咱會當徛家的所在，你……會當去種田、拍獵，抑是去做兵仔，我會曉洗衫、洗碗予人倩做嫺婢……按怎攏好，咱兩个，簡簡單單過一世人，好毋好？」

徐隆一張嘴半開半合，躊躇不答，黎貞不禁跺腳，道：「阿隆，你毋知影……你莫看少夫人規工笑面笑面，閣官身體毋好，大舍閣真早就走矣，辜換娘逐工攏共我刁，薛頭家娘嘛袂儉過，我根本毋敢想我嫁入去愛過啥物款的日子，我毋想欲嫁予三舍……阿隆……悉我走啦，我拜託你……」

「我、我毋知，我……我若走矣……阮母仔啥人通顧？」

「雖然對嫌仔阿姆淡薄仔歹勢……毋過你放心，我相信阮阿兄一定會顧好阿姆的。」

「你莫閣繼續講矣，我……予我一寡時間斟酌一下好無？我、我……歹勢……」徐隆有些語無倫次。

「你按算斟酌偌久？」

「貞兒，你一定愛按呢共我逼？今仔日發生遐爾濟事誌，予我一寡時間，好無？」

「上少……上少予我一个時日，按呢我就袂共你吵，好毋？」黎貞仍不放棄。

「這幾工，月尾進前，你……橫直我到時會共你應啦！」徐隆心思慌亂，言不由衷地，卻也拿不出正當理由來搪塞。

「好。」字眼迴盪，彷彿擲地有聲，黎貞正視著徐隆的雙目，天邊雲彩給夕陽染成橘紅一片，映照在黎貞紅橙珠寶的鈕子上，令徐隆無法再直視下去，將目光再度撇開。

是夜，徐隆回到自家的竹筒厝，日前給黎貞捏住的左臉頰還隱隱作疼，唇邊彷彿還繚繞著那日纏綿的餘溫，徐隆只感胸口鬱結，兩手推開沉甸甸的門戶，一股油燈散發著刺鼻難聞的味道猛竄入鼻，火光因微風吹拂著搖曳，歐陽嫌在昏暗的光線下，縫補「興營」的丈青背心。

「你轉來啦……」歐陽嫌自顧自地縫衣，沒有抬頭看兒子一眼，這是徐隆自幼看慣的情景，從來都不以為意，今日看著母親手上的一針一線，卻特別有感觸，他默默地拉了張板凳，坐在歐陽嫌的身邊，徐隆抽了抽鼻子，片刻後，又注意到桌上有擺著一件陳年老舊的小肚兜，已無色澤，也多是破損之舊態。

「你做囡仔時陣穿的，前幾工，我提你熱天的衫出來，就拄好看著這軀……本底想講順紲紩紩的，等你年尾娶某進前，我先攏攢好勢……這陣看起來，有影是加了工，你講，恁母仔是毋是傷過著急閣是家婆的？」

徐隆父親早死，是歐陽嫌一個人含辛茹苦地將他養大，一個女人要拉拔一個孩子是多麼艱苦，尤其是當黎洪母親病逝之後，歐陽嫌把黎洪、黎貞接過來一塊住，一個大人和三個小孩一同擠在這狹小的屋簷下，挨過多少餓、冬天更凍出多少風寒……卻從來沒聽歐陽嫌喊過一聲苦，終於自己被挑入石紹南手下學功夫，好不容易日子好轉，還能盼到自己成家立業，轉瞬卻又落空了，黎洪那句「我落土歹八字」，又何嘗不是他的內心話？

「阿母，我毋知欲按怎做？毋知按怎做才是著的？我心肝頭足艱苦的……」徐隆心中想的是黎貞要求徐隆私奔的言語，他走回家的路上，好幾次都想要不顧一切地帶著黎貞逃走，但眼見滿臉關愛的歐陽嫌，心情不禁有所起伏，沒頭沒尾地迸出這句話。

歐陽嫌放下手中的針黹，摸起徐隆的頭，笑道：「戇囝，呔會哭啦？」

「啊、我哭矣？」徐隆的臉龐早已爬滿了眼淚，自己卻渾然未覺；有道是「男兒有淚不輕彈」，徐隆立時感到一股羞恥，連忙伸手用力抹乾淚水，可是當他又重新迎上歐陽嫌的目光，徐隆忍不住又「嗚咽」一聲，好不容易將眼淚擦乾，鼻涕又湧了出來……

「我毋甘啦、我足毋甘的啦！」

㈩九 軍功寮

朝廷水師自雍正三年起，正式在台灣府設廠造船，因應軍艦製作所需大量木材，罔顧朝廷頒布「內山墾拓禁令」，中部富戶競相在內山設立「軍功寮」採辦軍工木料的事業，只是林區所在的內山迫近民風兇悍的水沙連諸社，出草獵首的事例不絕於耳。

媽祖生一過，三月底「興營」副教頭吳紹東出現於藍張興庄，吳紹東平時派駐邊界的番仔寮，領有官諭，出任該地之隘首，負責經理番仔寮之隘務。番仔寮一帶由於緊鄰萬斗六社（約今台中市霧峰區）與內山，乃有積土築城，以防範相互侵擾之事。

根據吳紹東彙報，大里善庄一帶番害嚴重，在顏克軍的授意下，石紹南親自召集「興營」子弟前往番仔寮一帶巡防，聽說這次運得火槍鳥銃數量是過往翻倍。

黎貞還沒來得及等到徐隆的回音，增援協巡命令來得急，徐隆連三月底都沒在藍張興庄渡完，立即動身前往萬斗六。

「興營」子弟駐紮於象鼻坑與萬斗六坑一帶，巡查監看挑夫番車運輸的狀況，因為與大肚溪南岸【高福盛】的北投鎮番寨遙遙相對，時不時要通報【高福盛】的動向，兩方已自四月起僵持到六月間。

六月十八，適逢黎洪與徐隆當值看守峽道谷口，他逕自斜躺在石土堆之上，長吁短歎著日子難熬，瞥見徐隆正在樹下小解，啐道：「我腹肚枵甲，算算時辰，龍眼嘛該來啦？伊這人是怎樣？上尾仔才拜師閣好膽荏懶？」龍眼是石紹南去年才收的新弟子凌允，偏名由黎洪所取，凌允年僅十五，被石紹南讚譽根骨奇佳，有機緣成為徐隆第二，年紀雖少，但口氣挺大的，常常誇口要比下黎洪，令黎洪煩不勝煩。

「全天下上勢掠空縫荏懶就是你，講別人有影笑死！」徐隆轉眼間整理衣束，返回崗位，雖然嘴上對黎洪不以為然，只是他肚子確實也餓了，很誠實地咕咕作響。

「唷，做你去笑，枵鬼假細膩，敢講我？」

「據在你講啦，欸，講正經的，龍眼這時間猶未來，敢有可能拄著啥意外？」

「哼，這啥物鬼所在，啥物鬼事誌攏有可能，」黎洪打了個哈欠，道：「毋過我腹肚真枵，跤手無力，愛拜託你行這逝去共龍眼看。」

「你袂輸懶屍骨，你佇遮倒規半晡，看顧你上古意的細漢師弟凌允毋是應該的啦！喂、喂！你閣繼續睏，等會莫怪我共師父佮大師兄投喔？」

「據在你啦！我黎洪當時驚過予師父罵？銅牙振我加較無囥佇眼內，共我趕轉去藍興庄關著上蓋好，我踮咧萬斗六坑無聊甲欲出人命，天公伯，予我轉去啦！」黎洪拉過鳥銃為枕墊，將眼睛瞇上，徐隆白了黎洪一眼，心想還真不必指望對方，啐道：「好啦，我隨去看一下。」

「順行。」

「等咧。」負責送餐的凌允隻身走在棧道上，一台運送薪柴的人力車迎面而來，凌允忽然出聲叫住對方，運送薪柴的社丁通常是萬斗六社人，眼前這群人服裝樣貌，同樣是垂耳、紋身、赤足且以細竹編束腰，雖然形似，總覺得有些說不上的奇怪。

「這位小弟，啥物事誌？」其中一名社丁代表詢問。

「小弟？」凌允雙目微微一張，頭也側向一邊。

「你遮爾少年，當然喝你做少年。」

「喔，呵……是啦是啦。」

「所以有啥物事誌？」

「就是……頭前的路滑溜溜，恁愛較細膩。」

「多謝啦！」

「袂啦，行較慢……」

「咚！」薪柴車下忽然有東西掉落土堆，發出一聲悶響。

「唉呀，足失禮的，有物件落落矣。」

「嗯……」凌允盯著那名社丁背對自己，他右手下意識去探丈青背心的口袋，正要伸出竹笛，手甫一伸出，那名彎下腰撿拾物件的社丁忽地翻身，手中多出一把彎刀，好在凌允反應極快，僅左側肩際的衣襟被削破一道裂痕，可惜這麼大動作一退，竹笛沒能拿穩而掉落，凌允倚在樹幹前，全數六名社丁圍了上來，凌允飛快抽出佩刀架在胸前，喝道：「恁是貓羅社的抑是北投社的？」貓羅社、北投社以及萬斗六社都是同一族群，但居住地不同，萬斗六位在烏溪北岸，與【藍張興】較有交流，貓羅社、北投社皆在烏溪南岸，往來對象以【高福盛】為主。

那名領頭的社丁神情似笑非笑，凌允不禁被他的笑口中鑿牙給吸引住目光，他道：「阮是貓羅社的，真早就咧看個萬斗六社袂爽，是恁穿藍裲仔的毋知好歹，硬欲共個鬥搭做伙。少年家，我看你遮爾少年，阮閣遮濟人，疼惜恁的性命，咱做一个參詳，你乎……莫烏白出聲，放阮恬恬的走，莫驚動恁頭家師兄，阮就放你一條活路，按呢敢好？」對方同安口音十分流利，凌允又吃了一驚。

「他這麼年輕，高家那個大少爺可會認帳？」

「對方年紀再小也是混藍營的，他敢不認？」

「就不清楚，我們也要想好對策，要是到頭來又白忙一場……」

「呸呸呸，這種觸霉頭的話你閉嘴！」

那貓羅社人嘰嘰喳喳討論一堆，凌允神情警戒地候在一邊，忽然有人抽出藏在束腰下的武器，猛然朝他一捅，凌允立即揮刀擋架，對方身軀前傾之力未止，凌允抬起右腳，大力往對方腹部踩踏奮力踢擊，「磅」了一聲，後頭的貨車登時斜倒在地

「恁祖媽的！」對方逼進，凌允提刀虛晃一招，略帶發顫的語氣咆哮道：「攏、攏莫過來，若無、若無我就予恁……好看！」

「這位少年家，講實誠阮按算……」那位鑿牙社丁再度開口，不料又被打斷。

「無愛命的，做你來揣我！」徐隆從草叢堆竄出，一個後空翻躍過這群貓羅社丁的頭頂，挺身站在凌允身旁，他粗眉一揚，髮辮纏項，威風凜凜，凌允心中登時一寬，現場的貓羅社丁全換上戒備的神情。

徐隆與凌允並肩發招，兩人力抗數名來犯的貓羅社人，一時之間短兵交接，響徹樹梢。徐隆目光猶有餘裕，打量共有六個人將自己與凌允圍住，只是這群貓羅社丁攻勢雖然無章法，但卻勇猛異常，加之不畏中創，愈挫愈勇，實在也難以應付，加之對方也看出凌允武功修為較

淺，攻勢集中在凌允一方，僅派兩人負責牽制徐隆。

徐隆趕忙一招「破玉碎石」，刀身由左腰處向斜上方猛烈橫劈，殊不知此二社丁絲毫沒有接招的意思，腳底抹油得飛快，連連往後避退。

其他貓羅社人則對凌允發出連綿不斷的攻勢，凌允應接不暇，左肩閃避不及被砍了一記，登時血流如注，「唔！」凌允露出痛苦之色，強自單手持刀與貓羅社人對抗，稍又不慎，又大腿又接連中了三枚飛鏢，當即跪地，咬牙苦撐。

「砰！」天邊響起巨響，四周蔓延起煙硝味，凌允身前的貓羅社人大腿中鎗，轟然倒地，煙霧瀰漫之際，徐隆嘴角微微揚起，遠方傳來他再熟悉不過的聲音：「逐改用這物件，胸坎予震動甲我強欲吐血。」正是黎洪。

那群貓羅社人見黎洪持鳥銃而來，嘰嘰喳喳地交談起來，徐隆沒有放過這個機會，彎身扛起凌允往後奔跑，三名貓羅社丁見狀，拔步追去，而黎洪趕緊站在百尺以外距離射擊，擊中前方樹枝，正好阻擋貓羅社人的去路，其餘貓羅社人見黎洪落單，決意提刀向黎洪方向奔去。

黎洪嘖了一聲，鳥銃火藥補充本來就不快，自己又是左撇子，火藥裝填孔更不順手，見那社丁朝自己步步逼進，黎洪火藥還填裝不到一半，他索性直接拿鎗柄往對方一揮，拍落對方手上的佩刀，再飛身架住那貓羅社人的脖子，騰出一支手扣住對方的手腕，那人吃痛，高聲求饒：「莫、莫、莫拗啊、我手骨強欲斷去矣！」黎洪斥道：「你若是閣欲挃這支手，叫你的人攏總莫振動！」

那貓羅社人高喊一陣，除了那位腿上中鎗的貓羅人原地不動外，其他社丁反而往徐隆的方向追去，黎洪怒道：「你今才是講啥貨？」手上用勁「咯喇」了一聲，將貓羅社丁右手臂齊肩的關節扭脫了臼，那貓羅社丁哀叫連連，黎洪又道：「人無踏我的頭，我袂咬個尾，講！恁按算欲變啥魍？」

那貓羅社丁冷汗直冒，咬緊牙關地道：「高……高家……的人共……阮講，若是阮有法度𣍐、𣍐一个穿藍裨仔的武行押轉去，就予……阮一兩的錢，所以阮才……」黎洪悶哼了一聲，使手刀敲暈對方，飛快低身撿拾自己落在地上的鳥銃，並抽走他身上的飛鏢，餘光瞥見另外一位大腿中槍的貓羅社人也躺在地上呻吟，黎洪不解恨地往對方的屁股踩了一腳，再往徐隆的方向疾奔而去。

貓羅、北投、萬斗社一帶，「競走」風氣盛行，無一不是飛毛腿，兼之又佔了通曉地利之便，饒是徐隆竭盡全力，扛著負傷的凌允全速奔跑，卻始終甩不開後頭四名貓羅社丁。

凌允道：「五師兄……你家己一人先走，我、我按呢會共你害著……」

「恬去！」徐隆怒斥一聲，又提了口氣，腳下仍不歇，「咱師兄弟出來拍拚，哪有牽連無牽連？聽好勢，頭前……頭前定著有人會當來支援……」說著卻不意岔了氣，足底踉蹌，與凌允不慎一同摔倒在地，那地上纏繞的樹枝登時插入凌允肩口的傷處，凌允倒地呻吟，眼淚都快流出來。

徐隆臉頰也被樹藤給刮下幾道傷痕，身後貓羅社丁來得飛快，徐隆無暇多想，立馬挺身，重新提起刀與另外四名貓羅社人對峙，思忖：「四个爾，無問題。」徐隆隻身招架幾回合後，一旁的凌允也吃力地拿起刀，拖著不甚靈活的右腿加入混戰，只是肩胛頭的創口令他分神，漸漸左支右絀。

那鑿牙貓羅社人一聲獰笑，趁凌允門戶大開，拍掉凌允手中的兵器，眼看伸出手即可拉住凌允胸前的衣襟，凌允無意識閉上眼睛，突然「碰」一聲，傳出身體跌落在地的聲響，凌允雙目微睜，原來是何勇飛足踢蹬，鑿牙社丁冷不防給何勇撞倒在地，頭一抬，只見那貓羅人臉上掛著兩行鼻血，非常狼狽，虎口逃生的凌允也不禁啞然失笑。

徐隆見何勇來援，精神大振，立馬提起十二分精神，繼續迎戰剩餘三位貓羅人，又見腳底竄出一支羽箭，隔開貓羅社人與徐隆對峙的局面，徐隆眉眼一揚，正是石振一臉肅殺地站在遠方，雙臂拉起朱弓，預備射出第二支箭。

那三名貓羅社人拉起鑿牙社丁，徐隆蓄勢待發地站在前方，何勇後方警戒，左手的方向則有石振張著弓虎視眈眈，那鑿牙社丁摀著血流不停的鼻子，大聲叫道：「莫拍矣、莫拍矣，阮投降、投降，莫閣拍矣。」說著卻往右手無人看守的方向折返，似欲再發足蓄勁，何勇喝道：

「閣欲旋？」語音甫落，森林處對面卻傳來一個響徹雲霄的火槍砲聲，飛鳥亂竄，震懾住貓羅社人的步伐。

「唷呼—」黎洪從林蔭處輕巧地躍出，堵住四位貓羅社人的去路。石振頰上浮現陰影，將張滿弓的弦鬆脫，一手按著刀鞘，往前方走去，終於輪到這群貓羅社人露出倉皇失措的模樣。徐隆笑道：「今才圍我幾擺？這馬怎樣？有時天光、有時月光，予人圍的感覺怎樣？」黎洪續道：「聽我一句啦，手頭頂的家私頭仔攏擲落，我掛保證，會減恁的肉疼。」四名貓羅社丁八目相對了一會，咸將手中彎刀往地上一拋，石振道：「攏縛縛起來。」然後往黎洪瞪去，道：「你今仔日銃子開幾粒？是毋知愛儉儉仔用？」

黎洪當即不悅，道：「大師兄，拄才啥物情形？龍眼受傷、阿隆一人拍四个，遮爾緊急的時陣，救個攏袂赴，閣愛叫我儉仔用？儉仔你去死啦儉！」石振不以為然，反駁道：「你共我應舌？閣囉嗦我就扣你的月錢，予你這兩月日攏做白工。」

黎洪怒道：「你掠做我是予人嚇驚大漢的？愛講錢是毋是？好矣，你去扣矣，師父是恁阿爹，你若是感覺你逐項攏佔理，咱來試看覓呀？」

徐隆與何勇原本正著手綑綁四名貓羅社人，何勇聽見大師兄和四師兄又要爭執起來，連忙抽開了話題，問道：「龍眼，你感覺怎樣？」凌允鬆了口氣，緊繃的神經舒緩，按壓著肩頭上的創口，強笑道：「無事誌。」

石振雙目一撇，他轉過身，取出口袋的布巾，替凌允包裹傷處，道：「看凌允的狀況，有需要送轉去。」黎洪聽到「轉去」二字，心念一動，頂了何勇一腳，朝他使個眼色，何勇道：「大師兄，彼號……咱閣愛跍遮到當時？」

石振道：「在地的屯丁招滿，閣有隘寮布置的部份，半月日有夠矣。」何勇應了一聲，徐隆這當口才開始端詳那虎口缺牙社丁的長相，一直覺得他面熟，目光不停在那貓羅人逡巡，然後……

「你是毋是無啥正常？直直按呢共我睨甲……我是知影我生甲嫣啦……」

「我想起來矣！我佇佗位看過你。」

「拜託，你若是捌看過我，我哪會無這福氣看過你？」

「三月彼陣，佇咧旱溪墘……彼當陣佮高人魁講話的番仔，就是你！」

「乎？我毋知你咧講……」那貓羅人話未說完，便被徐隆暴怒似的以粗厚的手掌扣住臉頰，嘴唇嘟了起來，掙扎道：「你物事啦？」

「你上好是莫佇咧佯生佯毋知，李桐……李桐是毋是你共害死的？」

彰化縣半線保
萬斗六社．象鼻坑

「我號做簡阿來，這陣是貓羅社（約今彰化縣芬園鄉）的通事，貓羅社𤆬頭的……潘一水是我親阿舅，阮阿爹簡福昌是對同安來的，早起先就咧【高福盛】下底賺食，落尾予阮母仔牽去，紲落來就做阮貓羅社的通事，阿爹伊佇三冬前老去矣，高頭家推薦我接阮阿爹的位到今。」

「雜種仔，莫怪咱的話講甲袂穩。」石振語帶嘲諷，身旁的何勇瞇起了眼，簡阿來望向石振，冷笑道：「著，雜種仔嘛無啥好歹勢的，上大尾的雜種仔閣咧高家做少爺，我有啥好驚人講閒話的？」徐隆默想：「高人魁是雜種仔？看袂出來……」石紹南道：「嗯……阮徒弟講，你三月的時陣有來阮庄頭外，佮【高福盛】的錦舍見面，是有影抑是無影？」

「絕對無！我根本無熟似高家的錦舍，一定是恁徒弟看毋著，莫共我冤枉。」簡阿來斷然否認，徐隆不禁怒火中燒來，咬牙道：「啥物我看毋著？我講是你，就是你啦！」簡阿來嘴角微開，他鑿牙的空缺又露了出來，道：「你講的攏是無影無跡，你哪有法度證明講一定是我？」徐隆大怒，用力揪起簡阿來的衣襟，轉頭向石紹南說道：「師父，我會當咒誓我無講白賊，彼時佇溪仔墘的人，一定是伊！」

石紹南道：「好矣，阿隆，你先共伊放開。」簡阿來鬆了口氣，又露出淺淺的微笑，突然「咯嘞」一聲，簡阿來淒厲慘叫，原來是黎洪冷不防從一旁伸手扭弄簡阿來肩胛，右肩登時脫臼，石振急道：「你閣咧舞啥？」

黎洪手輕輕拍著簡阿來受傷的肩胛，冷笑道：「師父，大師兄，對付伊這款鱸鰻的撇步……頭一項，就是愛比伊加較鱸鰻，姓簡的講話無誠實，我共個肩胛頭拗落去拄好爾爾。」簡阿來表情猙獰，滿頭冷汗，支支吾吾地道：「我……真正……真正毋清楚……」黎洪道：「喔，聽起來，你正爿的肩胛頭欲想欲脫輪看覓？」說著兩隻手又拉起簡阿來另一支完好無缺的手，黎洪正欲施力，卻被石紹南制止：「喂，有夠啦，共伊肩胛頭接轉去。」

黎洪領命，欺身簡阿來耳邊輕聲道：「是毋是愛共我師父說一聲啥貨？」即刻俐落地將簡阿來被扭脫的關節接上，簡阿來如釋重負，躬身對石紹南正欲開口稱謝，石紹南又截了他的話頭，淡淡道：「應答咧？」

「我……毋是我……彼號李桐的事誌……我真正毋清楚。」簡阿來整張臉都皺起來了，只好再度全身伏地，其他貓羅社人見簡阿來拜伏，也鼓譟起來為簡阿來說嘴。

「你好膽閣佯痟一擺？」徐隆不相信簡阿來，握緊拳頭作勢揮擊。

「徐隆。」石紹南直呼全名，徐隆壓下衝動，後退一步。

「唉，少年家，咱來退一萬步來講好矣……若真正是我佇旱溪遐，我跤手嘛無恁遮爾猛，閣免講有才調共恁李桐刣死啦？」

徐隆一怔，儘管是推託之詞，簡阿來所言也不是毫無道理，更何況李桐若真正落下風，早溪濱畢竟是自家的地頭，李桐應不至於無法脫身，況且……現場還有余暉。

六名貓羅人被留下來，石紹南一連問了許多問題，探聽貓羅社內部和隘寮佈署的狀況等等，直到後來，石紹南似乎覺得沒什麼好問，便說：「好矣……恁攏會使走矣。」徐隆一驚，道：「師父，你講誠實的？」連石振也有不解之色，石紹南倒是一臉淡定，道：「我有分寸，予個走袂要緊。」

「多謝！」簡阿來回應。

「毋過，恁貨車愛留落來，簡通事敢有意見？」

簡阿來和五名貓羅社人低頭交會了一會，倒也非常乾脆，嗣後謝過石紹南，便一邊互相攙扶著離去，石紹南和弟子們看著他們的背影，何勇不禁問道：「師父，你真正相信個的話？」

石紹南道：「一半一半啦，總講一句，咱心內有个底也好，閒遮爾時間，咱有和啦。」黎洪道：「師父，咱凌允師弟著傷，個的話嘛無定著準算……按怎會和？」徐隆也低聲道：「李桐的事誌猶原是無清楚，這層事誌呔會遮簡單就煞煞去？」石紹南道：「阿洪，我是放予個走無毋著，我當時講這事誌就按呢煞矣？」何勇問道：「師父的意思是？」

石紹南道：「等個行較遠，我就派人去綴，看個按算欲變啥空。」黎洪笑道：「師父實誠是蓋高明，這毋著是彼个號做啥貨？著啦，就是『欲擒故縱』、『群英會蔣幹中計』，我講的著毋著？」

石紹南撫鬚道：「呵呵，你共師父比做周公瑾，有夠勢共人扶挺。阿洪，就靠你的啦，綴咧簡阿來後壁探聽事誌……我警告你，你若是敢清彩共我應付，我就袂允准你轉去！」黎洪表情一垮，道：「呔佰按呢啦……師父？我連中晝攏猶未食……」

石紹南表情瞬間變得十分嚴肅，道：「哼……我猶未共你算數，莫叫是我目珠青瞑攏毋知，你當值的時攏佇咧想空想縫，承毋承認？」黎洪瞥了何勇一眼，悄聲道：「勇仔，你這个抓耙仔……」何勇連忙否認，道：「我才無咧……」

石紹南斥道：「我曷使愛別人共我講？黎洪，你這改真正好好檢討，這改……若是逐台車經過你攏有好好檢查，敢會發生這款事誌？好佳哉凌允無啥三長兩短，若無，我就掠你去關頭家兜的內籬仔三月日，予你關佇內底，逐工對壁堵好好懺悔！」

「是，弟子知毋著矣。」黎洪只得老實應聲。

石紹南目光向徐隆一掃，徐隆暗暗發慌，只見石紹南正色道：「我知影你無伊遐白目款，毋過，你逐改嘛替伊掩崁，哼，你毋是足有義氣？恁兩人就做伙去，共李桐的事誌探聽甲清清楚楚，做袂到攏免轉來矣。」

㈢⼗ 北投鎮番寨

彰化縣半線保
貓羅社、北投社交界

黎洪與徐隆跟蹤貓羅人腳步，來到大肚溪南岸，潛入北投社，北投社附近有一座應軍功寮搭建的簡陋竹寮，附近還有一座破舊的草廟，這裏人群相對龐雜，可以看見各式各樣服飾的人，甚至是綠營士兵，在人群之中，黎洪和徐隆不慎跟丟那群貓羅人的蹤跡。

「夭壽，揣袂著人，按呢欲按怎？」

「喔……誠害的，毋過嘛無法度，規氣……我先來食一碗糜才來去揣好矣。」

「哭枵！拄才攏是我佇咧注意頭前的影跡，你干焦綴咧後壁戇神，這馬閣敢共我喝枵？」

徐隆敲了黎洪後腦杓一記。

「貓羅社遮大的社，走袂離啦，緊張啥？袂輸七歲囡仔的款。揣物件食較要緊啦，我欲去揣店頭家，你欲食抑是毋食？」

「好啦、好啦、好啦，我嘛欲食。」徐隆忽然也覺得肚子餓了，沒心情和黎洪繼續吵架，黎洪卻道：「好，我來去點矣，這頓算你的，拄才摃我的頭摃甲疼死。」

「哇咧，你匪類呢？記仇你蓋勢！」徐隆怒瞪黎洪，斜前方的草廟忽然傳出幾絲怪聲，似是在哭或者哀號，吸引了徐隆的注意。

「毋是講欲去食食，你閣欲行去佗位？」

徐隆不理會黎洪，逕自走了進去，廟頂的茅草已經爛了一半，眼看遮風蔽雨都是問題，甫走進門口，飄來一陣惡臭，首先是三名衣衫襤褸的漢子躺在裏頭，他們蓬頭垢面、渾身發臭，眼睛都是紅的，徐隆下意識憋住氣，再往內廳一望，有一位老年婦人，身穿多處破損苧麻長衫和包裹烏色頭巾，正哭倒在地上，不停地向四周的人磕頭，似乎在哀求什麼。

「早起哭到過中晝，吵甲欲死。」

「哭哭哭，無較縒啦！無人會當鬥相共。」

「你哭到後世人嘛仝款，阮無法度，礙虐，閃一爿！」

這群羅漢腳光開口又是一陣惡臭，徐隆皺緊眉宇，他在七嘴八舌之間，斷斷續續聽到婦人似是在低語：「拜託啦、拜託……佗一位英雄會當鬥相共，救救阮的囝啦……」

「伊是啥物情形？」徐隆忍不住向一旁的老伯搭話。

「啥物情形？你是袂曉看喔？內山斗底的番婆啦，個囝聽講予北投的隘首頭掠去，所以伊就佇遮嘛嘛吼啦，目屎哭焦嘛無效，無人願意去救個囝。」

那內山老婦的年紀與歐陽嫌相仿，徐隆憐憫之心不禁油然而生，腳步微晃，黎洪猛然搭住徐隆的臂膀，徐隆不禁惱道：「你共我擋創啥？」

黎洪道：「我喝你來納錢喝規晡，煞落尾你竟然佇遮……莫共我講你欲拍算啥貨，這陣我無想欲聽。」徐隆兩道濃眉糾結，黎洪全然就是一副不願惹麻煩上身的神色，徐隆再將頭回視那名內山老婦，那內山老婦哭倒在地上，額頭都是乾涸的血塊，手臂上青一塊、紫一塊的瘀青，整個身軀像爬滿了皺紋似的，徐隆無意中將眼前的內山老婦和母親的身影重疊起來，聽得他口中不住重複道：「拜託……拜託……救阮的囝……救救阮的囝兒……」

黎洪正色道：「阿隆，聽我講，毋是我心肝雄歹剃頭，我嘛感覺伊足可憐，毋過北投寨毋是一个清清彩彩會當……」

「你免閣講矣。」徐隆內心有了決定，道：「我家己一个去就好，你就無理由共我擋咧。」

「我哭咧，你共我講啥？」黎洪不敢置信將頭仰天，接著捲起兩臂的手袖，憤然道：「看我是毋是愛共你拍予清醒，你根本就是頭殼浸咧水內底！」

彰化縣半線保
北投鎮番寨

大肚溪（烏溪）流經「北投」（今南投草屯）一帶，屬內山地區，再往上游處行走，即為水沙連人盤據之地，地方官員立有界限，不許民人進入生番地界，惟內地之偷渡而來者，往往缺乏約束力，潛入內山者不計其數，也不時傳來有人被水沙連砍殺者風聲。

北投鎮寨位置緊鄰內山，扼守漢原限界的經貿，【高福盛】在此建立隘寮，聘請固守此處的隘丁，無不身經百戰，強悍卓絕，而一肩挑起禦番大任的隘首，即為大名鼎鼎的「刀鬼」馮剛，同時亦是齋教的頭人。

放諸烏溪南北岸，江湖傳言馮剛即是排名前三的武功好手，此說流傳十年，至今聲望仍然不減，親眼見識過馮剛的人，都形容他天生怪力，而且渾身刀疤，樣貌極為粗惡，連牛鬼蛇神也必須退避三舍，這也是為何黎洪聽到徐隆有意想潛入北投鎮番寨時，費盡唇舌想打消他念頭的原因之一。

到底徐隆上輩子是欠了這位番婆什麼債？害他們必須這樣冒著性命危險闖入北投寨？黎洪心中悶嘆之餘，也早清楚他這位兄弟脾氣就是這麼顧人怨，認定必須要做的事，別人講破喉嚨也沒有用，只好捨命陪君子，難道就讓他眼睜睜看徐隆帶著一股傻勁去送死嗎？能夠勸動他的人，這世間上好像就那麼兩位……

黎洪與徐隆在那內山老婦的指引之下，穿越古木參天、草叢圍繞、沼澤泥濘的半山腰中，終於巡境來到北投鎮番寨周圍，再沒多久，黎洪便注意到前方有十分新鮮的足跡，地表尚有餘溫，想是巡邏的隘丁才剛走遠，黎洪叫住徐隆，幾個蹬跳到樹梢之上，從高處觀察到僅隔約三、四里連成一片的屯所以及守衛的態勢，三三兩兩的隘丁有些配著長弓，有些拎著鳥銃四處巡邏，不乏……最最最難纏的土犬。

黎洪看到犬隻，腳板不禁發麻，縱身躍到樹下，對徐隆低聲道：「個看守甲誠嚴，閣有夭壽濟隻狗佇咧鬥顧，真歹入去。看這款，咱會使等天光暗落來，順紲看有無路過的腳夫苦力……想法度混入內底。」徐隆「嗯」了一聲，瞧了窩在身後的內山婦人，那婦人有歲了，走了一下午的路，蜷縮在樹下時竟默默打起盹。

「若是咱入去，賭伊一人敢有要緊？」徐隆語氣透露出不放心。

「放心啦，內山佮外口的人做生理、傳話，攏是番仔女負責，我想，北投的人無啥可能清彩破壞規矩。顛倒是咱家己，按呢偷入去，也毋知敢會曉橫的出來。」

「阿洪，我已經講過，我會使家己去，你袂癮去我袂共你怪……」

「阿隆，我問你，你是毋是刁工揣麻煩去送死呀？」

「啥貨啦？」

「我早就感覺奇怪，」黎洪口氣雖淡，但慍意顯而易見，道：「你若是有這个戇膽從入去北投寨，是按怎無悉貞兒走？」

「恁頭殼有空啊？無事無誌講……講著貞兒創啥？」徐隆雖然惱怒，仍以氣音回話。

「講著貞兒你規个人就勼勼狹狹，這馬是按怎？」黎洪冷笑一聲，徐隆面上一陣潮紅，目光下視，神情滿是不悅。

「為著一个佮咱完全無底事的番婆，欲展你的武勇，刁工去送死，是毋是按算來騙阮妹仔的目屎？徐隆，我對你有影倒彈佮失望啦！」

「姦，你無愛去就莫去，講這啥潲糞埽話……」徐隆終於被黎洪激怒，音量不覺漸漸上揚。

「嗶！」天際傳來一陣哨音，黎徐口角之際，竟被一名北投寨的隘丁發覺，那人高喊：「戊字辰位，兩个查甫佮一个番婆！」

徐隆拔刀一躍而前，架開漫天連發的弓矢，土犬狂吠而來，黎洪喝道：「緊退，個欲來啦！」徐隆來不及回應，已經被兩名北投寨丁纏上，好在對方僅是平凡的小卒，徐隆沒費太多力氣便擺脫對方。

黎洪與另外兩名條紋上衫的隘丁短兵相接，那兩名隘丁一人持鐵棍、一人持刀，舉手投足頗有武夫架式，徐隆急奔去支援黎洪，卻被其餘一擁而上的隘丁堵住，不禁怒罵：「閃開！」以餘光瞥視黎洪在樹林中上躍下竄，左閃右避，一時之間還不至於落了下風。

「武嶺派刀法，你是石紹南的徒弟！」三人交手了二十餘回合，持刀漢子突然停下招式，指著黎洪大吼。

「知知啦，我耳空毋好，嘛毋免喝遮大聲，佛祖公無講過聲音幼秀較好聽？」黎洪眼前兩名漢子，皆約三十來歲年紀，辮子整齊劃一地繞在頭額上，身上不少箭傷刀創，脖子掛著粗大的佛珠，珠澤殷紅黯淡，黎洪不禁聯想到馮子德。

「歹勢啦，我嚨喉毋好，三公祖師講誦經較大聲會當食百二歲啦！」持鐵棍的漢子帶著猙獰的微笑回答黎洪，另外名持刀漢子立刻搶身逼近。

「三公祖師？」

「莫講廢話，看招！」

持刀漢子與持棍漢子攻守進退有度，默契極好，配合的天衣無縫，虧得黎洪眼尖手快，反應勝於常人，連連變招，將上中下三連式「雪花蓋頂」、「黑虎掏心」、「老樹盤根」蘊含四十二種變化的刀法一氣呵成使出，竟然逼持棍和持刀漢子連連後退。

黎洪之所以能成為「武嶺門」石紹南得意弟子，就在於他將武嶺門這套「秋風未動蟬先覺」的訣竅掌握極好，同時他又是左手使刀，出招軌跡殊異，不等四十二種變化使老，在第三十七招上，左手刀鋒一提，變招「破玉碎石」，兩名漢子彎身閃避，黎洪抽出從貓羅社丁那撿來的飛鏢，乘勢一撒，聽得「嘩啦嘩啦」一聲，持刀與持棍漢子脖子上的佛珠散落滿地。

黎洪笑道：「阿彌陀佛，千萬愛細膩，跋倒就好笑啦。」

持棍漢子笑道：「阿彌陀佛，看袂出你遮貼心。」

持刀漢子斥道：「你白痴喔？這啥物時閣講閒話？」說時遲、那時快，徐隆已打發了幾名武藝較低微的隘丁，高聲道：「兩位大兄，伊話對我講的，毋是恁。」

持棍漢子站在原地，輕笑了一聲，徐隆尚未出招襄助黎洪，前腳一踏，即時發覺頭頂上方落葉狂飛，一片青葉才飄過他的視線，倏地眼前一黑，接著就像矇眼衝撞到一根粗大的柱子，徐隆後退了幾步，兀自眼冒金星，又突然被一股難以抗拒的力量摜倒。徐隆坐臥在地，略略定神，赫見一名巨漢的影子籠罩住他，那大漢接著單腳一伸，巨足踩踏在徐隆的胸膛，徐隆登時難以呼吸，動彈不得。

見那大漢並無結辮，頂著一顆大光頭，約莫四十來歲的年紀，手臂粗壯如樹幹，肌肉賁張，身軀厚實高大，橫眉粗鼻，鬍渣根根如鋼刷般倒插在臉頰上，天生一副窮凶極惡的五官，如同其他隘丁外披條紋白衫，脖子上亦懸掛著一串巨大的佛珠，袖管上捲到肘際，手毛十分茂密，渾身刀疤，腰際纏著一柄粗重的大刀，看上去有二十來斤，柄頭雕刻了一個妖魔骸臉，甚是恐怖。

此大漢姿態睥睨，一臉彷彿要將徐隆吞沒的神氣，饒是徐隆自認身經百戰，也不禁微微發顫，徐隆吃力地道：「刀……你就是刀鬼？」

馮剛笑道：「無毋著，我就是刀鬼馮剛，你去黃泉嘛知冤親債主，也算對你有交代。」

黎洪與持刀漢子、持棍漢子僵持原本佔上風，見到徐隆被光頭大漢制服，似欲對徐隆下手，一個分神，腳底踩到散落在地上的佛珠，出招不慎，讓持棍漢子逮到空檔，黎洪背後挨了一記悶棍，還未反應，「莫振動！」持刀漢子已經長刀架在黎洪脖子上。

黎洪掙扎了幾下，猛然抬頭，才發現原來四周已經被二十名左右北投隘丁包圍，他們無不手持鳥銃和弓矢，目不轉睛地盯著自己和徐隆，黎洪只得放棄掙扎，陡然之間，被人從後頭架住了手臂。

馮剛石破天驚地高舉刀頭，徐隆死命掙脫，但馮剛巨足扣在徐隆胸口要穴上，令他難以掙脫。

「共我放開！」徐隆驚慌地嘶吼一聲，馮剛刀頭乍然落下。

㈢內山老婦

彰化縣半線保
北投鎮番寨

「慢且！」身後傳來一陣呼喊，馮剛微微一愣，只得手腕一轉，手中鬼頭刀「咻」地劃過徐隆臉頰，刀尖如虎嘯之勢，重重穿鑿在地，其刀鋒落在與徐隆臉頰不過一根髮梢之間，馮剛將巨足壓在徐隆胸坎上重重一踩，徐隆面色鐵青，不住呻吟。

「潘介，你誠好膽來共我擋？」

「多謝馮師傅願意予我一个顏面，下手容情。」

「哼，你莫共我巴結，這兩个好膽入來阮北投寨，垃圾物仔活袂久。」馮剛說著說著，拿著刀尖對著徐隆的臉龐畫了好幾個圈圈，徐隆不禁起了個哆嗦。

那潘介慢慢走了進來，眼見來者雖著漢服，前額蓄著濃密的頭髮，一頭烏黑的長髮僅以麻草繩隨意綑綁，兩耳也掛著極大的金屬吊飾，看輪廓眼眸，全然不似漢人的模樣，他沒有馮剛虎背熊腰似的體魄，身長也不若江達般高偉凌人，黝黑的膚色襯得他身段挺拔，眉角間自有一股堅毅的氣息，斗大的雙眸在徐隆與黎洪間低迴，他不慍不火道：「遠舍發落矣，揣個兩人問話，你共人放開，予我悉個過去。」

「遠舍……」馮剛咕噥一聲，大刀「鏗噹」還鞘，才將巨足挪開徐隆的胸口，道：「猴死囡仔，算你頂世人有燒好金，阮遠舍發話，你的命抾轉來矣。」

「遠舍？遠舍佮錦舍是啥物關係？」徐隆死裏逃生，思緒頗為茫然，倒抽了口氣，奮力撐起身軀，他此刻渾身衣襟給泥土沾染，胸口還印著馮剛惹眼的腳印，全身上下狼狽不堪，和黎洪一同被許多條紋白衫漢子粗魯地推到少頭家前，馮剛大腳連踹黎洪和徐隆的膝蓋窩，兩人接連跪倒。

黎洪與徐隆戰戰兢兢地將頭仰起來，眼前【高福盛】那位被稱做「遠舍」的少頭家，儘管身著一襲講究的綢衫，但慵懶羸弱的骨架完全撐不起錦衣繡袍的氣派，只見他手上叼著水袋菸斗，那雙黑得發亮的瞳孔在裊裊白煙下依然清晰可見；他不是高人魁，身上也找不出絲毫高人魁的影子，單從外表來看，他與那喚做「潘介」的隨侍還更相似些，但兩人帶出的第一印象又是另一種天差地遠。

那高少頭家尚未發話，隨侍潘介先道：「恁兩个，對佗位來的？喝啥物名？是按怎會出現佇遮？」潘介說起話來四平八穩，口音也比早先遇到的貓羅社通事簡阿來順耳多了；同是隨侍，也不像高人魁身邊的傅向陽，身形矮短，相貌一味地猥瑣。

「阮是『興營』石紹南的徒弟，我是黎洪，伊是阮師細，號做徐隆。」

「哈哈哈，早就聽過彼號石紹南收二十幾个徒弟，講甲每一个攏是少年英雄，在我看咧，是毋是少年英雄，是我『刀鬼』講才準算。袂穤啦，有膽從入來，拍甲阮幾若个細漢無法度應付，愛我親身出面，真正算袂穤，對得起『少年英雄』四个字啦。」黎洪強笑聆聽馮剛發言，意外發現馮剛挺聒噪的。

持棍漢子訕訕地道：「老官，拜託一下，是遠舍欲問話，你就莫佇遮喋詳好毋？」[3]

「丁轅，你是咧嫌我吵？敢有必要佇外人的頭前拆我的面？有夠無意思咧！」

「好矣、好矣……我的毋著，老官，啥物攏莫講，咱來專心聽遠舍講乎？」

潘介微微頷首，身子一低，與「遠舍」交頭接耳半晌，以徐隆與黎洪的功力，如此近的距

3 本故事中齋教教派以「龍華派」為參考原型，祀奉「觀音菩薩」、「無生老母」、或「三公祖師」等等，而信眾之間多以「老官」互稱。

離聽辨交談字句並不難，但潘介與遠舍兩人明顯是以異族語言交談，即使句句入耳，卻半字也聽不明白。

「遠舍」吐了一口煙之後，潘介主動接過遠舍的菸桿，「遠舍」輕輕一笑，道：「我是【高福盛】的高人遠，『興營』的朋友莫跪咧講話，請徛起來。」高人遠面容清癯，蒼白的臉孔鮮有血色，而輪廓深刻突出，特別是那頂著線條如刀鑿般的重巡（雙眼皮）下的雙眸，烏漆斗大，深如宇宙。

潘介道：「『興營』的朋友，恁為怎樣來到遮？照實交代，遠舍自然就會當予恁一條活路。」黎洪與徐隆對視一會，黎洪旋即開口，但不過一個字還沒講完，便被潘介「呿」了一聲，高聲道：「丁轆，閣有朱又利，我看這姓黎的敢若喙足焦，遠舍欲賞伊水啉，恁烏伊去。」徐隆一怔，身旁黎洪不分由說被丁轆和持刀漢子朱又利給強硬拖走，原地徒留心下惶惶的徐隆。

「遠舍……阮是因為……」徐隆口齒遠沒有黎洪來得伶俐，一時之間要他解釋前因後果，不由得吞吞吐吐。

「你沓沓仔講，莫緊張。」高人遠溫言道，徐隆迎上高人遠那雙斗大的眼眸，仔細端看高人遠眼坎發青，透著深不見底的疲倦，彷彿有無限心事，徐隆心念微動，僅覺眼前的遠舍高人遠，與數月前所見的錦舍高人魁，雖都是【高福盛】頭家的兒子，但從骨子裏便是截然不同性子的人。

「遠舍是會信得的。」這念頭快速拂過，徐隆當即道：「三月媽祖做生日彼時，【高福盛】的錦舍有來阮藍張興庄，遠舍敢知影這个事誌？」

高人遠點了點頭。

「做生日了兩工，我照例去巡田園，結果佇阮遐溪仔墘發現阮『興營』李桐師弟的身屍，毋過，佇我發現李師弟倒咧遐進前，我其實有看著兩个鬼祟的跡影，其中一个，是貓羅社的通事大兄。」

「箇阿來？」馮剛高聲附和，道：「莫怪，我就想講奇怪，伊彼時娶某無偌久，哪會一日到晚攏聽貓羅社的人哼講，伊人攏出外揣無人處理通譯的工課。」

「著……就是箇阿來，但我嘛是今仔日早起才知影伊原來是貓羅社的通事，阮師父就叫我佮阮師兄偷偷共個綴，紲落尾……阮就看著彼个番婆一个人孤孤單單咧哭，看甲足毋甘的……所以阮就想講共伊鬥揣後生……紲落尾……紲落尾就是這馬這个情形，予恁掠牢牢。」

「哇哇哇哇，夭壽，我聽著啥啊？你若是真正因為這个原因從入阮北投寨，毋是頭殼破一空，就是悾顛悾顛，欸，你是佗位有毛病矣？」馮剛無情奚落，他雙手抱胸，明明跟徐隆站得距離老遠，仍噴了徐隆一臉口水，又道：「喔，你拄才講番婆的後生……嘿，確實佇阮的手頭，哼，你若是知影蹛水沙連的番仔偌雄偌歹，我才毋相信你會共伊鬥相共。遠舍，你感覺，我講的著毋著？」

「嘿呀，確實有影，頭殼破一空，拄好閣會當貯水貯湯，猶毋過……」高人遠點頭，但面上卻掛著淡淡的笑容，眼睛似也透出些許欣喜的光芒，續道：「難得、難得，我真正想袂到，這个世間上閣有這款人，願意為毋熟似的人……水裏來、火入去……有影罕得。」

「多謝……遠舍。」徐隆面露錯愕地回話。

高人遠掩住口，淺咳一聲，道：「馮師傅，恁押落來的內山番仔，敢會當馬阮去看？」

馮剛道：「當然，遠舍攏發話矣，無毋照辦的意思。」

徐隆道：「彼、彼號……彼个番婆這馬按怎？恁應該袂共伊欺負……」

「呸呸呸，叫是阮是無品無德的匪類呢？拜託，干焦恁石紹南有俠義心腸？你毋知啦，阮食齋的攏是菩薩心腸，比好心就免比矣，哪有可能欺負婦人人？番女閣較無影啦！」

黎洪、徐隆跟著高人遠的腳步來到一片空地，在那長寬度不到一丈（一丈約三點二公尺），高度僅有三尺（未及一百公分）獸欄之中，囚住三名滿是血痕的水沙連人；那內山老婦連忙奔到了獸欄邊，摀面抽泣，那三名水沙連人囚禁於獸欄之中，這樣的高度連起身舒展身子也不能，他們像鬥敗的猛獸，有氣無力地回應他們的母親。

這幾名水沙連人穿著達戈紋布織（樹皮衣）的無袖上衣，一頭長髮盤繞在前額，以粗布藤條繩繫著，麻布縫成的長套褲破損十分嚴重，其中一人的小腿上有極恐怖的傷口，似是被捕獸夾扎到的樣子，血肉模糊，臭惡難當，惹來許多烏蠅在他傷處紛飛，令人不忍直視。

「看著無？看著無？內山『水沙連』的番仔是上蓋歹、上蓋雄的，為著掠著佪，阮有幾个兄弟嘛重傷，到落尾，嘛是我親自出手，才共佪掠著。」刀鬼馮剛提著「鬼頭刀」負在肩上，神氣不乏耀武揚威。

「馮老官，你莫歕雞胿、膨風啦，遠舍，我丁幭嘛有出力，你愛會記的喔。」

「你哪有出啥力？頭先予人摃昏頭毋就是你？」朱又利斜眼說。

「陷坑是我掘的咧，記性有夠穤，若毋是佪有人落咧陷坑，咱欲掠人敢有遮簡單？馮老官哪有法度佇遐臭彈？」

「恁專工共恁大的落氣喔？有影是飼烏鼠咬布袋……」馮剛不住發怒。

「個三个是舞啥？是按怎愛共佪掠起來？」對於馮剛的豐功偉業，潘介似是不太有興趣。

「個三个？毋止啦，佪差不多十外人，來拍咱佇崩壁頭山所在的柴寮，六个剉柴的予佪刣死，是阮到現場真無簡單才共佪擋咧。遠舍，你真正愛共阮呵咾，我相信乎，羅辭佇咧大武郡的時，拄著的竹雞仔一定無佪內山番的歹，所以彼號乎……你應該愛轉去共頭家講，我啦、阮食齋教才是正港的烏溪第一。」馮剛一邊自吹，大手刮了刮腮邊亂如蓬草的大鬍。

「是啦是啦，馮老官確實是烏溪第一，羅辭算啥？世人有影是無生目珠，按呢講你有歡喜乎？」丁轅那靈活的大眼左右一晃，看不出到底是不是真心在附和馮剛，或者僅是敷衍？

黎洪側耳傾聽馮剛左回一句「羅辭」，小弟右頂一句「羅辭」，要知那位羅辭素來有「烏溪第一高手」之譽，黎洪雖未曾親見，倒也不可能不知一二，據說他來自泉州晉江，也在【高福盛】頭家高濟芳手下辦事，和這粗魯壯碩的馮剛相比不知如何？

馮剛嘮叨之際，那內山老婦跪在高人遠身前，什麼三跪九叩之禮似乎都用上了，嘴上念念有辭，不斷向高人遠懇求放過他的孩子，徐隆目光始終定定的關注內山老婦，內心不忍，多次想張口想替內山老婦求情，一旁的黎洪像是察覺到徐隆的心意似的，附耳道：「你想看覓早起龍眼的事誌，若是個刣死的是咱師兄弟，你敢有遮闊的腹腸共個原諒、閣放個走？」

「你講的我毋是毋知，我毋是毋知……」

「毋著，你捎無頭摠，你就是毋知、逐項攏毋知！」

黎洪語氣微微激動，令徐隆一時無語，轉眼望向內山老婦，耳聽他向高人遠求情的呢喃聲，聲聲入耳：「我本成有七个囝，五个死了了矣，賭拔思弄佮水里萬爾爾，閣有一个是阮妹仔的囝，若是恁共個刣刣死，順紲共我刣死好矣……拜託，放個走啦、拜託……共你跪、共你求、共你姑情啦……」徐隆終究不忍，側過臉望向高人遠，企盼他能高抬貴手、格外開恩。

高人遠除了低聲淺咳，卻保持久久的一派靜默，縱使如此，高人遠看待內山老婦的眼光，始終是柔和溫厚；先前因為高人魁的緣故，對高家的人原本印象極差，高人遠竟如此溫和，徐隆深感意外。

「對不住，我袂使做主。」高人遠總算打破沉默，這三位內山人可是馮剛和他齊教弟兄們豁出性命才捕捉到，不是自己說放就能放，縱然自己有心，這樣一口輕易放人，倒第一個讓前線的弟兄寒心。

內山老婦仰天一嘆，他年歲已大，哭也哭過了，叫也叫過了，要比力氣也完全比不過滿山遍野的漢人隘丁，人生若有欲哭無淚的處境，大抵就是如此。

「好矣啦，你嘛莫佇遮哼哼叫，番婆仔，我共你講，欲保恁囝兒孫仔的性命，就緊轉去傳話，看欲用地抑是用林仔來換，看你有歲行袂緊，予你五工的時間來參詳，五工，阮已經真有意思囉！」朱又利擺出五的手勢，不甚耐煩地說。

「我……我會當轉去講，毋過恁……講話算話，個攏著傷，袂使閣共個蹧躂。」

「嘿，我毋敢掛保證，阮顧食食袂顧性命，恁囝兒是蓋歹，無的確有人想揣個報冤仇，也是有可能。」朱又利摸摸下顎，一臉打趣的冷笑。

內山老婦泣道：「袂使、袂使！恁……愛講話算話、講話算話啦！」

朱又利扳起臉孔，道：「老番婆，恁內山的刣阮偌濟人你知無？阮攏無共你算數矣，阮閣願意予你轉去一逝參詳，你就莫閣冤矣，你閣囉嗦，阮揣人放火共恁水社燒了了，看阮敢毋敢？」

內山老婦聽聞朱又利的威脅，兩個兒子的生死竟然操之這群不講理漢人手中，他感到無計可施，雙足疲軟地癱倒，面無表情地暗自垂淚，此情此景，徐隆覺得他的心已經死了，朱又利態度始終倨傲，徐隆不禁憤然道：「你按呢對待一个有歲的婦人人，按怎？感覺家己有勢、誠囂俳是毋是？」

「徐隆，你呔會閣……」黎洪忽然好想把徐隆一拳打暈，那朱又利瞪大雙眼，不敢置信地瞪向徐隆，冷笑道：「頭前這是啥人？予阮大的拍甲糜糜卯卯，閣有彼顏面對我指指揬揬？我看你是欠教示啦！」語音一落，朱又利快速揮拳朝徐隆面上招呼，徐隆雙肩微動，卻見高人遠身旁的潘介立馬抽出佩刀警戒，刀尖抵住朱又利的項頸，兩人霍然停住動作，徐隆也重新站定，循著起伏的刀脊一望，潘介原本掩在袖口中的手背上的刺花展露無遺。

潘介道：「遠舍頭前起跤動手，你是按算予外人看笑詼？」朱又利道：「頂改錦舍來的時陣，佮恁講的完全無仝。」潘介問道：「錦舍？這款偏僻的所在，錦舍欲來，我看黃主母也毋甘，你是底時聽著錦舍講這款話、閣是佇佗位聽著的？」

朱又利眨了眨眼，面露遲疑，馮剛先伸出巨掌搭在潘介的刀背上，又將刀尖推離朱又利脖子半分，沉聲道：「潘介君，阿利是我的人，你欲動手，應該愛問過我的意思。」尋常人聽聞馮剛粗豪兇惡的神情作要脅，哪敢反駁半分？但潘介面無懼色，直視馮剛的雙目，凜然道：「你的人？我叫是你欲講啥了不起的話，橫直啦，若有人對遠舍不敬，我管待你是刀鬼刀神抑是刀神經，我欲剉就是剉、欲鏨就是鏨，你，嘛袂使共我擋。」

「好啊……！」馮剛是出了名的火爆脾氣，生平最不容人挑釁；潘介雖不若馮剛在江湖之中享譽盛名，仍是以拚命搏鬥見稱，這兩位脾氣在【高福盛】之中都是出了名強硬，一時之間氣氛僵持異常，誰也不肯退讓，沒有人敢出面打圓場。

眼看氣氛陷入僵持，仍是高人遠重重地連咳數聲，吸引潘介後退兩步，還刀入鞘，走到高人遠身邊問道：「遠舍，你敢有要緊？」高人遠揮手示意，嘆聲道：「好矣啦，有事誌好好講，脾氣攏儉一寡。」

丁轅見氣氛凝滯，決意岔開了話題，笑道：「遠舍，今仔日佮你來的是啥人？羅鏢頭？抑是姚鏢頭？」潘介道：「當然是羅鏢頭，現此時伊人佇咧南投（今南投市）巡，較暗會佮伊佇咧快官遐見面。」

馮剛與那羅鏢頭心結由來已久，聽聞羅鏢頭之名內心怒火更熾，道：「羅辭是毋是閣刁工無來？我這陣足想欲揣一个人相拍，活動活動我的筋骨，按呢才會樂暢啦！」

丁轅道：「老官，莫閣串講彼寡有的無的，你若是繼續想欲逐工共羅辭刁，我想乎……你的心肝寶貝查某囝一定會受氣，到時你就知。」馮剛露出不悅但又無奈的神情，長滿厚繭的大手拍撫起他光亮的頭頂，咬牙道：「伊若是受氣，恁嘛毋免數想恁有好日子通過。」丁轅苦笑兩聲，道：「好矣啦，遠舍踮遮遐邇久，正經事誌攏猶未講咧！」

馮剛終於緩了緩神色，道：「著啦，遠舍，羅辭敢有講底時會來？你暗時敢有按算踮遮過暝？若是按呢，我去發落一下，共菜堂空出來予你歇睏。」

「多謝馮師傅，毋過免啦，我共游頭家講好勢矣，暗時佇咧快官庄（位於今彰化市市境，八卦台地東北山麓）過暝。」高人遠低眉看了黎洪與徐隆一眼，道：「我看這兩个興營的功夫誠好，就規氣麻煩個……護送本舍過去快官庄好矣。」

馮剛「啊」了一聲，朱又利正色道：「遠舍，遮足倚內山的，干焦個兩个……傷危險啦！」

黎洪趕忙拱手道：「遠舍，我黎洪佮阮師細徐隆願意以【藍張興】的名聲咒誓，路途中一定拚性命顧遠舍安全，遠舍連一支手指頭仔嘛袂傷著。」

「我聽你咧畫虎羼！」朱又利譏諷。

「嘿，按呢誠好，看日頭嘛差不多愛出發，咱來行！」

「遠舍！」沒想到高人遠竟然接受兩名興營的護衛，朱又利又驚又怒，道：「遠舍恁身軀足貴重的，毋通按呢清清彩彩啦……」

「安啦，有阮佇咧，妥當、安全、穩觸觸啦！」黎洪連忙答禮，徐隆眼角卻露出憂心之態，他還在牽掛內山老婦的事情。

高人遠道：「馮師傅，你這幾冬攏踮遮，顧甲牢牢牢，阮實在真感激。」馮剛撩了撩鬍子，道：「遠舍，羅辭離開大武郡守隘的彼年，濟芳頭家嘛共我講過仝款的話。」潘介道：「遠舍的意思是講，伊會替你佮頭家講話，揣一个時間，予恁徙去別位，譬論講……半線庄。」

潘介此言一出，馮剛、丁轅眼色皆閃爍出喜悅的彩光，馮剛激動之下，大聲吼道：「讚啦！」潘介給馮剛口水噴了滿臉，只得低下頭拂袖掩面，又道：「逐家相信遠舍，今年會當等待好消息。」

朱又利瞇起他既小且圓的雙目，問道：「潘介君，阮毋是食飯坩中央、毋知人情世事的三歲囝仔，雄雄對阮遮好……擱啥物算盤？」高人遠淡淡道：「哪有啥算盤？馮師傅的家事誌，阿九嘛是足操煩，我確實毋想欲予阿九繼續操煩馮師傅顧隘的事誌，毋過……做為條件，我向望馮師傅會使允准，手梳攑懸，放過三个水沙連人這遍好毋？」

「袂使！遠舍，這款事誌是袂使交換的。」馮剛虎目圓睜，激動地搖頭。

「為怎樣啦？老官，我感覺這條件足好的啊？」

「癮頭！」馮剛敲了丁轅一記老拳，怒道：「你頭殼歹去咧起痟？當然袂使，清彩放個三个走，你是神明嘛無法度掛保證，個袂閣過來刣死咱的人？」

丁轅道：「毋是啦，老官，咱本來就按算用個來換林仔、換山頭，攏是放人，彼號佮這馬就共個放走……敢有啥物無相僩？閣再講，馮老官，你烏溪第一高手咧，當時會驚個啦？」

馮剛陷入沉思，低聲道：「長生堂遐，李徵佮孫彥閣倒咧歇睏，這筆數猶未共個算咧。」高人遠揚了揚兩道上斜飛的濃眉，道：「阿介，共我的加薦仔攏總提提出來，分予咱北投的兄弟。」

丁轅喜出望外，笑呵呵地道：「好啦，水沙是偌歹？你看我，阮母仔也是對水社人出來的，曷是生出我佮阮阿兄，這馬曷嘛毋是綴你綴甲死忠的款，咱規氣聽遠舍的，閣有錢通提，加辦幾桌素菜，孝敬神明，逐家歡歡喜喜毋是蓋好？」

馮剛始終對高人遠的要求頗感躊躇，但丁轅這番話正中虔誠齋門的下懷，總算點頭首肯，答應放人，道：「就照遠舍講的。」語畢抬頭望了望天色，道：「雖然講這陣是熱天，日頭長，毋過對遮去快官庄閣有一段，遠舍，你猶是緊啟程、莫閣拖較好。」

徐隆本已做好束手待斃的準備，不敢置信地望著高人遠，他真心為內山老婦開心之餘，想到自己動手傷了他們那麼多人，高人遠竟多費周折，成全自己的請託，不禁雙膝跪倒在高人遠身前，連磕了三響頭才起身道：「多謝遠舍、多謝遠舍。」

黎洪一愣，徐隆如此，也得跟著雙膝跪地，潘介趕忙拉起黎洪與徐隆，道：「小可仔事誌，等會愛勞煩恁啦，會記的，遠舍手指頭仔若有傷，我會揣你算數。」黎洪乾笑一聲，馮剛又發話：「我猶是袂放心，丁轅、阿利，恁兩人也綴遠舍去，送到快官庄、見著游頭家才會當轉來。」

朱又利道：「我家已去就夠，莫摻丁轅啦，伊囉囉嗦嗦，吵死攏吵吵死死。」丁轅眼珠晃了一圈，啐道：「阿利，若是無我，我是驚你轉來的路程中，頭殼頂就拍毋見矣。」朱又利道：「姦恁娘，你是咧共我咒讖？」黎洪從旁觀察丁轅與朱又利，朱又利眼白極大，活像頭獐頭鼠目學著人說話，不禁微感逗趣。

馮剛此時已深感不耐，破口大罵：「叫恁做伙去就做伙去，應喙應喙吵規工，真正是見笑事咧，閣冤信毋信我共恁尻川摃甲變漉糊糜？」

㈢快官庄道狹路逢

彰化縣半線保
上快官庄

高人遠率隊前往快官庄，隊伍中有六名挑夫步行在後，高人遠則抽著水煙，乘在黃馬上徐行，一群人漫漫林道中朝北進發，潘介執著高人遠坐騎的馬繩，守在高人遠身側，神色警戒。

北投隘丁丁轅與朱又利行走在隊伍最前頭，他倆久居山林，形跡可疑的風吹草動都難逃他倆的耳目，反倒是高人遠自行指定要隨行護衛的黎洪與徐隆兩人，被沒收了隨行的兵器，只能兩手空空的跟隨在後，車隊前行一陣，黎洪忽然開口問道：「遠舍，會使請問一个問題無？」

高人遠吐了口菸，潘介先道：「你做你問，愛應毋應是據在阮。」黎洪乾笑兩聲，道：「嘛毋是啥物大問題，干焦是……略略仔好奇講，簡阿來……伊這通事的風聲怎樣？」

高人遠手指彈了彈菸桿，才道：「風聲？我干焦知影講，貓羅的狀況這幾冬無講蓋好，社餉連五冬從無好勢，伊接個爹的位，拍拚是拍拚，嘛是食力。」

「所以……伊講伊無熟似錦舍……這攏是咧共阮騙？」徐隆忽然激動地大聲插話，吸引距離稍遠的丁轅不禁湊起熱鬧，道：「雄雄遮大聲，咧講錦舍閣有簡阿來的歹話乎？我共你講，個兩人歹剃頭，鬥空足久……」

「咳嗯！」潘介瞪向丁轅，丁轅啐道：「歹勢啦！我毋知這是天大的祕密，後擺我會記得愛掩掩揜揜。」潘介道：「我是叫你愛注意頭前，朱又利轉來矣。」

「閣是阿利這个鳥鼠眼，害我予人睨。」朱又利回奔來時渾沒注意丁轅在消遣他，即刻到高人遠面前站定腳步，道：「遠舍，是姚鏢頭佮游二頭家，愛過去無？」

潘介忽然以半線話（巴布薩語）低語，高人遠一直搖頭，潘介神色似是不快，高人遠嘆了口氣，才道：「若是游二頭家當咧頭前，咱若是無共伊拍一聲招呼，實在是講袂過去。逐家，行！」高人遠坐在馬背上，發聲指揮，卻不過視線重新往前一轉，復提起菸桿一抽，緩緩吐了口煙，道：「姚鏢頭，你來甲有夠緊。」

那「姚鏢頭」本名姚堯，面色泛青，不過中等身材，約莫三十歲上下，莫不是頭戴結巾，一身鏢師青衫，外貌平平無奇，與路旁販夫走卒無甚差異，萬難想像他在東渡前曾在莆田少林寺修業，是位不亞於馮剛的江湖好手，被譽為【高福盛】鏢隊第二號人物，僅次羅辭。

姚堯嘴角含笑，拱手道：「彼爿聽著遠舍的聲音，就想講定著愛過來迎接。」高人遠點了點頭，道：「免遐厚禮，嗯？你哪會來遮，我會記得，這月日你應當是愛守咧半線庄敢毋是？」

「是啊，毋過喔……鹿仔港遐來三隻對日本來的帆船，【施長壽】頭家有心，送幾若項禮物，頭家就發落阮來鬥送禮予游頭家。真拄好，佇遮拄著遠舍。」

「日本的帆船？真罕得……咦？毋著矣，頭前是游二頭家的徛家，頭家應當有交代過，有物件應該全全送去游大振個兜，轉送啥貨予游頭家家己處理，為怎樣你會送禮送到二頭家遮來？」

「這……阮聽錦舍的發落，嘛毋好加問啥貨。」姚堯拂了拂耳根。

「錦舍佇遮？」潘介雙眉挑起，道：「按呢就無啥好奇怪的，錦舍步頻是大主大意，有黃主母做靠山，頭家的話是一層事誌，錦舍聽毋聽閣是另外一層，姚鏢頭，你講著毋著？」

「潘介君的話，我……成做無聽著，猶是莫共我問較好。」

「西瓜倚大爿，我會當理解啦。」

「潘介君毋通按呢共我詼洗啦，對我來講，奉待遠舍、奉待錦舍，攏是相夥的。」姚堯語畢，潘介冷笑不語，惹令現場一片靜默，直到高人遠又道：「錦舍這陣佇游二頭家遐？」

「是啦，喔……錦舍講，伊這陣欲佮游二頭家參詳事誌，向望遠舍會使小等一下，莫共個攪擾……」

「攪擾？錦舍過去是參詳，遠舍就是攪擾？你是啥物意思？上好共我解說清楚！」

「阿介，好矣啦！」高人遠制止後又咳起嗽，潘介總算收斂，不悅地往游二頭家的宅邸方向望去，忽地一愣，道：「我親像……聽著貓羅人仔的聲？」姚堯聳了聳肩，道：「錦舍親身來一逝，個番仔頭當然愛來巴結，有啥貨奇怪的？」

丁轅笑了一聲，道：「是右武乃、南茅、尉其劉個啦，攏貓羅社的人。」

「貓羅社？」徐隆循著丁轅目光望去，六名以細竹編束腰裝扮的貓羅社人成群走了過來，毫無遮蔽地映入眼簾，當中有兩位貓羅人轉過頭來，和徐隆對上目光，其中一名正是……

「簡阿來！」徐隆抽身飛躍至簡阿來身前，右手扣住簡阿來手腕，喝道：「好矣，總算閣拄著你，你佇遮創啥？」簡阿來給徐隆制伏，一邊忍耐著疼痛，一邊陪笑道：「興營勇健的大兄，唉呀，有話好講嘛，按呢……唉唷……按呢歹看啦！」

有別於徐隆一馬當先，黎洪仍守著高人遠身旁，雙手抱胸，冷笑道：「早起毋知是啥人，聲聲句句吼咧講，伊乎……自來就毋熟似啥物錦舍，我聽起來，全部是白賊話啦！遠舍，你佮簡通事交往伊一定愛足細膩，我建議啦……伊有影勢搬戲，做通事傷拍損啦！」徐隆情切李桐生死之鑰，扼住簡阿來的手腕扣得更緊，簡阿來不禁放聲哀號。

朱又利怒道：「喂，徐隆，遮毋是你的場，你咧創啥？緊共簡通事放開！」姚堯揚了揚眉，暗自提氣於丹田，問道：「遠舍，你若會予這兩外个人蹧躂咱家己人，攏無意見？」

「姚鏢頭共貓羅社的成做家己人？好笑，有影好笑！」姚堯對貓羅社如此稱兄道弟，倒待半線社出身的自己和遠舍多方輕蔑，潘介出言譏諷，姚堯神色微僵。

高人遠忙道：「這兩个穿藍袘仔的是我的新朋友，姚鏢頭，個敢若有啥的誤會，咱嘛莫上激動……」姚堯已拉著嗓子喊道：「遠舍的朋友？無可能，遠舍一定是予人騙去的！孫鐵叔、曹貓仔，予彼兩个穿藍袘仔教示，共伊押落去！」

徐隆一凜，兩名趟子手快步向自己貼近，手兀自緊緊揪著簡阿來不放，黎洪見徐隆落單，自己手上卻無兵器，目光往身側瞥去，貓羅社丁右武乃距離自己最近，黎洪眼明手快，一招「飛龍探雲」使得登峰造極，欺近右武乃與南茅，一個轉身便已奪去二人腰間的彎刀。

「好！」徐隆順手接下黎洪拋來的彎刀，單手扣住簡阿來之力並未放緩，黎洪與那孫鐵叔短兵交接之聲遽然入耳，孫鐵叔持著大鐵錐霍霍揮向黎洪，「砰」的一聲，將地上的鑿出了大土坑，黎洪慶幸地想：「好佳哉我閃甲緊，若無手骨可能就斷去。」

「按呢就走？簡阿來，是你做人失敗？猶是個傷無義氣？」黎洪餘光注意到右武乃與南茅則趁隙隨其他貓羅社丁逃遁，腳步溜得飛快，現場僅剩簡阿來一名貓羅人。

「閣看邊仔？」孫鐵叔追了上來。

「我咧！」

徐隆初握貓羅人的彎刀，朝天空揮三下，始覺這彎刀刀身蜿蜒，重心稍前，與漢人刀式截然不同，不甚順手。那曹貓仔已緩緩朝徐隆貼近，對方雙頰坑洞痘疤，確實如「貓仔（麻子）」其名，對方的醜怪短暫吸引徐隆注意力，忽聽一絲細若蚊鳴聲響破風而來，曹貓仔已高聲呼喊：「細膩！」

徐隆眼珠一轉，正朝黎洪揮擊的孫鐵叔完全無法收招，當下跪倒在地。不一會功夫，孫鐵叔已嘴唇發紫，原來是肩胛之處中了一記吹箭，黎洪、徐隆勃然色變。

曹貓仔重重哼了一聲，徐隆來不及審度情勢，有股如烈馬脫韁的風勁當即從身後襲來，徐隆飛快地轉身舉刀格擋迎擊，一手仍依舊扣住簡阿來脈門，鏗然一聲響遍滿山林野，震得落葉紛飛。

孫鐵叔雙手伏地，支撐片刻後便在黎洪身前倒下，黎洪差一點就首當其衝，有名外貌清艷的女子，從側邊的樹梢一跳而落，那女子一身碧玉如洗的短衫，俐落地勾動手中彎如鉤月的銀刀，對上黎洪的臉，他朱唇間勾出絲絲咯咯的淺笑。

「你是啥人？」黎洪臉上泛起紅光。

「葉……葉姑娘，你來矣……緊來救我啦……」簡阿來驚慌失措。

「葉水泱！你出手進前咧想啥？傷著家己人，你是毋是刁工的？」曹貓仔懷帶怒意質詢對方，出手推了黎洪一記，趕忙彎身探看孫鐵叔，孫鐵叔低低呻吟，神色很是痛苦。

「孫老鐵家己學藝毋成，替高家辦事，頭殼是囥咧肉砧，伊這改著傷，家己愛負上大的責任。」葉水泱說話雖然帶著微笑，但語意始終冷冰冰的，絲毫不將誤傷孫鐵叔當回事。

「你以為你是誰？這裏輪到你說話嗎？」潘介以半線話大聲咆哮，葉水泱先半掩上眼，嫌惡表情一瞬而逝，輕輕笑道：「遠舍，歹勢，我到這馬才看著你，無先共你拍一聲招呼，是我較毋著。曹貓仔，我會予孫老鐵伊藥膏，做你放心啦。」

「箭頭有毒？」徐隆放聲怒斥，葉水泱冷如寒潭的視線掃來，徐隆將簡阿來的項頸扣得更緊，高聲道：「你閣過來一步試看覓。」簡阿來叫道：「莫矣、莫矣，葉姑娘，救命啊！」

「簡通事這條命對你真重要，我若是愛伊死，你顛倒會拚性命共伊攔。」葉水泱無懼徐隆要脅，令簡阿來渾身發顫，他素知此女子說得出、做得到，不免驚慌失措了起來，這份激動的情緒也感染到了徐隆。徐隆步履一震，不知該如何以應，但聽姚堯斥道：「邱景廠、蔡運世，恁陷眠喔？緊去救簡通事啊！」

葉水泱腳尖旋即施力下沉，徐隆一凜，蓄勢待發之際，徐隆連忙拉著簡阿來撲閃，葉水泱迴身連發銀針，徐隆原本欲再側身閃開，卻發現兩旁都站滿了身穿綠衫的趟子手，堵住閃避的動向，眨眼之間，簡阿來「啊」了一聲，肩頭已中葉水泱的銀針。

徐隆面臨前有追兵、後無退路的局面，橫下心來，將髮辮一甩在脖項繞纏，當機立斷推開簡阿來，揮起彎刀往葉水泱攻去，葉水泱身法陰柔，銀刀不直接隔擋徐隆猛烈的揮斬，而是借力使力，將徐隆的刀鋒引導離身，徐隆沒砍到葉水泱的半枚衣角，倒是削掉身邊許多的枝幹花葉，徐隆忍不住「呿」了一聲。

【高福盛】趟子手邱景廠、蔡運世並不是黎洪的對手，黎洪接連掠倒兩人之後，注意到那簡阿來強忍疼痛，趁徐隆與葉水泱交手之際踉蹌攀爬出，立即探出藏在腰際的銀鏢，右手拋擲，正中簡阿來膝蓋，簡阿來「唉唷」一聲，又跌了個四腳朝天。

黎洪大鬆口氣之餘，忽感天際一暗，風壓劇變，知有蹊蹺，趕忙碎步疾退，持刀的左臂一陣劇痛，虎口一鬆，手上的兵器被打落在地，姚堯冷冷道：「哼，落尾猶是愛我家己出手。」邱景廠、蔡運世等露出慚愧的神色，不約而同垂下目光，姚堯冷笑道：「倒手仔，你頂世人有燒好香，較犧牲一下，予逐家啥物覓，啥物是南少林的手路！」

姚堯眉睫一晃，將全身力量灌注在指尖重量出擊，掀出一股朔風虎嘯之威，黎洪只得提起十二分精神徒手接招，一招翻浪手勁先卸掉對方周正的拳勁。姚堯後腳一退，暫時拉開距離，掛著猶有餘裕的笑容，道：「閣算有兩三步。」黎洪則端起正經的表情，不敢分神。

「曹貓仔，你嘛陷眠啊？去鬥葉姑娘相共，邱景廠、蔡運世無路用，你嘛無路用？毋通共頭家對你的欣賞成做笑詼！」姚堯一邊發話，手下仍毫不手軟，黎洪左支右絀，已知對方武功在自己之上，頂多能拖延時間，乘隙側眼朝徐隆望去，他仍與葉水泱激鬥正酣，只怕一時之間仍分不出結果。

孫鐵叔道：「遮爾夭壽，佪敨程進前欠跤手也毋是按呢講話，姦……彼號痟查某，肩胛頭瘐甲……」曹斐道：「嘛毋是頭一工熟似佪，毋慣勢也應該慣勢，吞忍一下袂死。」孫鐵叔道：「話莫講傷早，叫你啦，你毋緊去？」

葉水泱忽地縱身後躍，雙手探入後襬，撒出一片天羅地網的銀針，針鋒尖陣漫天飛舞，徐隆趕忙揮使彎刀架擋，匆忙側身閃避，卻見身後圍觀的挑夫與趟子手不少人中針倒地，登時哀鴻遍野。

「你……？」徐隆瞠目結舌，不敢置信對方再度對自己的人下手，對方根本不能以常理審度，葉水泱目光冷冽，絲毫未受影響，手勢又往後一探，徐隆以為對方又將故技重施，蓄勢閃避，卻見一陣白煙，掩蓋住眼前視線，連忙揮臂遮目，卻一陣急嗆，幾乎喘不過氣。

徐隆重啟雙目，葉水泱纖細但有力的雙手已扼住徐隆的咽喉。徐隆力氣長大，即便尋常男子，斷不可能單憑隻手輕易讓徐隆受縛，但他此刻竟只覺得難以呼吸，欲振乏力，居然無法掙脫出葉水泱五指冷冰的箝制。

「葉水泱，好矣，請你放手。」酣鬥多時，高人遠終於出聲喝止。

「喔？總算，聽著遠舍發落，我是愛聽，抑是……」葉水泱淡淡一笑。

「唔……」徐隆深感噁心，眼角卻愈沉愈低，他無意瞥見葉水泱湖水綠的手袖下，幾道斑爛生輝的刺青花紋，清晰可現。

「愛啦，閣無愛承認，雜種仔嘛算是逐家的頂司啦……上少是我無咧現場的時。」

「魁仔？」高人遠雙目一轉，一名華服男子在游二頭家陪同之下，踏著從容的步伐徐來，天氣暑氣騰騰，不忘搖著一柄細竹扇搧風，正是高人魁。

㈢萁在釜下燃

彰化縣半線保上快官庄

「唷，雜種兄，哪有遮拄好？食飽未啦？」一面對高人魁的問候，高人遠烏亮的雙眸隨之黯淡，抿嘴不言，而姚堯見高人魁現身，起了賣弄之心，猛然運勁灌輸自己雙臂之中，扣住黎洪那礙事的左臂肘，一扳一扭，黎洪的左肘登時骨折。

黎洪左肘劇痛無比，雙膝一跪，卻挺住身子不致被痛暈，硬是將一口氣吞在腹裏，忍住不失態叫出聲。

「喔，硬骨喔！後擺有人問我『興營』敢有男子漢，算你一个啦！」姚堯雖語帶譏諷，仍拍拍黎洪的右肩，不乏肯定。

那游二頭家視線轉了一圈，眼前是一群狼狽的趟子手，還有一名昏倒在地的貓羅社通事，葉水泱與姚堯分別扣住「興營」兩師兄弟，貓羅人、高人遠、潘介、兩名北投隘丁還有其餘六名挑夫站在最遠的地方，高人遠跨坐在馬背上，手持菸桿，神情顯得慌亂。

高人魁搖扇道：「這齣劇煞鼓矣，我來想一下，這兩个『興營』的菁仔叢欲怎樣發落？」潘介沉聲道：「錦舍，這兩个是遠舍的朋友，你毋通……」高人魁停住搖晃的扇子，神色變得雷厲，道：「潘介，你聽予清楚，【商福盛】是我講才準算，永遠是我，無可能是伊高人遠！」

潘介臉色轉趨嚴峻，厲聲道：「高人魁，你莫倚恁母仔的勢逐工佇咧鵤趒，阮遠舍年歲就是佔贏啦，順紲共你講，阮半線人若欲反，你嘛無好日子通過！」潘介是半線社仔（巴布薩族），高人遠的母系表兄，自幼便被高濟芳帶回半線庄，做高人遠的隨侍多年，此刻語出大不敬驚人之語，累得身旁的游二頭家臉色尷尬不已。

「喂，阿介，你這馬講這款話欲共我害死呢？」高人遠趕緊跳下馬，拉住潘介。

「潘介，誠有意思、誠有意思，哈哈哈！」未料高人魁不怒反笑，高人遠心底一詫，霎時背脊發涼。

「啊！」葉水泱倏地怪叫一聲，他右半頰不知何時被劃出一道細如紅線的血痕，手上施力一緩，徐隆連忙逮住空隙，掙脫葉水泱的掌握，大步後退拉開雙方的距離；吉光片羽之際，忽而鈴聲脆響，宛若一陣青煙遮蔽了日正當中的艷陽，馮子德輕巧如燕，昂然挺身橫在葉水泱與徐隆之間。

「錦舍，笑遮大聲，有啥物心適的事誌？」馮子德雙目如箭，盛氣凌人。

「阿九？拄好，本舍掠著兩隻鹿仔囝，愛現刣分分咧……抑是曝焦敆鹽落去做菜來食？」

「錦舍，上天有好生之德，就莫講這款耍笑。」

「耍笑？諾，本舍上愛舞的事誌就是刣人放火，食大尾魚摻大塊肉，阿九，我勸你一句，你就毋是觀音媽，也毋是媽祖婆，本舍的事誌莫插遮濟啦！」

「毋是講勸一句爾？加講遐攏毋驚別人聽甲瘤呢？你攏毋知你惹過偌濟事誌，偌濟人去頭家遐投攏投袂了！」

「投？阿九，上愛投我毋就是你？你才是愛共我注意，叫是恁阿爹顧北投偌偉大，好膽對本舍無禮，我早早就想欲共你教示……」高人魁最後一句是對著葉水泱說的，葉水泱當即領會，伸掌預備琴拿下馮子德，馮子德推開徐隆，便做好迎戰架式，葉水泱一招失手，便提起手中銀刀斬向馮子德，葉水泱的佩刀是特製的名器「曉葉蟬刀」，葉水泱舉刀之際若以特定角度與力道揮斬，呼呼的風勁穿鑿過鏤空的刀身，恰如夏季的蟬鳴滿山。

徐隆精神略振，想向前助陣，不意往前一踏，依然一股頭暈目眩，身後忽然傳來一聲低語：「葉姊有暗崁真濟有毒的物仔，你現此時無氣力，小忍氣一下，放予阿九姊處理。」徐隆暗暗吃驚，江嵐竟不知何時出現，他卻渾然不覺。

江嵐眼珠一轉，低眉往被姚堯拿住的黎洪一瞟，眼看黎洪渾身冒冷汗，雙唇發白，左肘明顯腫脹，忍不住出聲問道：「倒手仔，恁進前袂輸屎礐仔蟲仝款，振動振袂煞，今仔日哪會遮恬恬……是手斷去？」

「手斷？哈，我家己斷迌迌的，彼个青面大兄伊乎……」黎洪不願在江嵐面前示弱，還想故作輕鬆，惹得姚堯眼色一沉，伸出腳往黎洪後背踹去，黎洪吃驚之餘依然不敢以手撐地，頭顱直挺挺地往地上撞去，「叩」了一聲。

「啊……」黎洪剎時眼冒金星，回過神來，注意到江嵐正瞪著姚堯，沒好氣地道：「食軟驚硬，莫怪你永遠排第二！」

「你講啥物？好膽閣講一改！」姚堯自認武功卓絕，地位卻始終屈居年少他一歲的羅辭之下，江嵐此言無疑對姚堯是莫大的挑釁。

「我講啥物？我講你就是排第二的命！你愛我講第三改無？」

「死番女、臭酸嫺仔，……」姚堯目露凶光。

「欸欸，無屛脬才咧欺負查某囡仔啦……」黎洪撐起身子，大聲插話，姚堯猛然抓起黎洪的右臂，儼然要將他第二支手臂折斷，江嵐趕緊搶身朝姚堯揮肘，姚堯僅啐了一口，順勢退開並不真正和江嵐計較，側眼見江嵐彎身扶起黎洪，姚堯不忘數落道：「以後看著我，愛知影較老實矣乎？」

黎洪可不願輕易示弱，勉力笑道：「比起予狗咬，斷手骨算啥……」江嵐皺眉道：「本姑娘好心共你攔，你閣按呢喙臭……規氣予你兩手攏斷斷好矣。」

「哈哈哈，嗯？嗚嗚呼……」黎洪還想開幾句玩笑，一口氣卻突然提不上來，顫抖地直喘大氣。

「你啊……較安份咧，聽著無啦？」江嵐說著用手背胡亂抹著黎洪額頂上的汗珠，黎洪眨了眨眼，微笑道：「好。」

「嗯？」江嵐暗暗稱奇，思忖黎洪的傷勢確實嚴重，竟然足以讓這聒噪的傢伙暫時老實。

「好矣啦！全部攏莫拍矣，葉水泱、阿九，莫拍矣啦！」高人遠見葉水泱與馮子德拔刀火拼，冷汗沁入骨筋，難為他中氣十足地放聲大吼，葉水泱先望向高人魁，旋推開馮子德，撤步後退，仍將曉葉蟬刀擺架在胸前，馮子德亦是一臉全神戒備。

「這兩个興營的朋友……是我咧北投寨新熟似的，向望你……會使手梳攑懸。」高人遠有氣無力地說道。

高人魁嘴角一勾，他臉生得白淨，頰上帶有一對討喜的酒窟仔，此刻高人魁拿起扇柄唰地一聲，搖起扇子，道：「阿兄，你是按怎揀朋友的？個乎……我頂改去藍興庄的時，就捌看過個，跤梢物件，攏是糞埽。」

「你嘛莫按呢，你看，恁下底的邱景敞、蔡運世閣有孫老鐵，攏傷著，我這兩个朋友，一个手骨嘛予恁的人拗斷，我毋知你按呢堅持吵欲物事？」

「物事？唉，彼兩个興營送來阮錦舍遮，阮嘛想欲共遠舍的新朋友……加較熟似。」這聲音響起，瞬間令黎洪抬頭並皺起眉，江嵐道：「扶挺陽，我就感覺奇怪，錦舍踮遮久，哪會無看著你的人？啥物時陣變甲遮古意，等規晡才聽著你的聲？」

「呵呵呵，算我驚你佮你的阿九姊，閃較邊仔，掠著時機出現才是巧嘛！」傅向陽縮著手臂，這當口才站在高人魁的身前。

「錦舍，個是遠舍的朋友，你蓋好莫來惹事誌。」潘介目露凶光。

「游二頭家，你遮風水實在無講足好，日頭猶未全暗，我抰輸聽著魔神仔的聲佇我耳仔邊嗷嗷叫。」高人魁搔了搔耳朵，游二頭家，不知是否該附和高人魁苦笑兩聲。

「高人魁！」潘介不禁心頭火起。

「我佮雜種仔講話，你插啥物話？退落！」

「魁仔……」高人遠眉睫一晃。

「錦舍，遠舍怎樣攏是你兄哥，你講話小可仔予伊放尊重好毋？」馮子德不禁出聲勸說。

「阿九，你嘛仝款啦，閣按算對錦舍指指揬揬是毋是啦？我實在想無，你逐改遮攔遠舍，是準備攔到做阮少夫人……」傅向陽語音未落，面頰忽感一陣熱辣，原來馮子德面露怒容，抽身一巴掌截了他的話頭，馮子德準備搧第二記耳光，手腕卻被葉水泱拉住，兩個女人眼看又要扭打起來。

姚堯趕緊拉開兩人，卻見馮子德反應極大，姚堯不得已將馮子德雙手按壓於其後背，姚堯為少林寺俗家弟子，內勁純陽周正，馮子德給姚堯扣住雙手，一時竟難以掙脫。

傅向陽給馮子德巴得面頰腫脹，指痕歷歷，滿是氣惱地瞪向馮子德，馮子德卻以更旺的怒火回視，傅向陽被看得氣虛，目光又收了回去。

高人魁笑道：「姚鏢頭好本事，你共阿九掠牢牢，本舍等這款機會足久矣，這阿九實在欠教示，本舍決定佇遮，予伊淡薄的教示看覓……」

馮子德怒道：「你欲物事？」高人魁收起扇子，以扇頭輕拍馮子德臉頰，燦笑道：「傅向陽，這查某今才搧你一改喙顊，這馬隨予你機會報仇，來，搧轉去，一改還伊十改。」

「阿九姊！」江嵐急欲出手替馮子德解圍，葉水泱見狀，毫不客氣拉扯住江嵐的後項，江嵐再難移動分毫。

高人遠臉色大變，喝道：「傅向陽，袂使動手！」

高人魁面不改色，笑道：「傅向陽，你較緊動手，緊緊緊緊緊！」

這下輪到傅向陽感到為難，像傅向陽原本是窮苦佃農戶出身的僕役，當眾忤逆高人遠總是百般不敢，他抬頭望著箝制住馮子德的姚堯，深感騎虎難下，作勢緩緩高舉手臂。

「你敢？」馮子德怒喝一瞬，徐隆當即聯想到馮剛虎獸猛獅般的斷吼之狀，令傅向陽嚇了一跳，手臂又縮了起來，高人魁沒好氣地叫罵：「卒仔囝，本舍予你靠，是驚啥貨啦？」傅向陽蹙眉糾結，但終於下定決心，鼓起勇氣再舉起手臂。

「袂使！」高人遠不忍見馮子德受辱，立刻快步上前阻止，徐隆焦急之下，卻仍四肢乏力，力不從心，卻沒有想到有人動作更快。

一道挾雷霆飛鷹之勢的身影跨越層層人牆衝撞而來，單臂便將傅向陽摺倒在地，地上迸出「砰」一聲的巨響，只怕傅向陽此刻已頭破血流，昏厥當場也未可知。

曹貓仔佈滿坑洞痘疤的雙頰平已然夠駭人，眼下橫眉豎目，怒氣衝天，讓整張臉更顯猙獰醜怪。

「曹斐……？」徐隆幾乎是從高人魁牙縫中迸出的氣音知曉曹貓仔的大名，他若有所思地回望黎洪一眼，黎洪顯是懷抱同樣的念頭對視徐隆，兩人視線交會，疑惑同時湧上心頭：「這毋是咱『武嶺門』的輕功……『銀鞍飛鴻』？」

㈢非是力不如

彰化縣半線保
上快官庄

快官庄游家莊外擠滿了人群，此刻一片靜默，鴉雀無聲，良久良久，丁轅鼓起掌，輕快愉悅地道：「讚啦！」

「疼甲，強欲無命……」傅向陽吃力地站起身來，肌肉牽動痛處，眼淚也奪眶而出，只見他額頭被撞了一個大洞，滿臉瘀青，好不狼狽。

「曹斐，你走反啊？」高人魁惡狠狠盯向曹斐。

「哼……我本底就毋是恁高家的人，是走啥物反？」曹斐襟袖微揚，不卑不亢說道：「一陣查甫人欺負查某人……我有影看袂落去。」

孫鐵叔啐道：「拄才毋知是怎樣講的？吞忍一下袂死？真勢變面，我攏無愛講矣。」平素在半線庄茶樓酒肆打雜的曹斐，和孫鐵叔都是【高福盛】的臨時工，因兩位另懷武功，不時會被高家延請過來幫忙。

「半線庄是阮兜的地界，彰化縣爺看著本舍攏愛敬三分，你算啥物跤梢？閣再講，本舍教示下跤手人，根本袂輪著外口人來插手，這事誌傳去外口，是你死抑是我會害？」

「錦舍，生死有命，天公伯才講準算。」曹斐怒火如沸望向姚堯，姚堯略略一怔，馮子德逮住這空隙一瞬間，輕巧地竄了出去，姚堯想將馮子德攔下，且不論馮子德輕功卓絕，曹斐立刻一個徒手空掄，擋住了姚堯的擒拿。

馮子德在曹斐耳邊輕巧地道了聲謝，旋即伸手指向葉水泱，喝道：「葉姊，共阿嵐放予開！」高人遠立即補上一句：「著，放開。」

葉水泱略一遲疑，江嵐趁隙使勁掙脫，竄到馮子德身側。

「阿嵐，有怎樣無？」

「無啦……」江嵐嘴上如此說，不住伸手往脖項摸去，兩側已烙下紅腫的指印，隱隱發熱。

「錦舍，閣有遠舍，人講馬四跤也會著觸，逐家笑笑無事誌，欲暗頭仔，會當收煞啦好毋？」快官庄游二頭家趁局勢稍停，捉緊機會想打圓場，但簡阿來強忍中針後的不適，高呼一聲：「錦舍，救我！」正想往高人魁方向前進，吸引了黎洪的目光，大腳一伸，劃到簡阿來脛骨，簡阿來連滾帶摔地倒在地上。

「哈哈哈！」黎洪一手扶著手臂，大笑出聲，姚堯立時冷冷道：「閣有氣力笑？我應該共你的跤拗斷才著！」眼見姚堯蓄勢待發，曹斐搶先一步，出足凌空飛踢，姚堯眼明手快，一記擒拿手銜住曹斐的右足，黎洪暗暗喊糟，曹斐臉色微變，卻不強硬抽回右足，反倒重心壓搭上姚堯的臂力，左足一個翻身飛蹬，直直往姚堯眉心踢去，姚堯只得雙手一推，腰身下沉，迅速閃避了曹斐這兩廂踢擊，同時也拉開了兩人的距離。

「閣想欲旋？」簡阿來尚不死心，引起徐隆怒吼，「好膽莫走，你這滿口白賊話的糞埽！」語畢，簡阿來尚未起身，又被徐隆奮力一撲，拉住了右腳腳踝，內心一緊，葉水泱被馮子德牽制、姚堯和曹斐交手，也無暇分神救援自己，正當簡阿來心情跌宕，「汪汪汪嗚！汪汪嗚嗚嗚！」這上快官庄忽然漫起尖銳悠長的犬鳴狗吠，高人遠、高人魁與游二頭家全數一怔，潘介、丁轅、朱又利素知土犬的本事，三人頓時一凝，趕忙銜住虎口中兵器。

「阿嵐姑娘，敢是你的狗啊？吵甲欲死。」黎洪仗著徐隆在側，又不安份地耍起嘴皮。

「阮兜的 Suazi 叫聲足幼，你上蓋吵，有夠可惜，斷著是你的手骨，毋是你的喙。」江嵐斥了黎洪，雙目仍死死攀著葉水泱，葉水泱神情一緩，勾起嘴角露出笑意，江嵐問道：「葉姊你笑啥？」葉水泱冷笑道：「是貓羅社的人馬。」

「右武乃、南茅，你們終於來啦！」簡阿來喜上眉梢，一臉如釋重負，轉過頭對黎洪笑道：「阮洪雅（Hoanya）[4]是無可能見死毋救的，興營的，你看清楚矣乎？」江嵐柳眉一晃，四周來了三十餘人的陣仗，各持長弓、長矛、彎刀抑或飛鏢，亦有人領著十餘隻土犬，那群土犬的竹筒嘴撕牙狂吠、不斷揮舞著鐮刀尾環繞在社丁身旁，貓羅社仔佔盡人時地利，簡阿來那副神情，得意到嘴角快要笑到撕裂的模樣。

「徐隆，較緊共簡通事放開，無，有你好看。」高人魁扇端指向徐隆。

「魁仔，我講過矣，個是我朋友，莫按呢好無？」

「阿兄，你有啥物毛病矣？伊現此時掠簡通事掠牢牢，你共簡通事成做啥貨啦？」

「我毋是這个意思，我原本也無按算跤來手來，你……為怎樣袂當好好講話？」

「遠舍，無啥物好講矣，個一定做過啥物好事誌，無想欲予『興營』知影，才會按呢跤來手來。」馮子德臉色絲毫不改，挺直了身子，目光順便迴視了三十餘名貓羅人陣仗。

「阿九姑娘，你話……」鼻青臉腫的傅向陽才開了口，餘光瞄到曹斐的目光，頓時改口，

4 洪雅族（Hoanya People），台灣中部地區平埔族之一，「洪雅」係其自稱之詞，日治時代以後，語言學者將萬斗六社（台中霧峰）、貓羅社（彰化市）、大武郡社（彰化社頭）、北投社（南投草屯）、南投社（南投市）等歸類為洪雅族阿立坤支系（Arikun）一脈。

低語道：「鼻水敢若……疼疼疼……」

高人魁默默將竹摺長扇遮住半邊面容，雙眼一瞇，道：「我改換心意矣，共彼兩个興營的刣刣死，本舍有賞金，佗一个英雄好漢來喔，欲趁大錢，這擺就是蓋好的機會！」高人遠蒼白的面色露出一道潮紅，他幾乎要衝上前與高人魁理論，立即被潘介擋駕。

「高人魁，你是愛偌超過？普通時仔就煞煞去，想袂到你竟然看我無到這款程度？」

「遠舍，你莫家己去咧！」

「恁啥人敢動手試看覓？阮阿爹閣佇咧、我猶是恁大頭家的大漢後生，我講這兩个興營是我的人，攏袂使共我振動，恁啥人敢動手？來呀！」

高人魁、高人遠的接連發言，令在座原本有人數上優勢的貓羅社眾陷入猶豫，連趴伏半跪在地的簡阿來也露出遲疑的表情，雖然簡阿來平素和高人遠較少交集，但他既然如此發話，當面與高人遠翻臉實在也討不到什麼好處，簡阿來望向徐隆，肅然道：「這位徐英雄，我無應該騙你我無熟似錦舍，這點我願意會失禮，毋過……李桐的事誌我真正毋清楚，我允你，你若需要探聽事誌，我絕對會鬥相共……」

「簡阿來，你真會曉講話矣，本舍為著你主持正義，你這馬是按怎？按算走反？」

「錦舍，拜託你，咱莫閣繼續……」

「簡通事，多謝你，你的好意，我會記佇心內底。」徐隆打斷簡阿來，放開簡阿來的腳踝，並緩緩站起來，「紲落來，是我家己的事誌。」徐隆一邊將長辮圈住項頸，示意他蓄勢待發，黎洪雖然左手骨折，但身邊有馮子德、江嵐、丁轅以及朱又利在側，雙足也無礙，料想逃離現場也是沒有問題，而他無論如何要爭一口氣，報答高人遠多次維護之心。

「徐隆，你欲創啥？莫傷衝碰……」江嵐出聲相勸。

「阿嵐，你猶未清楚錦舍是啥物性地？伊無可能遮簡單就收煞的……」

江嵐循聲瞪向葉水泱，葉水泱聲音極輕，他一步一步靠近江嵐，說到「收煞」二字時，嘴唇幾乎貼到江嵐耳畔，嘴中呼出的氣全數吐到江嵐臉上，銀色耳鈎婆娑在面頰，江嵐皺起眉，下意識要推開葉水泱，馮子德動作更快，拉住葉水泱的上手臂，毫不客氣地往外拉開，力道之猛，葉水泱併退了兩步。

「看恁是欲硬拄硬，抑是倚靠人濟……我阿九，攏奉陪到尾。」馮子德神情淡然，語氣卻十分堅定，直視高人魁。

「阿九，你上好莫傷看懸你家己……」姚堯神態輕慢，說到一半，有人伸出手臂擋在自己胸前，那是曹斐，「姚鏢頭，你的對手是我。」

高人魁忽以扇端指了曹斐，狠狠道：「曹貓仔，今仔日你得失本舍，本舍絕對有法度予你無法度繼續踏半線庄落去，看著阮阿爹的面頭頂，本舍會使閣予你一个機會，跪落去共傅向陽叩頭會失禮，按呢你今仔日的行為，我就成做無發生過。」

「錦舍，嘛免按呢啦……」

「恬去，本舍願意替你主持公道，是你幾世人燒好香，這款時陣，你的喙上好是密予絚，莫予我聽著廢話。」高人魁持扇的手推開傅向陽，往簡阿來和徐隆的方向一瞟，傅向陽擠了擠鼻子，低下頭不再敢言語。

「你對待阿九姑娘無禮咧頭前，愛我會失禮？萬萬無可能。」

「猶毋過曹貓仔……」

「江姑娘你毋免勸矣，錦舍刁工揣我的麻煩，你掠做我會失禮了後，錦舍真正放我煞、後擺就袂揣我算數？」

「好，真好，阿兄，看起來，你喝聲講欲保的朋友，攏是有義氣。雜種仔兄，看袂出來，買收人心，你嘛誠勢！游二頭家，你咧？」

游二頭家垂著頭一直左右晃，搓著手滿臉侷促不安，終於喃喃低聲了幾句，微微點頭，

「我了解矣……」

「錦舍，你毋免佇遮四界脅啦！你這款無良的烏心肝阿舍，無大無細，駛恁娘死佇路邊較快活……」徐隆口不擇言的縱聲狂罵高人魁，一時吸引住全部人的目光。

「喂喂喂，徐隆，你較冷靜啦、冷靜……」黎洪大吃一驚，想趕到徐隆身邊勸阻，丁轅趕忙拉住黎洪的傷臂，黎洪強忍劇痛，斥道：「足疼的，你創啥啦？」丁轅眼珠一晃，蹙眉道：

「你莫去鬥無閒，愈舞愈害。」

「事誌已經到坎站，橫直我爛塗命一條，無啥物好驚的？我愛講的一定愛講煞，遠舍大仁大義，你這啥物形？共阮【藍張興】的大舍、二舍嘛袂比啦！囂俳無落魄的久，我咧看、看你有法度聳鬚偌久？袂輸……」

「你恬去！」傅向陽劈頭急斥，畢竟高人魁只要一不開心，首當其衝的還不是身為隨侍的他？高人魁一時默然，傅向陽眼角偷偷瞟去，只見高人魁額冒青筋，臉頰上仍揪起兩粒如井深般的酒窩，他冷笑道：「徐隆，袂輸啥貨？話猶未講煞，本舍，閣咧等咧。」

徐隆腦中劃過藍伯崇與顏仲崴還在時，當年【藍張興】好生興旺的場景，更覺眼前【高福盛】嫡子飛揚跋扈的令人生厭，不禁激動地道：「連我這款無智慧的下人攏看會出，你高人魁，袂輸了尾仔……囝……」

六月赤日炎炎，夕陽斜暉更彷若火球延燒，殊不知夜風一拂，瑟瑟的鳥鳴淒薄地席捲上身，銳利的觸感鑿穿了自己的胸口，血口噴了滿身的丈青短衫，也模糊了徐隆的視線。面前的姚堯嘴唇訝異地動了幾下，最後抿上了嘴唇，一切泰定如初。

好似有人摀住了徐隆的雙耳，周圍喧鬧的聲音愈來愈小，他吃力地將腦袋往後一挪，黎洪激動莫名，鬼吼鬼叫與丁轅激烈地拉拉扯扯，然後「碰」的一聲，徐隆背上染起一片濕意，猶如夏季的晨霧，滋長蔓延踏足之處，才能感到些許的暖意，最後，耳畔迴盪起黎貞的聲音：

「今年才過偌久？你已經衰甲若啥？頭先是額頭破一空，閣來是予揁尻川䪐，幾工無法度行路？你一定愛聽我的，誠心來求媽祖的保庇，保庇今年你平平安安、順順利利。」

刀鋒如勾，拉長夕陽鮮紅的餘暉，也染紅了朱又利的半張臉。

㈢㈤ 來如雷霆收震怒

彰化縣半線保
上快官庄

「無愛啊！」黎洪又驚又怒，復聽得後頭先聲奪人的疊疊呼喊：「徐隆！」霎時間風壓驟變，一道高長的黑影迫近，朱又利只得手腕一轉，與那黑影刀光交會，「砰」的一聲，朱又利手上兵刃飛落數十丈外。

「阿兄！」江嵐喜上眉梢，江達粗手大腳，奔跑時跨越的幅度遠大於常人，巨足一抬，朱又利尚不及反應，又重重挨了江達一腳，跌了一屁股。

「哇！」朱又利下腹給江達踢得疼痛，朱又利一陣噁心，嘩然嘔吐，馮子德懷帶怒容，伸手拉起朱又利，連揮了朱又利四記耳光，第四記手勁最強，「啪」一聲，朱又利頭昏腦脹，口腔洋溢血腥的怪膩感，他哭喪著臉開始討饒：「阿九，錦舍攏講到彼款程度，我就想無……為怎樣你一定愛保興營彼兩个？」

「你若是有一疕仔的是非，我相信你袂講這款話。」

「朱又利，恁祖媽膨肚短命，我刣死你……啊！」

黎洪見徐隆背部中刀，血流如注，內心悲憤不已，本欲衝去朝朱又利報復，卻被丁轅一手用力朝傷臂一拉，黎洪大叫一聲，跪倒在地，為止住疼痛渾身發顫，斷斷續續聽丁轅數落道：「著傷的人愛較安份，莫遐衝碰，共我倒好莫去惹事誌。」

江達救下徐隆，立即脫下外衫，罩在徐隆身上，並出聲叫喚江嵐來看顧徐隆，江嵐立即反應，端看徐隆傷口雖不深，鮮血卻汩汩湧出，似是陷入暈厥，口上不住喃喃自語。

「錦舍，徐隆是我的好朋友，按呢對待伊敢是錦舍的意思？」江達往高人魁踏向一步，他偉岸的身影足以籠罩高人魁全身。簡阿來則趁徐隆中刀之後，緩緩溜到滿山拿著弓弦對峙的貓羅社丁一旁，遙遙望向徐隆，兀自心有餘悸。

「哼，本舍看著伊鎮位，江達，有目色就莫來插手，有你好的。」高人魁懶懶地回應，傅向陽不忘補了一句：「江達你看，我的面予摃甲烏青凝血，攏個害的啦，是毋是該死？」

「該死你的大頭矣，閣再講，你的面會烏青明明就是曹貓仔托的，佮阮啥物底事？」黎洪哪怕搗著紅腫發脹的左肘疼痛不已，也忍不住出言譏諷。

「疼甲按呢喔？共你撫撫一下，這我上勢，連鞭就袂疼矣。」葉水泱說著便將纖手搭上黎洪的雙肩，黎洪一驚，當即跪直身軀，葉水泱唇角在黎洪的臉頰拂過，黎洪滿臉通紅，忘記手上的劇痛，愕然當場。

「呵，袂喘喔，看起來是有效喔！」葉水泱玲瓏有緻的胸脯貼伏在黎洪身軀，黎洪心臟狂跳，別過目光不敢看葉水泱，腹中忽感冰冷堅硬的觸感襲來，黎洪大驚，不顧骨折的劇痛，匆忙推開葉水泱，同一時間，潘介也即時高扯起葉水泱的手腕，葉水泱手中果然有把巴掌般大小的匕首，刀鋒銳利生輝。

「你又來這招，到底要玩多少次？」潘介冷冷道，使勁將葉水泱的手腕往後一扳。

「潘介，嗚……疼，你放手！」葉水泱原本神情魅惑，當對上潘介雙眸，即刻轉為惱怒。

「哼！」潘介硬生將葉水泱拉起來，整個人猛力推了出去，毫不憐香惜玉。

黎洪暗暗喘口氣，砰通砰通的心跳總算穩了下來，他此時感到背脊一涼，直到傳來徐隆氣若游絲的聲音：「貞兒……我無想欲轉去……看你嫁予三舍……貞兒……」語畢嘔出了一口血，一旁的江嵐趕忙替他擦拭嘴角。

「這姓徐的有影是多情的男兒，心心念念哼哼叫啥？貞兒姑娘，哈哈哈哈！」高人魁兀自嘻笑，語氣一頓，望向貓羅社通事簡阿來，道：「拄才怎樣講？洪雅是無可能見死毋救的？佳哉恁有來，我轉去一定記恁大功。」簡阿來眼眸微晃，附和道：「錦舍有困難，阮洪雅仔絕對袂救見死毋救。」

「我嘛是洪雅仔，我朋友徐隆予人砍一刀著傷，你哪會毋救？這是佗一款的袂見死毋救？」江達怒氣勃勃，宛若一堵隨時崩落下來的高牆，氣勢凌人，他雖然是在半線給高家帶大，原生家庭卻是來自大武郡社（今彰化縣社頭鄉），和貓羅社（今彰化縣芬園鄉）、萬斗六社（今台中市霧峰區）等都是同一族群。

「阮……！」簡阿來支支吾吾，這當口【高福盛】的鏢師姚堯忽道：「江達，你做這途偌久矣？」江達微微一愣，答道：「閣兩月日就欲滿四冬。」姚堯道：「四冬閣遮爾毋捌事誌？閣佇咧陷眠是毋是？你一人來到遮，代表你是負責探路闟，煞尾咧？你這陣咧創啥？毋是應當緊踅轉去，共恁羅大鏢頭報告才著，閣佇遮四界喝聲，你白痴抑是悾闇？」

「我、我……」姚堯與江達同為【高福盛】鏢隊，二人位階有別，而姚堯指令更是句句在理，高大的江達被姚堯堵得一愣一愣，原本凌人的氣勢也矮了下去。

「哈哈哈……」簡阿來釋懷大笑，卻聽「咻―」細若蚊鳴的一聲，從鑿牙缺口迅速竄入，簡阿來「唉唷」一地摀住口吐出了什麼東西，攤在手上，竟是一枚細碎微小不已的花果粒，簡阿來登時色變，吐了一口血絲，霎時數隻黑、黃色的貓羅社土犬挨鏢倒地，哀鳴狂吠。

「嘟―嘟嘟―嘟―」竹哨尖銳短促的聲響穿透了林間，高低起伏的音韻令一群土犬露出的呆滯遲疑的神情，貓羅社丁的指令亦相應不理，江達喜道：「是廖必捷兄哥。」

趟子手廖必捷武藝平平，但憑藉使役犬驢的家傳技藝，也成為【高福盛】一號人物。廖必捷此刻嘴中叼著暗色的竹哨，賊笑兮兮一躍而至，舉凡家畜經其口中哨音一拂，無不被他馴伏得服服貼貼，連飼養土犬的江嵐也常常得向他討教。

「姚堯，江達毋成款，你教示的真著，我專程共你說多謝啦！」姚堯聞其聲，原本鐵青的臉色更青，馮子德嚴肅的表情登時一緩，曹斐則依然神態緊張地戒備左右，未敢放鬆半分。

「遠舍，真歹勢，阮過來的路程中拄著【藍張興】的人，延遲一寡時間，真正歹勢。」高人遠淺咳一聲，輕笑道：「羅鏢頭，莫按呢講，我家已決定欲提早出發，顛倒害恁加行一逝，是我較歹勢。」

這「羅鏢頭」自是馮剛口中的宿敵，頭頂著「烏溪第一高手」之稱的羅辭，彼時晚霞儼然掩沒，兩名趟子手打著煤燈，總計四名青衫鏢師傾刻間趁數名貓羅社丁不備，穿林而至。

黎洪雙頰的紅暈已全然褪去，舉目朝光亮處一望，燭光將那鶴立雞群的鏢師輪廓勾勒分明，為首那人頭戴結巾，一身青衫黑靴，不過三十歲上下的年紀，烏亮流粼的髮辮延著突出的脊梁垂盪，猶若瀑布般傾瀉而下，足見其身材長大；體魄雖不若馮剛粗壯，亦稱得上魁梧，兼之朗星虎目，刺髯滿腮，根根如鐵，不怒自威的儀態，令人一見難忘。

「羅大哥！」江達喜出望外，暈厥的徐隆彷彿是對外界動靜有所反應，又喃喃低語了起來：「貞兒……我無……我無想欲轉去……貞兒……」那帶頭鏢師循聲低眉往徐隆一瞥，只見他嘴角淺揚，兩腮的黑鬍隨之晃動。

潘介眼色甚是不善，沉聲道：「羅鏢頭，接待遠舍閣延遲，你敢知影毋著？」羅辭對於潘介咄咄的語氣僅是置之頷首一笑，道：「等送遠舍平安轉去半線庄，我定著會共遠舍謝罪。」羅辭的手下廖必捷叼著口哨，他一見簡阿來，便笑問：「簡通事，誠久毋見啦，悉遮爾濟人來快官庄，迫迌嘛無招一聲，有影是罪過。」簡阿來唇齒間暗暗生疼，他將沾染血絲的花果粒隨手一拋，悶悶而笑。

羅辭正色道：「阮的手路，簡通事也袂生份，按怎講咧？咱攏是舊交情，套頭話會使撿起來，愛相拍抑是迫迌，阮攏奉陪！」他語氣平穩，隱然有種難以違逆的氣勢，即便錦舍、遠舍及游二頭家在場，說起話來都不及此人的威嚴。

簡阿來雙眉一擰，側過頭隔空與右武乃、南茅對話幾句，才道：「羅鏢頭，阮來遮，本來是想講來護衛錦舍佮遠舍，既然……你已經來矣，阮就免摻落去，欸……我看已經暗頭仔矣，對遮轉去貓羅閣愛一逝路，應該是毋免講古矣，羅鏢頭……有時間，才來阮遐食食。」

高人魁在羅辭出現之後，臉色始終陰暗難看，眼見簡阿來藉機閃避，不愉之色更是溢於顏表，簡阿來轉過身離去時，還一臉愧疚，不敢正面迎視高人魁，低聲道：「錦舍，阮先來走矣乎。」傅向陽左右迴視，苦笑兩聲，道：「簡通事恁逐家辛苦矣，順行、順風。」

終於當簡阿來一行人遠去，羅辭才正視高人魁，拱手道：「錦舍、游二頭家，羅辭共兩位請安。」游二頭家游天賞始終訥訥，見羅辭行禮，只得道：「羅鏢頭有禮。」

高人魁滿腔不滿地斜眼瞪視羅辭，胸中彷彿有千言萬語，卻好似找不到碴來發揮，酒窟仔深深鑿在面頰兩側，顯得特別憋屈。

「錦舍、遠舍，恁來矣？歹勢，今才才有人共我通知，我這馬才來，有夠歹勢！」快官庄的「白眉頭家」游大振率著自家家丁，姍姍而至，臉色甚是難看，游天賞更是大驚失色，失聲喚道：「大振兄？」廖必捷笑道：「游頭家毋通按呢講，是阮林億安兄弟的跤步傷慢。」

那林億安亦是羅辭手底下的一名趟子手，以短小敏銳、行動機警著稱，他奉羅辭的號令，負責通報游大振，並將之領來上快官庄，林億安一聽廖必捷奚落，當即道：「你跤步上緊上有力，後日走標攏換你來！」

游大振為快官庄一帶頭人，上快官庄為其分支，是以實力而言，遠比游天賞來得更有份量。游大振一見游天賞，當即沉下了臉喝斥：「天賞，你到底舞啥貨歪膏掬斜？錦舍、遠舍徛遮踮偌久？你閣袂振袂動？按算看星仔抑是看月娘？」

「大振兄，你……先聽我解說，是錦舍伊……伊……」

「遠舍，徐隆這馬的血已經窒牢，雖然講無性命的危險，也是看敢會當揣一个較清氣形的所在，予伊歇睏過一暝無？」江嵐見游大振、游天賞一副又要口舌爭辯的姿態，趕忙藉著徐隆傷勢發揮，順道截住游天賞的反駁。

高人遠救人心切，連連頷首，羅辭高聲道：「二頭家愛接待錦舍，房間應該是無夠用。江達，我看你來揹你這个朋友到游大振頭家遐。我想，應該是無人有彼个膽，繼續佇遠舍身軀邊變鬼變怪、膏膏纏才著。」

㈥夢迴幾度疑吹角

「你為怎樣遮爾逞性？別人叫你換當值你就允准？講好欲陪我去廟寺拜拜的事誌咧？」

「唉唷……阮攏講好勢矣，你共我大聲也無較縒，拜拜你家己嘛會曉拜，無陪你去是會死呢？」

「徐仔隆，你忲會逐改攏……哼！允別人的時攏講好好好，允我的就攏反來反去，你到底共我當做啥貨？檢采講你允我的話，你根本無囥咧心肝底是毋是？」

「你……講袂伸捙！拜拜是算啥物大事誌啦？硬欲我陪你是有病呢？規工吵吵吵，我無想欲講矣啦！我陣就走，莫閣共我囉嗦！」

「我警告你，你若清清彩彩喝走就走，咱就煞鼓矣，到時免拜託我越頭。」

「對拄才開始嘻嘻嘩嘩，我實在擋袂牢，你有影痟婆，你欲煞鼓做你去矣，我無彼个性命插你啦！」

與黎貞爭吵過後，徐隆懷帶憤怒地跨出戶模、推開門板，他沒控制好力道，草厝的門板給他撞壞了，「砰」了一聲落到地上，他眨了眨眼，眼前景色已變成一座尼姑庵，他懷中多了一個嬰兒，屈身跪在尼姑庵的戶模外頭，正聲嘶力竭地哀求：

「貞兒，拜託你轉來，我知影毋著矣，咱囡仔猶閣才細漢，伊袂使無娘嬭矣！」正當徐隆醒覺異狀，眼前的景象再度崩塌，他重新睜大了雙目……

彰化縣半線保
半線庄．高家大院

「阿彌陀佛。」

「姦！」

徐隆從床鋪上跳了起來，黎洪見他睜開眼，好死不死跟他說什麼「阿彌陀佛」，害他還以為是在夢境之中，此刻抹了抹臉頰，竟是滿身大汗，背心陣陣抽痛的感覺襲上了上來，

「喔……疼死……」

「你這人有影誠害，真無簡單清醒過來，看著我頭一句話煞是共我罵？」黎洪無情數落，伸出手指大力彈了徐隆一記眉心。

「啊！」徐隆撫著額頭，總算回過神來，盯著黎洪左臂被粗布裹著，布巾正懸吊在脖頸，

思索著不久之前，不是正在上快官庄與高人魁一行人糾纏，怎麼這會換了身衣服，還躺在這間素淨的房間？

「毋過啦，你這陣清醒猶算有良心，你毋知，江嵐彼个刺查某落話講，講你今仔日猶是閣袂清醒，愛我開始食三年齋來祈福，好佳哉、好佳哉，你有著時醒起來。」黎洪右手拍著大腿，神情愉悅輕鬆。

「……阿洪，看著你誠好，若是你的嚨喉梢聲無法度講話，會加較好。」

「奇怪，我敢若會記……進前嘛有人捌講過相倚的話？」

「所以……咱這馬到底佇佗位？」

「喔，咱佇咧高家莊啦！你昏去了後，江達閣有羅鏢頭扗好來，共簡阿來佮錦舍𪜶參詳了後，逐家尾仔就煞矣啦！咱先佇咧快官庄過一暝，隔工𪜶送咱來半線，這馬蹛高家𪜶兜，是遠舍發落的，你睏兩暝，今仔日是第三工。」

「你叫是我想欲睏遮久？著啦！共我創空的是啥人？姓朱的款？伊這馬佇佗位？」徐隆後背隱隱發癢，忍不住想興師問罪。

「朱又利啦，伊喔……予阿九姑娘趕出去矣，誠可惜你無看著阿九姑娘發落伊的情境，阿九實在是有夠威嚴，本底想講馮剛生甲誠粗魯，阿九姑娘加較幼秀偌濟，敢有可能兩人是阿爹佮查某囝？想袂到一个查某姑娘有彼款的氣魄，囝真正無法度偷生，銅牙振應該共阿九姑娘好好請教才著。」

「無事誌講著大師兄創啥？」

「袂使喔？閫洗伊兩句你心疼乎？」

「哭！我看你閣咧怨嘆伊叫你貼銃子錢的鳥鼠冤。」

「講甲我袂輸柝仔頭……」黎洪正要接話，卻被一陣匆匆的腳步聲給打斷：

「喔！多情浪子徐隆徐五俠？恭喜喔，你總算是清醒矣！」丁轅咕嚕嚕的大眼一晃，換穿了一身家僕裝扮的石青衫，脖項上如常掛著顯眼的大串佛珠，走起路來叩咑作響，又道：「會使轉去揣貞兒，當時欲揀做堆矣？到時共阮講一聲，阮嘛會使去鬥鬧熱。」

徐隆因受傷昏迷了兩日，原本臉色慘白，但聞丁轅將「貞兒」之名宣諸於口，忽然面上刷紅一片，急道：「啥物貞兒？你知影啥物？你、你、你為怎樣知影？」

丁轅將鼓起兩腮，不懷好意笑了兩聲，道：「我知影有夠濟喔，有人陷眠的時，講啥為怎樣你欲嫁予三舍、貞兒我對不起你怎樣怎樣……那睏那講那流目屎，聽甲我攏歹勢繼續聽。」

「歹勢是按怎閣聽啦？」徐隆羞惱交加，背心又一陣劇烈抽痛，一旁的黎洪趕緊扶穩徐隆，但徐隆不領情，捶了黎洪胸坎一記老拳，慍道：「你哪會無共我擋啦？」

「我欲怎樣共你擋啦？你、你就咧陷眠啊！」

「管待你，我愛共你托予死……」

徐隆與黎洪打鬧之際，丁轅作壁上觀，另外有個叩吶作響的腳步聲走了進來，走進來的那位的面容，令徐隆張大嘴巴，停住手邊動作，「哪、哪會有兩个丁轅？敢講……敢講我猶是咧眠夢？」

「閣來啊、閣來啊，」一晚進門的「丁轅」穿著白條紋衫，脖項上的大串佛珠如出一轍，都是頭幅寬廣，顴骨突出的臉型，體格與連鬍渣長的位置都十分地相似，同有一雙水汪汪靈動不已的高目大眼，還有略較常人大的嘴型，一樣有調皮固執的氣息，雖然如此，他依然展露抱怨苦惱的神態說道：「我有影想無咧，我佮丁軒是佗位生做成啦？」

黎洪道：「嘿，個兩个是雙生仔，頭先佇北投做隘丁的號做丁轅，另外佇高家幫贊的是丁軒，先入來共你笑的嘛是丁軒，丁軒伊嘛較大漢啦，個兄弟仔蓋囉唆，你連鞭就知。」

「叩叩——」敲門的門板聲作響，眾人轉過頭去，只見江嵐沉著臉道：「開講甲遐歡喜，我徛遮遮久攏無人看著？」江嵐一雙大足的腳邊跟著一隻黃犬，隨著人群搖了搖尾巴，一人一犬走了進來。

「阿嵐，歹勢啦，這徐仔隆清醒，咱後擺攏無眠夢話通聽，足可惜。」丁轅促狹地道。

「嗚嗚嗚……頭家一句話，貞兒愛嫁予三舍，我無愛轉去啦……」丁軒模仿起徐隆夢囈的語調。

「喂，你……」徐隆臉紅不已，江嵐惱聲道：「軒叔、轅叔，好矣啦，叫恁來揣徐隆毋是專工去共伊笑的啦，阿九姊毋是叫恁兩个去扞拜拜的物件？伊干焦一个人佇菜堂遐攏等無人。」

「哈哈哈，莫受氣啦，阮隨去、阮隨去！」丁軒笑著打哈哈，一手勾搭丁轅的肩，丁轅不忘擺了個噓聲的手勢，道：「阿嵐，你毋通共阿九投喔！」江嵐聳了聳肩，又轉頭說道：「徐隆，你清醒蓋好，頭家原本就按算請你佮倒手仔一頓，講欲共恁會失禮，聽著矣無？」

「會失禮……欸……」徐隆露出苦惱的神情，江嵐心思靈敏，馬上又接了話：「著啦，錦舍這幾工攏咧舞山西夫子的聖誕，普通時仔嘛愛顧觀音廟寺的工程，恁毋免煩惱，伊最近無閒抉揣恁的麻煩，而且，阮頭家這幾工攏踮厝，安啦！」徐隆緩緩點頭，心念一動，問道：「啊……聽講彼當時是江達閣有羅鏢頭共阮救……佃這陣敢有佇咧？我……我想欲共佃說多謝。」

「因為是按呢啦，今年上任的譚知縣大人，欲去拜訪鹿仔港的施頭家，就點名羅大哥悉隊護送，所以佃短時間內攏無佇咧半線庄。你有心，我會共阮阿兄閣有羅大哥講，免掛心啦！」

「彼个……曹貓仔咧？伊敢有按怎？彼時毋是共錦舍吵起來，伊這馬是……」

「錦舍轉來予阮頭家罵甲臭頭，彼當時的話哪有可能準算？想嘛知，放心啦！」丁轅立即接話。

「著啊，你若是乎……足思念彼貓仔面，伊咧高家莊頭前彼類斡角的店走桌鬥相共，逐工攏佇遐……」丁軒立即補充。

「唉，恁兩个兄弟，毋是講欲扞物件？到底當時欲去辦？」

喧鬧一陣，丁軒、丁轅兄弟總算外出去辦事，落下江嵐、黎洪與徐隆三人，江嵐替徐隆候脈，並打量一下傷口恢復狀況，整體上還算不錯，差不多休息個半個月不要有劇烈活動，應該就能行動自如，倒是黎洪骨折的部分，要恢復的時間可能更久，江嵐忍不住又叮嚀幾句。

「知知啦，我會注意食食，看有法度食大骨湯來補無，你足毋免遮……煩惱啊。」不知為何，黎洪說到最後兩個字時，聲音忽然遲疑了下來，江嵐「嗯」了一聲，也沒接話。

徐隆略感奇怪，正在穿衣著裝之際，像是忽然想到什麼似的，開口問道：「著啦，阿嵐姑娘，我一直感覺有淡薄仔好奇，是按怎樣……你佮阿九姑娘彼時哪會出現咧快官遐？」

「啊？」江嵐眼神微微一愣，像是從沒料想到徐隆為何會有此一問，咀嚼似的覆誦道：「啥物理由喔？」黎洪也即刻抬起頭，望向江嵐附和著提問道：「著矣，為啥物啊？看起來……嘛毋是為著來護送遠舍，彼个應當羅鏢頭佮江達的工課，為怎樣啊？」

「嗯……」江嵐兩道柳眉忽然倒豎起來，神情變得凝重，黎洪見狀，聳了聳肩，道：「你若無方便講嘛袂要緊，阮清彩問問爾，阿隆，著無？」

「嘿呀，我清彩問爾，成做我拄才無開喙，歹勢。」徐隆趕緊賠罪，對方畢竟是【高福盛】的人，本來就沒有全盤告知自己的義務在，這樣過問反而是自己太冒昧。

「阮……阮干焦是……是……」江嵐自顧自地咕噥。

「嘛無啥物袂使講的，阮鬥陣去揣阮阿爹，共【高福盛】無啥關係，是阮食齋教的事誌，我本底是欲家己一个人去，阿嵐吵咧講欲綴我同齊去。毋是真拄好，予恁欣賞阮錦舍的好性地。」在江嵐猶豫之際，馮子德出現在門口，接續江嵐未完的回應。

「阿九姊，你毋是閣佇菜堂布置，欲等軒叔、轅叔佃……」

「我已經創好勢矣啦，愛等佃兩个人才創欲等到底時？我是無彼个性命等，家己款款較規氣。」當馮子德與江嵐併肩而立，馮子德外表颯爽大方，饒富英氣，倒襯得江嵐小家碧玉、稚氣猶存許多，黎洪不禁多看了兩眼，他注意到馮子德舉起左手，手肘上翠綠色的玉鐲順勢晃了半圈，他將拇指指向外頭，道：「我對外口入來時，拄著高川叔，伊講飯菜攏攢甲差不多，頭家佮頭家娘攏會來，叫恁若是有閒攏會使過去飯廳等矣……著啦，干焦遠舍爾，錦舍扞觀音廟的工程猶未收煞，這頓伊就袂來矣。」

㈢七 南岸豪門

彰化縣半線保
半線庄・高家大院

望寮山（今八卦山）林綠野蔥蔥，樹海綿延在山脊谷壑，盡收眼底，黎洪、徐隆雖然是顏家奴僕，但顏家門禁森嚴，「興營」歸屬外務的成員未獲准是不得進入顏家大院宅邸，所以黎洪與徐隆被奉在客座，自然是戰戰兢兢、一臉拘謹，同席間尚有高人遠、潘介在側，主位自然由高濟芳擔當，高人魁自陳監工忙碌之故，不克出席。

這是黎徐二人第一回拜見【高福盛】頭家高濟芳，放諸彰化縣，他高濟芳份量可比八品的知縣來得有威望，高濟芳經略大肚溪南岸二十餘年，說得一口流利的半線話（巴布薩語），以利他招募四面八方墾民來從，將望寮山麓的好大好獵場闢成千里良田。

如此一位能號令如師從南少林的姚堯、齋教頭人馮剛，甚至是輩分低淺的江達，也是個身長六尺的魁梧少年，諸多能人異士為他效勞的墾戶首，居然是體態渾圓，盈盈笑臉的中年漢子。

「阿洪、阿隆，兩位『興營』的朋友，足歡喜熟似恁，毋過就是有蓋歹勢，阮囝兒毋捌事誌，得失兩位兄弟一定是有啥物誤會，唉……攏是我這做阿爹的毋著，請兩个會當加較體諒，今仔日這頓飯，就算是我共兩位新朋友正式會失禮，另外我猶閣有攢幾份物件，向望恁會當接受，總算是阮淡薄仔的心意……」

「高頭家，莫遮客氣厚禮啦，顛倒是阮會感覺歹勢……」徐隆見高濟芳致歉的態勢，儼然是位親切的長者，不禁對對方的好意有點承受不住，趕忙謝絕，黎洪續道：「嘿呀，高頭家，若毋是遠舍、羅鏢頭閣有頭前的阿九佮阿嵐姑娘，專程共阮師兄弟護送，阮來到遮，閣攢予阮借蹛這款好勢好勢的房間……」

「就是矣……雖然講阮魁仔確實有毋著，猶毋過，咱【高福盛】該補償的禮數阮嘛是有做到……按呢有足有意思矣，恁兩个定著愛接受。」以慵懶語調插話的是高濟芳座位旁的婦人，他單手支頤，指甲花紅得發亮，想必即是高濟芳的正妻黃金鍊，一身貴氣十足的水青色立領琵琶襟，末端用髮帶束起的兩把頭髮式，髮髻以鑲珠嵌寶裝飾，垂絳紅流蘇，遠比【藍張興】頭家娘薛夕照和張妙娘的服飾更加華美。

「金鍊仔，魁仔伊毋著就是毋著，咱人當咧會失禮的時，你敢會當莫講彼款話？」

「毋免矣啦，唉，應該是愛我共你拜託，你乎……到底偌愛張身勢？說多謝就說多謝、會失禮就會失禮，見擺攏愛佇咧遐張身勢、激派頭？魁仔伊……」

「你莫講著伊，聽著伊的名我就受氣，你乎……倖豬夯灶，倖囝不孝，你這做老母的早慢會後悔。」高濟芳轉過頭去，神情變得嚴肅，語氣也不乏責難，儘管如此，黃金鍊臉上表情絲毫不改，仍是一副厭厭懶懶的模樣，似乎已經對此狀況非常習慣。

「唉……我知影你欲講啥，我也是知影講這改……魁仔確實有略略仔超過，我毋才專程過來鬥食這頓飯菜？媽英，你愛的面子，我嘛做予你矣。」黃金鍊說著抬起手，搓揉著太陽穴上下，若有所思地望著黎洪與徐隆兩人，這動作通常意味著此刻黃金鍊心情不甚愉快，高人遠不禁冷汗微冒。

「我有影會予你氣死……」高濟芳皺著眉，深深嘆口氣，歉然道：「唉，歹勢啦，阮夫人是講笑詼，兩位朋友千萬毋通掛意，坐坐坐，攏坐好，佮家己厝內底仝款，茶水家己斟、飯菜家己挾，攏莫客氣。」

徐隆謝過高濟芳，順手拿起身前的酒杯，斟酒斟到一半，同時被黎洪和江嵐伸手搶過，徐隆原本拿酒杯的手背不慎被酒水噴濕，徐隆低聲斥道：「恁兩个創啥啦？鬥空欲共我創治是毋是？」江嵐冷笑一聲，望向高濟芳，道：「頭家啊，黎洪佮徐隆身軀頂攏有傷，袂使啉酒，你莫叫啉烟啦。」

「哈哈，猶是咱阿嵐心肝幼，阿川，捀一鈷茶過來，愛武夷山來的大紅袍。」高濟芳寬頤闊面，笑起來十分有福態。江嵐附和笑了兩下，將從徐隆手中奪下的酒杯，一咕嚕地喝下肚，暢快地「哈」了一聲。

黎洪道：「阿隆，你真正愛檢討，頭前這个小娘仔，我看，酒量比你較贏，應該袂使按呢講，在座的每一个人，絕對攏比你較強。」馮子德搖頭道：「我是毋捌啉酒的人，我毋敢講。」徐隆啐道：「好啦，知影你欲講啥，你傷勢啦！按呢你敢有歡喜？吼，予我啉一甌嘛袂死，有影是……」黎洪扶了扶左肘上的布巾，道：「高頭家佇頭前，無論按怎，我攏袂使予你有一疕仔起酒痟的機會，按呢你聽有無？」

「少年家仔，敢有需要遐爾嚴格？」高濟芳撫鬚微笑，不知何時手上多了兩顆玉珠，搓揉之際忽而咯咯作響。

「高頭家，俗話講『酒品差無性命。』，就是講阮這个師細的！我這陣手嘛無方便，若是伊真正起酒痟，我……我驚會無法度共伊擋，按呢會真失禮。」黎洪原本想提二月在楓樹腳薛厝家宴，徐隆發酒瘋把當地管事打傷的往事，但顧念畢竟是他人地盤，還是給自家人留點顏面，當下忍住不講。

「嘿呀，我嘛想著年初的時，徐隆嘛是因為啉酒，共江大哥托一拳，閣佮阮阿兄江達相拍起來的事誌。頭家，真正毋通予徐隆啉酒啦！」

「啊……我知影毋著，莫……莫閣講這兩項事誌好無？」徐隆沒喝酒，也被迫雙頰發紅。

「著啦，徐隆伊人才較好勢爾，恁兩个就莫共人譬相啦！」馮子德厚道寬慰，始終不忘留意著黃金鍊。黃金鍊保持默然，片刻後才擺了擺手召高人遠湊近，問道：「你想欲共人推薦，目珠瞪較大蕊好毋？頂改彼个曹貓仔，一个面坑坑坎坎……驚攏驚死，這兩个……普普仔爾爾，完全無法度了解你咧想啥？」高人遠不好反駁黃金鍊，唯唯諾諾了幾句，才被打發回座位，臉色比往常更顯蒼白。

高濟芳斜眼望向黃金鍊，忍下叼唸對方的念頭，高聲笑道：「石紹南的徒弟，名聲步頻誠好。聽阮後生共恁褒嗦講，恁兩个蓋有膽識，闖入去馮師傅看守的營寨內底，原因是為著幫贊一个無熟似的番婆，按呢的勇氣佮戇膽，哈哈哈……按呢講是較奇怪，毋過我高濟芳上欣賞的就是這款的少年人，哈哈哈哈！」黃金鍊不知所謂應了一聲，高人遠則心鬱微解，他難得被如此大力肯定，露出鬆口氣的微笑，忽然之間，黃金鍊扶著桌案，緩緩站起了身子。

「阿母？」高人遠出聲叫喚，卻迎來黃金鍊嫌惡的目光。

「金鍊仔，你徛起來物事？」高清芳說著又一邊輕敲桌板。

黃金鍊扶了扶太陽穴，道：「今仔日早起開始，我鬢邊就足絚、足艱苦的，這馬加較疼甲，規个頭殼筋咧搐，歹勢啦……這頓飯若是繼續食落去，我驚會吵家抐宅，先來去歇睏……

雙雀！」高濟芳尚未回應，黃金錬已喚了唐雙雀，接著連高濟芳也沒回首顧望，便裹著小腳一步一步慢慢搖顛地離席，高濟芳搔了搔耳朵，嘀咕道：「擄在你啦……」

黎洪終於像是逮到機會，開始打量起江嵐座位周遭，江嵐蹙眉道：「倒手仔，你有啥物問題呀？」黎洪吞了口水，像是鼓起勇氣，問道：「我早就想欲問，你彼隻臭……煞仔日（suah-a-ji）無佇咧喔？」

「哈，叫是你欲問啥？伊一直踮佇我跤的邊仔，Suazi（妹妹）！」江嵐語落，從桌底下立刻探出一隻黃犬，嚇得黎洪心頭一震，差點從椅子上跌下來。

「黎洪兄哥伊足想你，去，去共伊拍招呼。」

「欸欸欸，毋通叫伊過來，千萬毋通！」

高濟芳數杯黃湯下肚，此時已滿臉通紅，忽道：「兩个興營的朋友，借問一下啦，恁兩个人敢有興趣來阮【高福盛】做事誌？」黎徐皆是一愣，不約而同放下筷子，交互了目光，一時無語以應，高人遠身邊沉默多時的隨侍潘介，首度開口說道：「黎洪、徐隆，頭家佮遠舍攏真看重恁，恁應該愛清楚，這是一个真好的機緣。」

高人遠道：「嘿啊，朝廷最近起水師，起船需要真濟柴仔，柴仔的生理咧欲飛起來，毋過，恁兩个應該足清楚，內山有現成的樹林、濟甲若啥，問題嘛是佇遐，軍功寮攏倚內山，水沙連的番仔足愛共阮攪擾，阮阿爹才會想講，趁這个機會……敢會當考慮來阮遮做工課？阮掛保證，袂予恁食虧的。」面對高人遠殷切的目光，黎洪不知如何是好，徐隆卻先開口說道：「高頭家、遠舍，真失禮啦，徐隆是顏家的人，無法度講走就走，而且……我閣有一个阿母，仝款是咧顏家遐做事誌，真正歹勢。」

潘介雙眉一揚，道：「外口揣無頭路的人遐爾濟，欲趁阮高頭家頭路的人，加較是濟濟，恁後擺……」高濟芳揮了揮手，潘介立即止住話頭。

黎洪開席以來談笑自若的表情瞬間凝重了起來，正色道：「高頭家，講實誠的，我佮徐隆攏是顏家的家奴，阮真正毋敢、嘛袂當家己做主。毋干焦是徐隆有老母佇藍張興庄，我……阮小妹仔嘛欲結親，所以……阮足多謝高頭家佮遠舍的心意，毋過真正歹勢，阮踮遮予高頭家佮遠舍會失禮。」黎洪拉著徐隆站起身子，語畢兩人便同時向高濟芳與高人遠跪拜長揖，高人遠忍不住嘆了口氣。

高濟芳呵呵一笑，溫言道：「誠厚禮數，哎，好啦，恁乎……成做我酒啉傷濟、頭殼昏去，清彩問問爾？失禮失禮，阿介，緊共個兩个扶插起來！」

「我來。」江嵐敏捷地從座位上坐起，他酒喝得其實比高濟芳來得多，卻也不見任何酒態，迅速地扶起黎洪與徐隆兩人。

「江姑娘真勢啉。」徐隆心裏想著，黎洪已展眉笑道：「阿嵐，你另工來閣來阮藍興庄，我摸何勇佮你比並酒量。」

「為怎樣欲摸人？愛比，你家己下場才在理。」

「哇，放帖仔是毋是？我共你講啦……」

高人遠默默朝黎徐一望，招攬兩人被當場回絕的結果，不禁令人有些失落，原本還想繼續幫腔勸說，但他不善言詞，一時片刻也琢磨不出別出心裁的話頭，索性拾起座位旁的菸桿，轉身跟潘介要了火光，聽著江嵐與黎洪的口角，自顧自吐了一口菸。

黎徐在高家大院多養了兩日的傷，黎洪左肘骨折是外傷，裹著布巾休養一、兩個月之外，亦別無他法，重點是徐隆元氣養足，行動無礙，便可即刻起身返藍張興庄，但當徐隆捧著高濟芳書信之際才忽然想到—自四月奉命協巡萬斗六社後，離開藍張興庄足足有三個月了；此刻從高家莊啟程，踏上歸途，時序竟已近七月。

黎徐兩人一前一後走在半線庄攘往熙來的街道上，陡然間雙雙注意高家莊外始終有一雙明眸瞅著自己，正是酒肆的小廝曹斐隱沒在駢肩雜遝的人群之中，朝自己與黎洪的方向深深凝視。

㈥蘇穎

雍正三年八月十七日三更時分，楓樹腳庄遭襲，耕牛被殺死六隻、草寮被毀十間，計有林愷、賴戀、徐生、徐傑、劉洞、葉天恩、陳秦、林曉、辛玉成等九人拒敵力抗而死，事情發生之後，楓樹腳庄頭人薛卯當即封鎖消息，直到八月二十日才通報顏克軍以及彰化縣府，二十二日才遣派辜兩貴赴往藍張興庄正式彙報；其中，林愷即是年初之際，頂替徐隆前往楓樹腳庄派駐的「興營」武夫，林愷身亡的消息傳回藍張興庄，「興營」士氣陷入一片低迷。

彰化縣貓霧捒保
藍張興庄．顏家大院

「阿洪，囥的就好。」歐陽嫌甫從剁菜聲此起彼落不斷的灶房踏出門檻，黎洪恰好打了兩桶水過來，隨手朝地上一指，又拍了拍腰際，問道：「今仔日初幾啊？」

「嫌仔阿姆，二十二矣，中秋無偌久，你遮緊就袂記喔？」

「死囡仔，加問一句就愛共人教示，參仔氣！」

「好啦，莫按呢氣怫怫……」黎洪邊打哈欠，右手一直揉著左手肘。

「你手骨才好，早就叫你去共曹大夫看，予伊侯一个脈，你攏愛去毋去。」

「曹大夫有夠雜唸，我干焦看著伊的面就飫，手骨哪有可能好？」

「呵，你莫叫是你少年就無愛共身體顧好勢，食甲我這个歲你就知！」

「知知啦，嘛毋是講無愛看大夫，就是想著曹大夫就無彼个心情。」

「哈哈哈，原來是咧揀大夫喔？」歐陽嫌忽然笑著打量起黎洪。

「阿姆你是咧笑啥貨？」黎洪不自覺將頭撇開，歐陽嫌大腳往黎洪足上踩去，黎洪哀叫一聲，皺眉道：「會疼呢！」

「招毋招？」

「啥物招不招？嫌仔阿姆，你莫聽阿隆烏白講啥啦……」

「唷？我啥物攏猶未講喔，你呔會知影我是對阿隆遐聽來？」

「呃……」黎洪似想辯解幾句，迎上歐陽嫌咄咄逼人的目光，歐陽嫌笑道：「我嘛毋是無少年過，你這歲會佇遐流豬哥瀾我嘛袂奇怪啦。」

「無啦，你想到對佗位去？連影攏猶未……」黎洪退了半步，旋即被歐陽嫌絆住，「嫌仔你……你欲創哈啦？」歐陽嫌挨到黎洪耳邊，拍拍黎洪的肩膀，道：「對方是啥人？咱阿洪的眼光，定著袂穤喔！」

「無啦、無啦，真正無，我會當咒誓！」黎洪兩手一攤，焦急否認，歐陽嫌端看黎洪正經的神色，抽起纏在脖項上的領巾，「呿」了一聲，有些無趣的往黎洪臉上輕輕一揮，領巾上都是汗，抹了黎洪半張臉。

「阮兜毋成人，最近佮貞兒怎樣？」歐陽嫌口中的「毋成人」自然是指徐隆，他自從七月初從半線庄回來，「興營」若無任務，就成天關在歐陽嫌的草寮中，做木工打發時間，像是刻意要避開什麼人似的。

「無……攏無，莫講貞兒矣，我若是開喙講著貞兒，伊毋是閃就是起性地，有夠歹剃頭，唉……」黎洪說著一邊伸手抹著頰邊的汗漬。

「貞兒咧？唉，伊一定足傷心佮失望的，我這歡囡彼形……我嘛無知怎樣才有通……」

「貞兒伊……貞兒伊真正足艱苦的，聽講這站仔伊去揣阿隆揣三四遍，阿隆攏閃甲離離，嫌仔阿姆我按呢講是較歹勢啦，猶毋過，若毋是阿隆是恁後生，我才袂對伊客氣，共伊拍甲糜糜卯卯、妖精攏無想欲上身。」

「早知影事誌會按呢，無的確……伊無應該佮林愷對換，伊若是去楓樹腳庄……嘛袂按呢共恁兄妹仔坐毋著。」

「嫌仔阿姆，我……唉，你嘛莫按呢講，我厰氣話爾，你是按怎欲對心內去咧？」

「總講一句，攏是我的毋著，我對不起恁……」

「嫌仔阿姆，我拄才毋是……」眼見歐陽嫌如此自責，黎洪慌慌張張開始辯解。

「嫌仔！」灶房內一聲高呼，有個人影同時從門口穿了出來，正是辜換娘，身為薛夕照身邊的頭號婢嫺，歐陽嫌趕緊彎下身子，問道：「換娘，有啥物事誌？」

辜換娘先瞅向黎洪，旋即回望歐陽嫌，道：「阮伯仔來，拄才才佮頭家事誌講煞，你乎……有法度你就鬥煮一寡蔴穎湯，連鞭捀過來好毋？阮會佇余暉蹛的所在遐等。」

「好。」歐陽嫌連連點頭，黎洪聳了聳肩，道：「換娘、嫌仔阿姆，我先來走矣，阿姆，我猶是彼句話，拄才氣話爾爾，你乎……莫囥予心底！」

彰化縣貓霧捒保
藍張興庄．顏家大院外

「暉仔，你最近怎樣？跤敢有較好勢？」辜兩貴風塵僕僕，才結束早晨與顏克軍、薛夕照的會報，總算得了個空，來找姪女辜換娘以及余暉聊天敘舊；余暉亦是楓樹腳庄人，在薛夕照出嫁顏克軍之時，同辜換娘陪嫁一般，被薛家挑去送往顏家服務，原本隸屬顏克軍內院的護衛，三月間跟李桐同樣在旱溪濱遭遇偷襲，李桐身死當場，余暉雖然僥倖逃過死劫，但也被砍斷腳筋，經曹大夫診治之後，也難以再活動自如，日子過得十分沮喪，辜兩貴既然來藍張興庄，自然來找余暉寒暄一番。

「莫講矣，橫直袂死啦……」余暉自從受傷後，性子也變得孤僻古怪。

「正經的啦，你敢想欲繼續佇咧遮？抑是我共頭家講予你轉去楓樹腳庄？我想顏頭家嘛無意見……」辜兩貴拍拍余暉的手，卻被余暉反手揮開。

「轉去？」余暉雙目無神，冷笑道：「恁薛書、薛晨踮咧遐，我轉去佇仝一堵壁徛起，敢有可能較快活？」

「暉仔……」

「莫講矣，攏莫插我按呢蓋好。」

「阿伯，頭家娘對暉仔自有安排，你就莫管傷濟。」辜換娘插口，順勢走近辜兩貴、於暉身側，找了張木凳，拍拍頂上的灰塵，待辜換娘坐定後又道：「十七彼工，楓樹腳庄毋是予番仔出草，頭家敢有怎樣？庄內的損失怎樣？」

「薛頭家當然是無怎樣，若無，恁頭家娘敢有可能閣好好佇遮？欸，囥遮就好！」辜兩貴說著，注意到歐陽嫌捧著蔴笋過來，高聲示意歐陽嫌。

「咚！」歐陽嫌將木製托盤放到木板桌上，將托盤三碗斟滿蔴笋湯的碗公一個一個放在桌上，辜兩貴續道：「你規氣甲規个鼎捀過來，一碗一碗按呢捀傷艱苦啦！」

「好。」歐陽嫌點了點頭，辜兩貴待歐陽嫌調頭後，捧起蔴笋湯，搖著湯匙打轉，苦笑道：「講到這彰化縣知縣有影衰，設縣到今毋過第三年，頭一个卓登邦因為『謝容案』的事誌予關起來，第二个譚緯正嘛做無偌久……閣因為番仔出草，頂懸的認為講伊通報傷晚，處理毋好勢，這馬隨予撤職。」

「是喔？所以咱彰化知縣這个屎窟，這馬啥人來接？」余暉問。

「算無人？據我聽顏頭家講，暫時是諸羅縣的孫祿代理咱彰化縣的缺……孫祿大人聽講是伊月尾欲來拜訪顏頭家一逝，閣愛聯絡北爿的客人仔佪，攏約來烏日庄，哼……到時一定足鬧熱。」

「欸，阿伯，彼个攏是佪大人的事誌，你猶未應我講……庄內損失的狀況？敢有足嚴重？有阮頭家娘需要出力幫贊的所在無？」辜換娘向辜兩貴打聽楓樹腳庄的損失狀況，適才辜兩貴向顏克軍、張惠開彙報之時，薛夕照雖然在場，多少是不方便開口直接探詢娘家。

「嘿咻！」歐陽嫌兩手捧著大鼎，鼎中乘滿蔴笋湯汁，一路從灶腳走出，饒是歐陽嫌手臂粗壯，沿途走來仍不免滴滴答答，綿延一路，半路中被來找母親的徐隆瞧見，徐隆伸手想幫母親來托，卻被歐陽嫌沒好氣地瞪了一眼，並且一路數落。

「你閃甲遠的，無路用的半病仔，害貞兒一个查某囡仔遐委屈……」

「……」徐隆摸了摸鼻子，嚅聲問：「是毋是阿洪閣講啥貨啦？」

「伊講啥貨？唷，伊是貞兒的阿兄，你按呢對待貞兒，講你幾句是會按怎？」

「我毋是彼个意思，伊愛講啥就做伊去講矣……」徐隆嘆了口氣，道：「來，我共你鬥提，莫家己過抰去！」說著又想去搶歐陽嫌手中的大鼎，歐陽嫌扭了身體，側開身子斥道：

「毋免，恁母猶未死，嘛毋是無手！」

歐陽嫌甩開徐隆，徐隆無奈杵在原地，見歐陽嫌越走越靠近辜換娘、辜兩貴休憩的地點，漸漸地，辜兩貴拉高的嗓音清晰可見：

「林愷橫直死好，伊乎……轉來的時逐家嘛真歡喜，落尾才知影，伊這人膨肚短命，佮個嫂仔偷來暗去，出事誌彼工陰暗，伊閣按算約個嫂仔綴個走，個兄仔才拄好掠著伊縛著樹仔頂的時，夭壽……番仔就出現矣，掠猴的人全部刣死了了……」辜兩貴也是聽旁人道聽塗說，他又親眼見到林陳氏伏著林愷屍身大哭的畫面，不久又開始鬧自殺，辜兩貴一邊說著，出於想像，又開始胡亂加油添醋，辜兩貴等聊天的場所與「興營」的寮舍相近，辜兩貴在此時毫不避諱地高談闊論，終於引起「興營」內部有人不快。

「我毋相信，你含血霧天，我共你拍死！」朱宣跳了出來，遽然痛打辜兩貴，那朱宣外表矮壯，在「興營」之中力氣僅次於徐隆，他惱怒之下，下手完全不分輕重，忽地使勁拎住辜兩貴的肩頭，遠遠一扔，落地之時撞斷了附近擺放的桌椅。

「朱宣……你起痟矣？」辜換娘失聲喊叫，接著被朱宣一陣拳打腳踢的聲響掩蓋了過去。

「你含血霧天，我拍死你、我拍死你！」朱宣面容猙獰，齜牙裂嘴，兩手拉著辜兩貴的衣袖，不停暴打，眼見辜兩貴被打得滿頭是血，辜換娘是手足無措，兩手拐著拐杖的余暉更是束手無策，歐陽嫌情急之下，當機立斷，提起手上的蕂芛大鍋向朱宣潑灑，朱宣始料未及，當下立即連退好幾步，卻也濺得滿身綠汁。朱宣揮拍掉眼皮前的蕂芛青草，又驚又怒，不禁瞪視歐陽嫌一眼，向前跺踏一步。

徐隆飛身蹬步，橫擋在歐陽嫌身前，剛好辜兩貴、辜換娘和余暉亦在其身後，徐隆不禁粗口大罵：「朱宣，你欲創啥？有膽對阮母仔怎樣你就試看覓！」

「阿隆？佳哉、佳哉、佳哉……」歐陽嫌見是兒子，鬆了口氣，眼前朱宣仍是滿臉怒容，徐隆不禁冒起冷汗，喝道：「朱宣，你較冷靜啦，無事無誌對阮發啥物神經啦？朱宣，你有聽著無？」語畢習慣性順勢甩辮子纏住脖項，卻不慎拍打到歐陽嫌臉面。

「死囝仔，你是按呢躂蹉恁母仔喔？」歐陽嫌總認為兒子是天下無敵，相對於歐陽嫌因為兒子到來感到老神在在，徐隆倒是緊張非常，面對母親的斥責，也沒好氣地回應：「阿母你退較開啦，這个時間，緊𤆬換娘佮辜管家離開遮！」

「恁少年人，火氣攏遮大啊？好好講抶使，連鞭就起跤動手是曷使啦？」辜換娘驚魂甫定，饒是如此，他仍戰戰兢兢地站在原地，不敢去扶倒在地上似是已昏厥的辜兩貴。

「換娘，林愷是啥物人我清清楚楚，伊人攏死矣，我絕對袂允准有人佇咧烏白講話、共伊侮辱！你袂使、伊是外人閣較袂使！」

「朱宣仔，聽、聽嫌仔阿姆的話，橫直怎樣你較冷靜啦，火氣莫遮這麼大啦！」歐陽雙掌貼伏在徐隆背後，好言相勸。

「人我已經拍矣，今仔日，我就欲替林愷討一个講法，尾仔會死抑是怎樣我攏顧袂牢啦！」朱宣原本怒如羅剎，張口一提到「林愷」相關的字眼，淚水不爭氣滾滾滑落，徐隆內心一軟，他又感受母親微微顫抖的雙掌，嘆了口氣，深感一步也不能後退，再度屏住了呼吸。

「攏退開啦！」朱宣怒斥，他雙目如火，衝突眼看一觸即發，一道黑影抱住辜兩貴，正是石振目光凝重地盯著朱宣，朱宣愣了片刻，旋即又是滿腔憤慨，一股勁地對石振揮拳相向，只是朱宣右拳未出，便被蘇越手上的鞭子一抽給纏上手腕，動彈不得。

石振起身撲了過去，將朱宣整個人制伏在地，接著是楊喜師弟撲了上去，壓制拼命掙扎的朱宣，石振毫不容情，雙手緊握成拳，全力往朱宣眉眼、腦袋招呼，而朱宣像不肯輕易放棄，悲恨地仰天長嘯。

「徐隆，趕緊共嫌仔阿姆悉走！」石振疾聲吩咐，徐隆倉促間瞥見石振左眉角上的歷歷巴疤，竟像是不忍見朱宣如何被石振打得遍體鱗傷，徐隆在恍惚之間闔上雙目。

是日，為了給辜兩貴和楓樹腳庄一個交代，顏克軍、薛夕照與石紹南公審朱宣，宣告將朱宣囚禁，以儆效尤。

彰化縣貓霧捒保
藍張興庄

夜半，徐隆潛到囚禁朱宣的茅草寮，守衛的兩名弟子是徐隆困在半線庄期間，石紹南招收的新臉孔，徐隆仗著師兄的派頭，說想與朱宣私底下聊聊，便把兩位新師弟打發走，很快，他放走了朱宣。

「歹勢啦，我干焦會當幫你到遮。」

「五師兄，多謝你。」朱宣微微一笑，臉上猶是紅腫烏青遍布，「猶毋過……對個兩个新來的較歹勢。」

「我抉予個歹做人，師父遐我家己會去交代。」

「師父……你猶是認伊做師父……」

朱宣被石振毆打，右眼皮幾乎紅腫到睜不開，僅存一支左眼的目光極冷，徐隆背脊一涼，一時說不出話，反倒朱宣先將目光一收，低聲道：「你會按呢想……嘛無毋著。」徐隆嘆了口氣，問道：「你日後有啥物拍算？」

「我是走更庄人，爹娘早早死去，是予阮細嬸仔賣到遮……現此時，我想來想去，猶是決定轉去一逝……五師兄，多謝你久長以來的照顧，咱……有緣再見。」

朱宣轉身隱沒在月夜之中，徐隆默默望著朱宣的背影，內心翻攪滾燙，片刻後才重重地嘆一口氣，準備就寢，赫然發現後頭站了一個人，是黎洪正似笑非笑地打量自己。

「姦，攏無聲無說，揖壁鬼喔？」徐隆嚇一跳。

「阿隆，你誠大的膽啊……若是頭拄仔徛咧後斗的毋是我，是銅牙振，你這陣性命就拍毋見囉！」黎洪一席消遣，反而令徐隆心情一鬆，他默默走近黎洪，盯著黎洪片刻不說話。

「你看我按呢攏恬恬毋講話是咧看啥潲？」

「阿洪，毋是我咧講，你乎……對半線庄轉來了後，變甲真奇怪，你家己無發現？」

「怎樣奇怪？欸，話愛講清楚喔！」

「往時你半暝咧睏，有夠落眠，毋管是勇仔咧咬喙齒根，抑是蘇越咧鼾鼾叫，攏無法度共你吵起，你這馬是按怎？半暝攏無法度好好仔睏，我攏懷疑乎……你對半線庄轉來，袂輸開始咧……起鵤！」

「呵呵……」黎洪乾笑兩聲，倏地舉肘一揮，徐隆笑著側身閃過。

「唉唷，講著矣乎？你看你……面紅啦！」徐隆不懷好意地瞅向黎洪，換黎洪嘆了口氣，蹲坐在地上，吸引徐隆彎下身，拍拍黎洪的背，問道：「怎樣啦？受氣囉？」

黎洪猛然挺起身，雙手緊攀住徐隆胸前的衣襟，正色道：「我講正經的，你共朱宣放走的事誌，摕到我遮，做你予我來擔。」越說拉得越近，幾乎與徐隆貼上鼻，徐隆一愣，道：「你神經喔？嫌大師兄伊普通時仔揣你麻煩猶無夠？」

「我怎樣攏算是三舍的妻舅仔……安啦，我來擔。」黎洪手上勁道並未放鬆，徐隆聞言苦笑，仍是搖頭。

「你閣笑？大癮頭喔！」黎洪猛地放開雙手，毫不客氣賞徐隆一記左正拳，咚的一聲，徐隆吃痛抱住胸口，惱聲道：「姦，你共我拍遮大力是創啥啦？」

「罵你癮頭就是癮頭，閣毋承認？你誠實向望我去做三舍的妻舅仔？喂，你若是一个查甫囝，陣就下定決心，緊焉貞兒走離離呀！」

㈨ 卿未有期

彰化縣貓霧捒保
藍張興庄．顏家大院

「頭家娘，你叫我？」黎貞被叫喚至左側護龍主房，最近藍張興庄與楓樹腳庄風波不斷，正值多事之際，黎貞不禁心情緊張沉重，踏入主房，見薛夕照似是捧著一本翻頁半捲的帳簿，薛夕照瞅了黎貞一眼，半晌沒說話，黎貞前臂交叉在身前，右手心撫著左手背，忐忑默然。

「我會記得，你是佮陳釵仝時入來的，著毋？」薛夕照總算開口，陳釵是楓樹腳庄人，黎貞跟他共事過半年，他性格開朗，也常常照顧人，黎貞很喜歡陳釵，直到，有天陳釵與高彩烈講起原本一窮二白的薛卯頭家是靠「接跤」翻身，沒有多久，就看到他被打死的身軀，乾曝在門埕三日，被問及「陳釵」，黎貞心跳急停一拍，低頭道：「阮阿母佇我九歲過身，我會記的是彼年的隔冬入來，陳釵是啥物人……我袂記矣。」薛夕照直到聽完整段話，才將目光正式轉向黎貞，也將手中的帳冊輕放在桌頂，說道：「你知影我佇看啥無？」同時，兩根指頭若有所思地敲打在帳冊上。

「敢是數簿？」黎貞一愣。

「毋是。」薛夕照搖首道：「是你的字，你頂改替阿琴仔抄寫的經文，猶閣有，寫予伯峻伊的疏文。」

「頭家娘看這欲創啥？」黎貞在心中叼唸，眨了眨眼，終究仍是不敢問出聲。

「你真好，你真正有夠好，你知影無？」薛夕照再度微笑，原本尖俏的眼角上揚了不少角度。

「……」

「恁母仔方鏡，嘛是一个足巧神的人，伊走傷緊嘛傷早……我嘛足遺憾。黎貞，自你入來開始，我攏有共你注意，你毋知你家已偌好爾。」

「是……頭家娘袂棄嫌。」

「頭家伊毋知你的才調，清彩共你指予徐隆……是我的失策，在我來講，你嫁予一个拍拳的，才真真正正是無彩你的一生。」

「……」一股氣息如若受阻在喉，黎貞吞下聲去。

薛夕照走上前去，輕輕拍了黎貞的肩膀，笑道：「袂急啦，你後擺就是三少夫人，我對你有足深的期待，咱閣有真濟時間會使開講。」語畢退開腳步，走回桌前，重新拾起放在桌上的疏文。

「你會使轉去矣！啊，著啦……這馬你是張家的契女，少夫人遐……會當莫去就莫去，無差彼个時間，知無？」

「是。」黎貞緩步後退，步出顏家大門口之際，內心依然懷抱滿滿的憂思，他有些乏力地倚靠在門外的大牆，側過身，仰望著陰暗的天空，雲層厚實、空氣凝滯，似是傾盆大雨將至，略略仰望出神之際，後頭忽然有人握住他的手腕，黎貞愕然，匆匆回頭一望。

「貞兒，看著你誠好咧，頭家敢有佇咧？」張天虹行狀焦急。

「虹小姐，頭家無佇咧，有頭家娘……」黎貞不忘盈盈一福，禮還未行完，張天虹已搶下話頭，急道：「害矣啦，貞兒，何勇拄才共我通知，講恁阿兄閣佮石振冤起，你去拜託恁阿兄，莫閣拏矣，緊共石振會失禮啦！」原來何勇此時也站在門外，神情焦慮，黎貞不禁疑竇暗生，奇道：「阮阿兄佮大師兄冤家毋是誠四常的事誌？是按怎恁……」

「毋是呀，何勇伊講……黎洪這改是真正害矣，伊愛予摃一百棍，聽講……是石振伊欲家己動手！」張天虹跺腳。

「啥物？一百棍？是為怎樣啦？」

「貞兒姊，四師兄為朱宣出頭，昨偷偷仔共伊放走，唉……師父氣甲欲起痟啦，我真驚講大師兄下手會傷重，四師兄袂死嘛賭命半條……」

「呸呸呸，臭頭勇仔，你共我恬去，咱毋是愛同齊共恁大師兄擋的？唉，無彩我拚到遮，原本按算去揣阮阿爹（石阜，顏克軍的隨扈），他若願意出頭，石振就有可能收手……」

「虹小姐，石阜師傅出頭，大師兄應該會聽的，毋過……按呢傷影目，若是攪擾到顏頭家，我顛倒驚講……」何勇面憂面結。

「囉嗦啦，這陣仔我嘛顧袂來，總是愛試啊？敢講……咱愛親目珠看黎洪予損死？」黎貞已沉吟一時，聽張天虹此話一出，不禁笑出聲來。

「你笑啥啦？」張天虹皺眉質問。

「虹小姐對阮阿兄遮關心，我是……足感動啦！」黎貞微笑出聲，卻惹令張天虹臉上一紅，啐道：「貞兒，你有閒共我做議量，是毋是想著啥會當擋落來？你上好是緊交代喔！」

「我哪有膽共虹小姐做議量？講誠實的，這事誌毋免驚擾著石阜師傅，我有法度共石大師兄擋落來。」

彰化縣貓霧捒保
藍張興庄．練武校場

黎洪打著赤膊，辮子垂放在胸前，屈膝長跪在練武場正中央，興營眾子弟一字排開，石振手持沉甸甸的木棍，手上關節聲喀喀作響，在黎洪周遭信步環繞。

「黎洪，我予過你機會，你猶是毋願意會一句失禮？」石振本不願意下重手，但是黎洪私放朱宣，等同罔顧師門的威嚴，又如何給予辜兩貴以及楓樹腳庄交代？

「大師兄，朱宣閣較毋著，總算攏為著維護咱師門的名聲，閣再講，林愷……林愷師弟是怎樣的人……咱攏足清楚，彼个辜兩貴才是惡質的彼个，林愷師弟伊人攏死矣，閣按呢共伊侮辱？莫管朱宣佮林愷的交情好，我聽著嘛會掠狂！講到落尾，朱宣根本無道理予趕出師門！我共朱宣放走，有按怎袂做得？」

「好、好！好一句『有通袂做得』？仙屎毋食，食乞食屎，你家己揀的！」

「講按呢……大師兄，你免佇咧臭彈，你的屎干焦屎爾，後世人也無可能成做仙屎。」

黎洪一席話惹得後排的「興營」子弟一陣竊笑，原本嚴肅的場面突然緩和了起來。

「恬去，笑啥物笑？黎洪，這路是你家己揀的……」

「是啦、是啦，你愛揁做你揁，袂共你怨慼啦！」

石振立時高舉棍頭，用力往黎洪的後背揮擊，砰聲巨響，石振一揮中的，卻是中徐隆的胸膛。

「徐隆，你創啥？」石振大聲怒斥，見徐隆雙拳緊握，昂然挺立在黎洪的身後，無畏地迎視石振，似是強忍疼痛，咬牙道：「大師兄，阿洪伊……是四師兄伊頭拄仔講的逐一个字，聲聲句句，嘛攏是我的心內話……若是……四師兄昨無放走朱宣，今仔日我嘛仝款會……」

「徐隆，你莫佇咧亂，走啦！」黎洪咬牙痛罵，原本想讓徐隆與黎貞趁亂私奔，這血氣衝腦的傢伙這麼一搞，萬事不都又給搞砸了？

但對於徐隆，他不是不明白黎洪的盤算，只是要自己作壁上觀，看著黎洪為自己代受杖責罰，更是千難萬難。徐隆順了順口氣，並不理會黎洪叫嚷，高聲道：「大師兄若是愛損四師兄，順紲嘛甲我做伙損好矣，我願意替四師兄擔一半！」

「好，你家己講的，我來成全你！」

「我凌允也願意替四師兄來擔一半！」凌允從後頭一排弟子中站了出來高聲呼喊，瞬間又吸引住眾人的目光，石振雷厲的視線掃來，令凌允略略退縮，他不過是興營中輩分低淺的弟子，人微言輕，但四目環視之下，凌允仍故作鎮定地走向石振和黎洪。

「閣有我！」吳嬰往前一踏，道：「上細漢的師弟攏出聲矣，我若是無徛出來講幾句話，我吳嬰做啥別人的師兄？」

「大師兄，閣有我！」宋庭見表兄吳嬰出面淌渾水，遂也附和出聲。

「我！」

「我！」

「閣有我！」只見興營其他師弟陸續響應，徐隆見狀，偷偷往跪在背後的黎洪瞧去，兩人相視一笑，石振則愣在原地，愣了半晌，旋以惱怒的眼神環視眾人，心想：「這个黎洪普通時仔無大才，定定共我辯話骨，想袂到……伊竟然遮爾得人心？」石振殊不知正因黎洪時常頂撞石振，三天兩頭都在受罰，不時也將師弟們犯的事攬在自己身上，所以四師哥在眾師弟之間頗得人緣，也足見石紹南先前對於朱宣的處置，到底有多悖離人心。

「喂、喂，石振大師兄，你袂使動手！」張天虹高呼出聲，石振不禁臉色一沉，不置可否。

「石振兄哥，激偌大的派頭？三舍來，閣毋知影愛請安？」在何勇的陪伴下，黎貞挽著顏季崑的手臂，步入眾人的視線之中，興營弟子無不向顏季崑抱拳請安，徐隆拉起跪在地上的黎洪，兩人也趕緊起身抱拳。

「三舍。」石振躬身抱拳，顏季崑左顧右盼，咧嘴笑道：「濟濟人咧，恁攏佇遮創啥？敢是欲耍啥？我嘛欲來鬥鬧熱，哈哈哈！」

「三舍，阮是……阮是彼个……彼个啥……」石振不善與心智戇騃的顏季崑交談，頓了頓，才道：「三舍，阮當咧無閒，你敢會當徙去別位先？黎貞，悉三舍徙位好毋？」

黎貞在顏季崑耳邊，附耳道：「石大哥按算提棍仔拍阮阿兄，三舍，敢會當拜託你……叫伊放過阮阿兄好無？」黎貞說到最後，語音竟有些哽咽，欲也不知是真哭還是假哭？

「啊，居然？你、你哪會遮爾歹心？石大哥，你緊共棍仔擲掉喔，無，我就欲共阮阿爹投喔！」比起石振，因為黎貞的緣故，黎洪與徐隆三不五時會一起陪顏季崑玩，聽到黎家哥哥被打，顏季崑顯得非常生氣。

「這……這阮是……」要教訓黎洪就是頭家吩咐的，但要怎麼和顏季崑解釋，石振不禁結巴了起來，「擲掉！我愛你擲掉！」顏季崑又吼了一聲，石振仍動也不動，顏季崑逕自跨起步，直接從石振手中抽走長棍，隨手拋得遠遠的，嘴上念念有詞。

石振無奈，三舍顏季崑舉止再荒唐，畢竟是顏克軍的兒子，石振實在難以當面反駁三舍，正當思索如何應對這一場面，他注意到東南側傳來連續九聲的火炮鎗響，接著昏黃的天空下，「咻」地一聲，短小的煙花，綻放在灰沉沉的天際。

那竟是貓霧捒保聯庄之中最高等級的緊急召集令，石振也無法顧及再多，當下振臂大喝道：「好啦，今才的事誌咱轉來了後閣講，現此時上要緊的是愛整隊，咱趕緊走過去看發生啥物事誌……黎洪，衫褲穿穿的，你嘛愛去！」

張天虹盯著東南方濃煙密布，皺眉道：「是發生啥物大事誌？石振閣有逐家面色哪會攏遮歹看？」何勇道：「虹小姐，我先送你轉去，等會我會共你解說……」張天虹白了何勇一眼，道：「免矣啦，欸！黎洪，你有怎樣無啦？」

黎洪匆匆在胳膊上罩上了丈青布衫，趕忙將埋在衣服下的長辮抽出、往後一甩，正色道：「虹小姐，我真好，頭一棍是摃咧阿隆身軀頂，你愛關心的人代先是伊啦！勇仔，虹小姐交予你，我先來去啦！」

「喂，黎洪……你……你這歹剃頭的，無彩我拄才為你操煩遮濟，有影死無良心！」張天虹氣鼓鼓地嘟起雙頰，對黎洪不回頭的背影跺足大吼；徐隆亦同石振和其他興營弟子一樣，聽到聲響便本能似地進入戒備狀態，正蓄勢待發之際，卻有人伸手拉過自己的手臂，徐隆匆匆將頭撇過，迎上對方的目光，露出略略驚慌的表情，表面上仍故作鎮定，道：「貞兒，你有事誌咱暗時閣講，阮這馬……」

「咱莫等到暗時，這馬……咱這馬就離開藍興庄，無比這馬加較好的時陣，敢毋是？」黎貞望著徐隆的眼睛，語氣急切而誠懇。

徐隆心下一慌，如同擔心這句話給人聽去似的，左顧右盼，反手扣住黎貞的手腕，垂下眼低聲道：「你聽我講，隔壁庄頭這馬有危險，無的確連鞭會牽連到咱遮……我是興營的人，我定著愛過去……貞兒，我的話你有聽著無？」徐隆還欲再解釋，忽感有股溫熱的水滴滴灑在自己手背，徐隆緩緩抬頭，才發現眼前的黎貞已淚流滿面。

「貞兒……」黎貞素性堅強，從小到大，徐隆看過他掉過眼淚的次數，五根手指頭都數得出來，所以徐隆不禁瞠目結舌，不知何時，天頂也飄起細細的雨絲。

徐隆不忍地撇開頭，抿著唇微微顫抖，又是黎貞竭盡全力攀捉著自己的手臂，徐隆心下一沉，以心虛的口吻說道：「貞兒……你手放開好毋？我……我允你，今仔日……今仔日是落尾一擺……你就等我轉來，我……我會悉你離開……真的，你相信我，共手放開好毋？」

「阿隆，我毋是無愛相信你……」黎貞掙扎不放，死活攀抓著徐隆，語氣幾近哀求：「你這改離開，啥人知影敢會像頂改仝款……閣幾若个月日才轉來？你若是閣一改幾若个月日才轉來，一切……一切就攏袂赴矣啦！」說著又繼續施力，徐隆眼見大隊人馬漸行漸遠，情急之下，將黎貞粗暴地推倒在地。

「唉唷！」黎貞跌坐在地上，衣裙沾染大片爛泥，儘管如此，黎貞仍在徐隆的背後，聲嘶力竭地叫喚他的名字。

「歹勢……」徐隆低聲呢喃，歉疚地撇向黎貞，又迅速地轉身，眨眼之間，便隱沒在漸趨朦朧的大雨中。

「徐隆，你逐改……你逐改攏講後擺……逐改攏講落尾一擺……你逐改攏咧騙我，你逐改攏咧騙我！攏咧騙……騙我……嗚嗚嗚……攏咧騙我哈啊……啊……嗚嗚……」像是宣洩內心絕望似的，不管徐隆是否聽得見，黎貞歇斯底里的吶喊。

徐隆的身影早就遠遠不見，黎貞趴伏在地上痛哭，他身上的衣衫不僅全溼透，臉上也沾染大片大片爛泥，在他哭嚎不知多久，才終於注意到有個人影靠近，替他遮擋起一片無雨。

「貞兒姊……你哪會遮傷心，莫閣哭矣啦……我看甲嘛想欲哭矣……」是顏季崑。

「三舍，我……」黎貞一怔，才發現張天虹與何勇早已離去，深感失態，趕忙收住眼淚，是顏季崑脫下背心替自己遮雨，他跟著淋了一身濕。

「三舍，你毋免管我，你按呢淋著雨，會破病啦……」

顏季崑搖了搖頭，忿忿道：「拄才……我有看著徐隆伊按呢共你揀，伊、伊足過份欸，你……你敢有著傷？」黎貞又聞「徐隆」二字，不禁將頭垂下，顏季崑見黎貞沒有回答，還以為他沒有聽到，又再問了一遍：「貞兒姊，你敢有著傷？」

「我、我無事誌啦，三舍，拄才是……阮咧耍啦，你莫共別人講這層事誌，好毋？」黎貞倉皇地抬起頭，顏季崑歪頭斜腦地盯著黎貞，似是陷入沉思。

「三舍，咱講好矣喔，莫共別人講徐隆的事誌，拜託啦，好毋好？」

顏季崑鼓起兩腮，似是不願，片刻才不情願地點點頭，「既然貞兒姊攏按呢講，好，毋講就毋講！」

「好三舍，你真正足好的！咱來轉去……哇！」黎貞強自微笑，正要起身，雙膝卻不慎發軟，再度跪坐在地，左手掌心傳來一陣刺痛，黎真才發現左掌多處破皮，血痕斑斑，似是適才被徐隆推倒跌地所致，眼見顏季崑再度彎下身，一臉焦急地想扶起自己，黎貞趕緊握拳遮掩。

顏季崑半蹲著，重新將黎貞扶起身子，與黎貞平視，好聲探問：「貞兒姊，你是怎樣啦？是毋是拄才摔甲足疼的？歹勢，我袂記共你扶。」

面對顏季崑的溫言相詢，他稚氣猶存卻一片真摯的神態，忽然之間，一股羞愧如若鋪天蓋地而來，黎貞只感無地自容，淚珠再度撲簌而落，他不願給顏季崑看見，趕緊將頭抵在顏季崑肩際，掩飾窘態。

「貞兒姊仔？」顏季崑錯愕地眨著眼。

「三舍，對不起……對不起……」雨愈下愈重，而黎貞有氣無力地揪著顏季崑下襬的衣角，口中重複呢喃著「對不起」，久久不休。

㊂墨衫客戶

彰化縣貓霧捒保
烏日庄口・外圍

「興營」子弟前些日子奉命擒拿彰化縣亂匪劉國化等人，該亂匪原本窩藏於內山之中，但近日連連遭到水沙連社人的驅逐，為求生計，再度下山赴大里善庄盤據。

大里善庄同屬【藍張興】之下，兩者亦相鄰不遠，在顏克軍的授意之下，私武「興營」與結合駐紮塗城的隘丁精銳盡出，血戰數日，終於將劉國化、吳壘、陳地一行二十三名流匪緝拿在案，實擒二十匪數，其中三匪力戰而亡。

由於吳壘與陳地都是水師逃兵，罪嫌重大，正逢彰化前知縣譚緯正因水社出草、怠惰奏報一事被朝廷撤職，命諸羅縣知縣孫祿代掌彰化知縣事；孫祿接獲任命，譚緯正殷鑑在前，處事戰戰兢兢，早先約以九月初三巡海路赴往彰化縣烏日庄，興營子弟便奉命押解群匪，交由彰化知縣孫祿裁決；除此之外，另約彰化縣內沿山大戶如【藍張興】顏克軍、【高福盛】高濟芳以及岸裏社通事張通烈等出席，共商討伐水社部落大計。

徐隆、蘇越與何勇等八名弟子負責押著其中十名流匪前往烏日庄口，卻不意在烏日庄外圍，出現有十三名墨色無紋衫的不速之客，他們穿著對襟短衫，惟鑲邊以單色布，有紅、白、藍、黃之別，褲子與袖領開口處皆十分寬垮，有些頭戴瓜皮帽，抑或繫頭巾，腳踏藺草鞋，蘇越不禁心下一緊，眼前正是群居大甲溪南岸的客人們（客家人），與岸裏社通事張通烈是同夥。

「蘇越、楊喜……閣有吳嬰，真拄好，佇遮拄著恁『興營』的老朋友。」開口那名頭戴瓜皮帽的墨衫劍客，單單衣袖、襟口繡著顯目的黃色，河洛話摻和濃厚的客腔，蘇越等對他頗有印象，兩年前【藍張興】顏家二舍與岸裏社張通事的廖姓友人下定時，蘇越、楊喜等曾做為護衛隨同顏仲崴拜訪岸裏社，對方即是廖敦素頭家的小兒子．廖廷鋮。

「廖三俠，誠久無見，最近過甲好毋？」蘇越還記得兩年前被顏克軍為逃婚之事派去岸裏社謝罪時，眼前這位廖廷鋮又怒又跳，林愷、朱宣還有自己都被對方怒火波及，挨了好幾下悶拳，而如今林愷與朱宣都如顏仲崴下落一般，不在藍張興庄了。

「哼！」廖廷鋮不打算回應蘇越的問題，他瞇起眼，往蘇越後方押解的流匪面容一個一個打量，粗聲道：「蘇越，你參詳一下，上落尾兩个看起來夭壽短命的查甫，敢有法度交予阮，予阮悉走？」
「啊？」蘇越尚未反應，徐隆當下即振聲道：「個是朝廷逆犯，當然是交予官府，哪有可能清清彩彩予恁悉悉走？」徐隆與何勇當時奉命留守，眼前的墨衫客戶，大多是頭一回親見。
廖廷鋮沉吟半刻，在蘇越、徐隆、何勇等一眾人面前來回踱了兩步，在楊喜面前似要停下，電光石火間，抽劍出鞘，長劍削掉纏在楊喜頭上的丈青色布巾，楊喜露出光亮的前額，數根髮絲隨之飄落在地，一切來得太突然，楊喜雙眼連眨都沒眨。
「我若是認真起來，佢早就轉長山賣鴨卵哩！（客語：他早就死了）」
「你！」徐隆眼看又要暴衝，蘇越趕緊舉臂制止，質問道：「廖三俠你嘛莫按呢，幾句話就愛共人提走，理由是啥也無講清楚，頂頭怪罪落來是啥人的事誌？」
「講遮濟敢有較縒？頂頭問落來，恁就講押落來過程中死去，橫直，彼兩个阮欲挃啦，人予阮就著啦，別項恁就莫管啦！」廖廷鋮說著，即刻又將長劍一伸，抵住蘇越的下顎，蘇越一邊揮手制止徐隆，一邊搖頭道：「廖三俠，阮是下跤手人，食別人的頭路，真正無法度做主。」
「蘇越，我共你講……」
「廷鋮，我們是來做正經事，不是在這裏跟別人拚輸贏的。」有名鑲黃劍客出聲，身形纖細，語音輕柔，雖頭戴斗笠遮蔽半張臉，但依稀能判別出是名女性。

「阿姊，我們沒那麼多時間，直接動手搶人，等下知縣來了，我們就不好下手了。」

「你還跟我頂嘴？」

「我同意廷鋮的話。」一名頭綑白布纏首的客戶忽然插了口。

「秦阿哥，怎麼連你也⋯⋯」

「阿姊，你看連秦阿哥也贊同我的意見，你就不要再管了！」廖廷鋮再度提劍，說著趁隙向楊喜的手背招呼過去，上回楊喜頭巾被削落，早已暗暗不爽，此刻當即拔出刀來，作勢想往廖廷鋮身上示威。

廖廷鋮側身閃避，正欲出劍迎擊，卻被「秦阿哥」擠兌出外，那位「秦阿哥」手袖一收，旋即向楊喜揮劍而去，楊喜變招格擋，將長背刀打橫，不意對方劍法更為凌厲，連刺帶挑，楊喜有感對方手腕勁道奇巧無比，眨眼間，「秦阿哥」劍柄一沉，轉為橫削反刺，楊喜刀柄脫手，倒插墜落在地，手腕熱辣竄至全身，鮮血汩汩而下。

「我若是認真起來，佢早就轉長山賣鴨卵哩！」

「當會樣仔，還學倨講話？（客語：很會的樣子嘛，還學我說話？）」

徐隆怒不可遏，趁廖廷鋮得意洋洋與秦阿哥互相消遣之時，迅速迴避蘇越，扣住廖廷鋮的手腕，腳步一踏，將對方整個人拎起，廖廷鋮被直直摔了出去，深墨色的布袍也沾染上一地的塵土。

秦阿哥見廖廷鋮受挫，欲提劍馳援向徐隆討回顏面，正步步逼近，何勇腳步一轉，踏地蹬躍，腳尖揚起大片「百里狂沙」，激起的泥沙霍地遮蔽著那秦阿哥的視線，逼得秦阿哥只得隻手掩蓋雙目，連連後退。

「五師兄、勇仔，唉唷……恁咧創啥啦？廖廷鋮是廖頭家的細漢後生，另外一个是秦燈心的大公子秦潮生，攏毋是阮會當清彩振動的人啦！」蘇越搶上前，先敲了何勇前額一記，再抔住徐隆一臂，生怕他再輕舉妄動。

「愛相拍阮客人仔是毋捌咧驚的啦，欸，我是毋佮無名的相戰，你號啥名？」廖廷鋮快步起身，怒氣沖沖地向徐隆問話。

「我叫徐隆。」徐隆應聲之際，右臂一揚，將長辮往後拋甩，纏繞住脖子兩圈，右掌順勢向繫在左腰的刀柄移動。

「你咧？」秦潮生擦了擦臉，側目望向何勇。

「何勇。」何勇眸光一閃，他適才見識過楊喜接連被廖廷鋮、秦潮生削傷的手勁，招數之詭譎是他從未領教過的，不禁暗暗繃緊神經。

「秦阿哥、廷鋮，你們不要這麼衝動好嗎？」鑲黃劍客極力勸阻秦潮生以及廖廷鋮，似是非常無奈，好在在這一觸即發之際，傳來一道陌生的聲音打斷了雙方對峙的情形。

「喂喂喂，興營的、客人仔是毋是啦？哇，拄著逐家真好咧！今仔日真正是足特別的好日子！」這股油膩的腔調入耳，徐隆眼角瞬間一垂，收起銳利的目光，調頭望去，果然是高人魁的跟班傅向陽。

傅向陽擠著過於用力的笑容，大步大步走進「興營」、客家子弟的中間，他見到徐隆，忍不住要寒暄似的，道：「徐隆，哇，你胸坎的傷好勢矣乎？」

「我彼時著傷的所在是尻脊後，毋是胸坎。」

「哈哈哈，歹勢，看我這記性……」說著還想往徐隆肩膀一拍，卻見徐隆斜眼一瞪，又一手握著刀柄，趕緊收起手，僵在半空中片刻，乾笑兩聲，才轉過頭望向墨衫客戶。

「我是替【高福盛】招呼的傅向陽，兩位一定就是萬選三傑是毋是？原諒我較頇顢，毋知兩个的大名？」

「哼，你臆一半著爾爾，萬選三傑其中之一是伊，秦潮生，我是廖廷鉞，萬選三傑閣有一个是我二兄，伊佮第三个的姜又賓踮咧螺溪（今濁水溪）遐顧，今仔日攏袂過來。」

「【高福盛】的朋友，真歡喜見著你，猶毋過阮這陣當咧無閒，若欲開講……恐驚愛請你先徙步，阮閣有事誌欲共『興營』的參詳……」

「無啥物好參詳啦，除非阮頭家發話，阮是無可能予恁焉走任何人的！」徐隆並不憐憫這群流匪，但私放朝廷欽犯茲事體大，對方態度竟如兒戲，忍不住放聲喝斥。

「好，那不要怪我不客氣。」秦潮生見徐隆態度堅決，立時一拳往徐隆身上招呼，徐隆反應極快，閃身踮足側踢，秦潮生一招未中，右臂一提，迎擊回踢。

「喝！」眾人只道徐、秦二人互擊猛烈如泰山之崩，卻見黑影一掠，一名從天外飛來的身影已然滑入徐隆、秦潮生中間，左右兩手分別拆擋二人的攻擊軌跡。

徐隆這一腳儘管未用盡全力，但對方居然單手就穩穩逮住自己的腳踝，心下大駭，且看被那黑影另一隻手扼住的秦潮生，也是同樣的錯愕，原本拳腳相向的二人，不約而同地互望一眼。

那人頭戴草笠，左目以黑布包覆，僅存的右眼眼珠咕溜一轉，徐隆又吃了一驚，不正是年初在烏日庄逗留之際、自己發酒瘋不慎出手毆打之人？記得失手將他往說書先生處摔去，還把一張好好圓板凳給撞爛……

秦潮生不禁「哼」了一聲，用力一抽被那人捉住的右足，那人卻像是料到似的，早早鬆開手掌，秦潮生收力不及，猛然跌坐在地，何勇等興營弟子與傅向陽帶來的一幫群眾，毫不容情地放聲大笑。

廖廷鋮怒斥：「有什麼好笑的？」秦潮生臉上潮紅，仍馬上制止廖廷鋮，眼前這位獨眼漢子武功高深莫測，自己絕非他敵手，要廖廷鋮勿再行挑釁，徐隆腦中卻相應浮現起　在北投鎮番寨中，江達飛身扣住馮剛手腕的手法如出一轍，眉頭皺得更緊。

「啊？日頭赤炎炎，恁兩爿少年運動敢有夠矣？我是差不多的啦，烏日庄的頭家愛我來傳話，講佪物件攏攢好，看恁當時欲來作伙食茶？」那人披著黑色披風、頭戴斗笠，右頰有道極明顯的條狀傷疤，此刻掛著一派輕鬆的笑容走向傅向陽。

「江豪先生，好佳哉你同齊來，若無，我實在是毋知愛開偌久的時間，才有法度請佪徙步。」傅向陽有氣無力地答腔；原來是高人魁在身後看著這群客戶與「興營」糾纏多時，心下早有不耐，吩咐傅向陽趕緊將對方請進來，殊不知廖廷鋮仍不肯認輸，叫嚷著要給江豪吃紅色。

「一目仔，你給我站住！」廖廷鋮衝動，卻被鑲黃劍客制止，江豪本欲回擊，卻見是鑲黃劍客橫擋在前，連忙撤開了手勢，皺眉道：「我無才調佮查某人相拍，葉姑娘，這个廖姑娘……猶是愛麻煩你來。」

「你……你哪會知我姓廖？」鑲黃劍客豎起兩道細眉，神色蘊含怒意地，手上發動攻勢不歇，朝江豪連揮代打，江豪只得連連閃避，苦笑道：「知影你姓廖算啥？我閣知你號做廖完妹，兩年外進前予顏家二舍退定的姑娘，就是你，我講的著毋著？」

「！」廖完妹面色潮紅一陣，不住加重了力道，江豪連連退後，直到兩手一攤，以討饒的語氣說道：「葉水泱，你若是無鬥幫贊，我有可能就免活啦！」

葉水泱輕輕一哼，逮住江豪往後一躍的空隙，補替上前，那「曉葉蟬刀」甫出鞘，蟬鳴尖響一時貫徹雲霄，廖完妹也抽出長劍，與葉水泱短兵相接。

廖廷鉞則長劍蓄勢霍霍，提劍向江豪刺去，江豪披風一揚，只聽廖廷鉞大叫一聲，廖廷鉞肩頭被劃了一刀，鮮血噴濺到徐隆臉頰上，側耳傳來秦潮生著急的聲音：「江先生，請你手梳擽懸！」徐隆倉促間隨手抹拭，再睜開眼，江豪全身已好整以暇地覆蓋在披風之中，而眾人連江豪拔刀出鞘的影子都看不清。

「啊……」廖廷鉞肩頭中刀，左臂不停發抖，似欲再度提劍再戰，徐隆卻突然發聲勸道：「廖三俠，繼續拍是何乜苦？」

「就算我兩隻臂膀給這位姓江的砍斷，也絕對不能讓你們學老人看沒我們客人的志氣，你讓開！」廖廷鉞放聲嘶吼，徐隆莫名被這句話的氣勢暈染，心念一顫，江豪微微一笑，卻將視線轉往廖完妹與葉水泱處。

「中！」廖完妹劍尖一挑，成功將葉水泱手中銀刀挑至天際，葉水泱順手一拂，射出藏在身上的飛針暗器，廖完妹只得原步拆擋、暫緩追擊，又「鏗」了一聲，葉水泱鼓起兩腮，射出吹箭，去勢之猛讓廖完妹在格擋之際，劍身不住為之晃動。

葉水泱再度吹出兩箭，箭上紅光粼粼，不知是否上了藥？廖完妹步履不穩，一個踉蹌，沉重地舉起劍，秦潮生心下喊糟，卻完全營救不及，千鈞一髮之際，遠方來了兩枝勁道渾厚的飛箭，及時化解廖完妹的毒箭之危，射出這去勢凌厲、準頭十足的不是別人，正是「興營」大師兄石振。

「大師兄？」何勇快呼一聲，暗自驚嘆石振箭術精湛，後又眨了眨眼，不無錯愕地說：「虹小姐……虹小姐你呔會佇遮？」

「興營」押送劉國化等一幫流匪，另撥派其他人留守藍張興庄，這石振與黎洪皆是奉命留守的，那張天虹頭戴瓜皮帽，長髮結辮，儼然打扮成男子的髮式，穿著不知從哪來的月白色的馬褂，雀躍地跟尾隨黎洪後方，步履輕快而至，何勇又高聲問道：「虹小姐，你來遮，張主母（張妙娘）敢知影？」

「虹小姐，遮攏是一堆鬼精佮妖魔鬼，拜託你較正經好毋？莫規工想欲從來從去、抛抛走。」黎洪忍不住壓低聲提醒張天虹。

「唉唷，平常時毋是足愛講家己偌勢偌出脫？這馬是怎樣？會驚佇咧緊張乎？」若是平常，黎洪自然會和張天虹一言一語爭辯，但黎洪此刻僅是吁了口氣，右手按著腰間的刀鞘，神情戒備地低聲道：「著，我這馬會緊張，恭喜你臆著啦，歡喜矣無？」

張天虹難得與黎洪在鬥嘴上佔了上風，先得意地笑了兩聲，這才想到要回應何勇，道：「恁張主母嘛有來矣，伊這馬人咧謝王公廟前的廟埕坐，阮等恁等足久矣啦，來，逐家攏過去！」向來足不出戶的張妙娘竟然出現在烏日庄？負責扣押劉國化的「興營」子弟蘇越、楊喜和宋庭不禁面面相覷。

此刻「興營」大師兄石振穿越人群，走到秦潮生與江豪、傅向陽的身前一揖，道：「【藍張興】的良玉先生差我來講，謝王公廟遐的桌案攏攢好勢，阮是誠心來邀請秦少俠、廖三俠、廖姑娘遮所有的人，徙一个步，同齊來食茶。」

十餘名客戶包括秦潮生、廖完妹在內，都沉著一張臉，他們神色凝重交頭接耳幾句，廖廷鍼忍著肩頭的刀傷頗為忿忿，但一眾人嘀咕幾句之後總算漸漸冷靜，秦潮生才轉過身面對石振拱起手，說道：「好，你今才救阮的人，予你一个面子，阮就咻一喙。」

彰化縣貓霧捒保
烏日庄口．謝王公廟前

「有夠稀罕，張主母幾若年沒出外過，現此時竟然坐咧我面頭前，我真驚天頂會落紅雨。」

「恁姊夫仔的意思，嘛無知影伊咧攌啥物算盤，猶毋過你今年帶貨過來的茶葉滋味足好，就準做是我順紲親身來共你說多謝。」

謝王公廟前擺了三大張木桌，同是【藍張興】一脈的藍良玉和張妙娘各佔一桌，僅剩的一桌放滿了斟滿酒的大碗，兩人隔桌相談，藍良玉是藍老頭家的養子，平時多住烏日庄，張妙娘則是【藍張興】張家勢力輩份最高的人物，也是張天虹的母親，實際操持墾務的張惠開、張惠秋兄弟都得尊稱張妙娘一聲「阿姑」。

「你謝毋著人，我根本也無咧啉茶，茶葉好抑穤我哪會知？毋過你毋免煩惱，我會替你共攢貨的藍浦講一聲。」藍良玉哈哈大笑，最後還打了個酒嗝，張妙娘神色淡而自持，他的座位位在樹蔭下，清風徐來，顯得陰涼通風，道：「鹿仔港施家怎樣，孫知縣大人欲來，個毋願意派人來巴結？」藍良玉皺眉，敲了敲空碗，道：「曷知？施老八個倚咧海邊，共咱這改欲佮孫知縣參詳對付內山番仔也無啥關係……」

「良玉，先莫講矣，個人來矣。」張妙娘低語，藍良玉先舉起侍從汪慶斟滿的酒碗，一飲而盡，才舉目張望。

【藍張興】興營、【高福盛】高人魁等以及「客戶」秦潮生、廖家姊弟一眾人團團前來，「興營」跟「客戶」兩隊人馬，一邊丈青、一隊烏黑，壁壘分明，徐隆、蘇越、楊喜、吳嬰、宋庭等還得分心看照押送的流匪，提防客人發難搶掠，神情皆十分嚴肅。

「阿母，阮轉來啦，就共你講有黎洪個來顧我，我去踅一輪足安全的。」張天虹連跑帶跳回到張妙娘身邊，身後的髮辮不斷晃動，他隨手拉了張椅條坐下，張妙娘笑而不言，抽出手，替女兒順起鬢邊的髮絲。
「黎洪，真多謝你咧！」
「啊？張主母，這阮應當做的啦……」
張妙娘母女由石振、黎洪等其餘「興營」子弟隨行護衛，張天虹一到烏日庄，就吵著想四處晃晃，連帶指了黎洪做隨扈，面對黎洪接下張天虹任性的任務，張妙娘鄭重其事向黎洪道聲謝，黎洪受寵若驚。
「張主母，藍先生，【高福盛】的錦舍到位。」石振從另一側引領高人魁和葉水泱等落轎徒步而至，藍良玉聞聲連連點頭，道：「誠好矣，緊請過來坐落，食茶啦！」
「是……」石振甫應聲，便被後頭的高人魁頂開，石振略吃驚地皺起眉，仍是讓出空間，退到葉水泱的後頭，那高人魁完全不理石振，頰上擠著兩顆酒窩仔，燦笑道：「後輩高人魁，家父高濟芳，是【高福盛】的頭家，舊底就有捌聽過良玉先生的大名，今仔日總算見著面，良玉先生，真正是呵咾觸舌，名聲不虛！」
高人魁看似言詞誠懇地恭維藍良玉，但目光卻一直瞥向張妙娘旁的座位，張天虹心下厭惡，忍不住說道：「舅爺伊這陣一支跤囥咧椅條頂懸，坐的形有夠婧氣，你敢是因為按呢就感覺講阮舅爺名聲不虛？」
張天虹這番話，讓「興營」隱隱騷動，黎洪不住笑出聲，石振嚴厲地推了黎洪一把，黎洪趕緊收斂，餘光瞥向高人魁，沒想到那位脾氣不怎麼好的「錦舍」，此刻居然面上仍掛著微笑，沒有半分慍氣，傅向陽在此時從另一邊湊了過來，指著黎洪，當下就沒好臉色，道：「唉唷，倒手仔閣是你，你笑啥笑喔？是毋是手斷一改嫌無夠，我等會叫姚鏢頭過來連鞭共你教示喔？」

「誶，你毋知喔？拍斷手骨顛倒勇，我這馬無咧驚啦！」

「有影無影啦？你是這馬閣較勢呢？」

「你想試看覓就做你來，扶挺陽……」

「黎洪，這款場合，你講話較儉是會死喔？」

黎洪雖素與石振不和，但分寸仍是有的，這回就乾脆地閉上嘴不回應，張天虹卻是雙眉緊蹙，懷帶怒容地瞪向高人魁，問道：「這位公子，本小姐拄才的問題，你猶未共我應喔！」傅向陽道：「張小姐，阮錦舍……」

「向陽，退落。」高人魁口氣煩燥，抽出扇子，重重敲打傅向陽的後腦，傅向陽一愣，只得躬身退步，高人魁再度迎上張天虹，面上又換了和煦的表情，道：「張小姐，按呢講對舅爺有淡薄仔失禮，毋過本舍這改來烏日庄，上歡喜的頭一層事誌，就是通閣看著張小……」

「錦舍，」張妙娘忽然岔了口話，「莫講遮濟話矣，阮烏日庄的頭家趙丁火，聽講你欲來，攢這規桌上好的茶葉，你若毋啉，緊欲冷矣。」

「喔……張主毋通按呢講、毋通按呢講！這馬，人魁就隨來鼻芳啉一甌。嗯……喉韻佮喙尾誠好，真正有夠讚！」高人魁語畢，還翹起大拇指，不吝嗇給予褒意，順理成章在張妙娘旁坐定。

藍良玉笑了笑，轉過頭，眼見那群墨衫客戶神色凝重的動也不動，站立原地，便道：道：「恁幾个少年的客人朋友，是攏徛咧遐創啥？別人看著掠做是阮無共恁歡迎，來來來，桌頂有茶有酒，攏過來，毋通客氣矣！」

秦潮生、廖廷鋮交換視線，便一前一後走進那桌無人坐的空桌，他們先朝藍良玉、張妙娘一一執拱手禮致意，左手始終抓著劍柄不放，右手隨意捧起一碗水酒，仰頭，一飲而盡，還將杯碗懸空，以示一滴不剩。

㈢嘴舌無骨茲事多

彰化縣貓霧捒保
烏日庄・謝王公廟前

「這位客人仔兄弟好酒量，徐隆，你進前去楓樹腳庄，呔會無展現過這款才調？」藍良玉鼓掌以應，不忘消遣酒品極差的徐隆，徐隆只得乾笑。

「喝！」秦潮生驀地振臂一迴，將桌頂斟滿的碗全數掃落，酒水潑了一地，那酒碗品質倒好，一落地也沒隨之碎裂四散。

「恁創啥啦？」藍良玉大吃一驚，身旁的高人魁伸出手帕，拂拭噴濺到自己臉上的酒水，神情難看，張妙娘則始終一臉淡定，翹著尾指，悠然品茗，好似不把適才的動亂當一回事。

秦潮生抬步奔向興營與流匪，蘇越等人紛紛提刀戒備，石振動作更快，強硬堵在秦潮生眼前，厲聲道：「秦潮生秦少俠，請你莫振動！」石振曾隨同顏仲崴赴往岸裏社多回，是以認得秦潮生、廖廷鉞等人。

「我酒已經喝了，良玉先生的面子，給了，但人我們還是要帶走，流匪中的俞鳳、鄧焦，你們給？還是不給？」秦潮生無懼石振，悍然回應。

「大師兄，個客人對今才就是按呢，就共個講過，阮掠的是逆犯，哪有可能講提就提？個攏聽袂過去、講袂伸捙！」蘇越大聲抱怨，雙目緊瞪眼前那群神色不善的客戶。

「秦少俠，這是上尾一改警告，若愢硬欲過來，阮就……」

「哼！」秦潮生不等石振語落，當即提劍朝石振腹部刺去，石振赫然一凜，連忙側身，險些閃避不及，而這秦潮生劍招奇迅，一招不中，並未即時收式，手腕一翻，劍勢如毒蛇鑽洞，劍招如縷地復鑽向石振，石振只顧得及閃躲秦潮生凌厲的劍招，無暇拔出腰際的直背刀。

「大師兄！」其他「興營」弟子預備應援，廖廷鉞忽然高呼：「兄弟們，他們去應援，咱們就逮好機會搶人。」廖廷鉞發言令石振略略分神，秦潮生並非庸手，沒有錯過這個良機，「中！」劍尖削破了石振左腋下的衣衫，劃出一道鮮明的血痕。

但石振終於把握機會，與秦潮生拉開一大腳步的距離，腳步一蹲，眨眼間便抽出佩刀，往秦潮生的方向一躍，「嘩」了一聲，竟將秦潮生纏在頭頂上的白布巾斬成兩截，若非秦潮生腳步退得健，只怕額頭便也似石振的眉角般，留下一道鮮明的傷疤了。

「不愧是『興營』做大師兄的，還是有些本事。」秦潮生不怒反笑，出招也更為犀利，萬選劍派多為客戶子弟，他們久住於丘陵，林間蟲蛇遍布，這套劍法便是從靈蛇鑽動之姿獲得靈感鑽研而成，劍走輕盈，更將九曲機變的蛇身發揮得淋漓盡致。

石振不為所動，沉著地應付秦潮生刁鑽的劍法。石振身為「興營」子弟之首，看家的四十二招武嶺刀法不僅嫻熟，兼通一十三招防身保命的「磐石刀法」，石振將兩路刀法施展開來，旁人更難輕易損傷自己半分；廖完妹在一旁看得良久，秦潮生遲遲久攻不下，很是替對方焦急，廖完妹瞅了肩頭不斷冒血的廖廷鉞一眼，銀牙一咬，替秦潮生助陣而去，同時向石振發難。

「師妹，你剛不是不贊成我們繼續動手？」秦潮生詫然。

「你們都動手了，我贊不贊成有差嗎？而且，我剛想過清楚了，咱們是來替溫阿賢討公道，可不是什麼比武論劍，非要講什麼江湖規矩不可。」廖完妹說話之際，手中劍招毫不停歇，綿延地朝石振揮去，終於逼得石振腳步往後挪踮，秦潮生隱隱覺得不妥，畢竟石振曾從毒箭之中救過廖完妹，欲言又止。

「喂喂喂，二个拍一个，無這个道理啦！」張天虹嚷了起來，廖完妹大聲應道：「大小姐，你也摎人呀！」

「你家已講的，黎洪，你緊下場！來替本小姐……」

「莫亂矣，你佮張主母攏咧遮，我哪有可能離開啦？」黎洪反駁著，同時石振以一敵二，持續堅持了二十餘招來回，難為他左支右絀之下，也從不會主動朝廖完妹揮招攻擊，只是這二來一往間，更是落了下風。

「張大小姐，既然恁欠跤手，我規氣來鬥無閒，毋免說謝！」

黎洪一凜，打算回過身相勸，那人已迅速竄蹤，正是葉水泱口含竹管，閃著盈盈紅艷的箭頭，如流星般從管中呼嘯而出，而廖完妹後背門戶大開，首當其衝。

「哼！」石振長於弓術，眼力雄健常人數倍，他見葉水泱吹箭勁道頗快，廖完妹必定閃避不及，居然拉過廖完妹手腕，翻掩過身，正中其背，替廖完妹挨了一箭。

「大師兄！」

「大師兄！」

「真害、真害，我毋是刁故意的喔，這數袂使算我的頂頭。」

石振盯著葉水泱不答，事實上他腦袋發昏，葉水泱說什麼他都聽不清楚，後頭的黎洪見石振身子斜傾，趕上前去接應之時不慎碰撞上葉水泱，黎洪也不回頭，逕自拉過石振的手臂，搭到自己肩胛，撐住石振的身子，自己的胸口卻正對葉水泱，平白露出一個大空檔，葉水泱目露精光，正當黎洪暗暗喊糟，葉水泱卻露出了一個古怪的神情，嘴角微微一勾，冷笑了一句：

「你的命欠我一改。」

「欠啥？我拄才煞有共你求？按呢嘛愛算欠數？」黎洪心下嘀咕，後頭忽然竄出一聲清脆的嗓音：「你大師兄尻脊骿著鏢，緊共葉姊討藥仔，若無，伊的尻脊骿上少會揙三工。」那人影從謝王公廟後頭的屋寮竄出來，一如往常的，那條惹人心寒的土黃母犬跟著現蹤。

「……」黎洪見是江嵐，雙目圓睜，沒有回話。

「倒手仔，你咧踅神啥貨？恁大師兄擔到板凳條頂遐囥坦覆好勢。」江嵐語畢撇過臉，正巧和廖完妹對上目光，餘光中他又注意到秦潮生、廖廷鉞等一眾等墨衫客戶，收招停式，已與「興營」子弟保持距離。

江嵐初來乍到，他本該在後頭多觀察一陣才衝出身來，這下一定會被馮子德數落過於衝動，懊惱間，傳來石振低低的呻吟，黎洪已經讓石振安穩的伏臥椅條，後背朝上。

「阿嵐，阮大師兄……」

「倒手仔，我先來去共葉姊討藥仔……」

「免啦，哈，恁葉姊家私頭仔攏咧我遮！」

「欸？」

黎洪抛了抛他從葉水泱腰際順走的藥袋，裏頭裝有兩罐小小的藥瓶，面上表情不無得意，站在稍遠的葉水泱不禁面色一沉；江嵐早領教過黎洪這順手牽羊的本事，略有所思地搖頭淺笑，他的愛犬 Suazi「汪」了一聲，然後發足跑到石振身邊，舔了石振垂下的手背，又吠了兩聲，難為了黎洪，他現在聽到這隻狗的吠叫就不免緊張，害他當場又失態就丟臉了。

藍良玉在石振與秦潮生過招之時，原本只是作壁上觀，不發一言，此刻既見石振折損，雖非客戶所致，總是該出口過問幾句，他清了清喉嚨，道：「客人朋友，恁到底有啥物鳥鼠仔冤，一定愛這遮拍來拍去？」

秦潮生還劍入鞘，站前一步，拱手道：「良玉先生，阮毋是毋知理的人，事誌是按呢的……阮欲討俞鳳佮鄧焦兩个人，拄好佇咧恁『興營』的手頭，若是……若是恁『興營』願意共這兩人交予阮，大恩大德……另工阮一定專程來一逝共『興營』的逐家會失禮。」

藍良玉搔了搔耳垂，道：「聽起來嘛袂歹處理，恁嘛毋較早講？無的確就毋免有人著傷。」蘇越激動跳上前，忙道：「舅爺，話毋通按呢講，阮押的是朝廷逆犯，袂使烏白處理！頂頭怪罪落來，阮擔袂起啊！」

「我擔矣，驚啥？」

「舅爺，檢采講……你的意思是……」

「放！」藍良玉手勢一揮，「興營」蘇越、何勇、楊喜等開始發出不滿的鼓譟，連原本伏在椅條上的石振也激動起來。

「毋、毋通，毋通啊！」石振一激動，不慎讓原本施以扎針的江嵐刺到自己左手指腹，他嘆了口氣，出口要黎洪打暈石振，黎洪當即照辦，真將石振敲暈，江嵐心思重整，卻被張天虹潑天一嚷打斷，他怒氣勃勃，質問道：「黎洪，你就按呢聽這【高福盛】小番女的話？他伊佮錦舍身軀邊彼个痟查某是做伙的咧，你咧想啥啦……」

「虹小姐，你嘛較客氣的，伊毋但咧救治阮大師兄，心肝蓋好，哪會佮彼个痟查某摻做伙講？」

「袂使摻做伙？攏是番女，是按怎袂使？曷是講，這个番女佇你的心肝頭毋仝款？」

「我……」黎洪難得結巴，片刻後才回過神應道：「虹小姐，你講啥貨啦？伊……伊好心欲幫咱救治大師兄……」江嵐推了黎洪一記，搶過話頭，朗聲道：「虹小姐，恁大師兄石振若有啥三長兩短，我一定會予恁一个滿意的交代。」

「阿嵐，阮小姐當咧神經啦，你啥物攏毋免講。」

江嵐不語，一雙明目迎向張天虹，那張天虹依然是盛氣凌人的姿態，四目交接僵持之際，廖完妹忽然搭住江嵐的手腕，江嵐才將目光收回。

廖完妹道：「你一定愛救治這位石大哥的傷，若無，我會一世人良心不安。」

江嵐鄭重頷首，稍後竟又傳出一陣騷動，將眾人的目光又吸引過去。

隨同秦潮生同來的四名客人，正從「興營」手中提走他們追緝多時的俞鳳和鄧焦，兩人分別提拿一個，其中一名不知是俞鳳還是鄧焦，正死活在地上打滾，哭天喊地云云，俞鳳和鄧焦此刻哭哭啼啼的畫面，徐隆不由得眨了眨眼，那一日，黎貞在他身後聲嘶力竭地哭叫，在徐隆眼中遽然重疊，湧起一股煩躁之情……

他忍不住想從客人手下搶回俞鳳和鄧焦，秦潮生趕緊伸出手臂，以劍鞘抵住徐隆的肩窩，怒斥道：「做麼个、做麼个？（客語：幹什麼？）恁良玉先生攏發落矣，你毋聽是按算走反？」

「唔……」徐隆右手反握住秦潮生的劍鞘，一股憋屈，望向藍良玉大聲道：「舅爺，我拜託你，共命令收收轉去敢好？」

高人魁本就與徐隆有些過節，此刻見到他在此怪嚷不禁神色不快，「啪」一聲收起扇端，從張妙娘桌旁起身，冷言道：「徐隆，你較認命啦，你啥物身份？拍拳的爾，良玉先生的命令，敢有你應喙應舌的份？」徐隆瞪向高人魁，高人魁身旁有傅向陽還有江豪這位武林高手，徐隆不敢大意，咬牙忍耐，適逢秦潮生將劍鞘往前一伸，徐隆腳步也隨之退後半步。

「錦舍。」張妙娘忽道，高人魁立即轉頭，擠起兩顆酒窩擺出燦爛笑臉，「張主母有何吩咐？」

「錦舍，徐隆閣較怎樣，攏是阮的人，我無想欲予外人按呢指指揬揬。」

「張主母，我嘛是好心，帶念良玉先生的面子……」張妙娘聞言側仰起頭，往高人魁一瞥，高人魁訕訕地收住話，乾咳一聲，道：「張主母，你嘛莫按呢，恁大師兄著傷，這陣是阮的人咧救治呀，所以講……」

「石振是按怎著傷？彼个葉姑娘毋是恁的人？原本就是恁的人傷的，請恁的人來救治，敢毋是算拄好爾爾？」高人魁原本想在言語上擠兌張妙娘，竟不意落了下風，暗自著惱無話，餘光之中，馮子德信步從謝王公廟後頭走來，而那馮子德正巧又用極不善的眼光盯視自己，高人魁渾身不悅，朗聲說道：「我就感覺奇怪，江嵐這个死查某嫺仔佇遮，阿九你敢有可能無來？」

「頭家佮藍先生一直攏有交關，敢講錦舍是今仔日才知影？我佮阿嵐出現佇烏日遮有啥好奇怪，閣愛予你雜唸？」

「唉唷，無的確是雜種仔派恁來監視本舍，你嘛知雜種仔生甲歪膏揤斜，所以個心肝……」

「錦舍，阮這馬無彼个心情陪你喋詳這寡有的無的，嘿，頭家、顏頭家、岸裏社的張通事閣有孫大人連鞭就到位矣。」

㈢ 三方聚首

彰化縣貓霧捒保
烏日庄・謝王公廟前

大肚溪兩大墾戶首領還是頭一遭大陣仗會聚於烏日庄口，現場瀰漫著山雨欲來的凝結氛圍，二十餘名一襲墨衫裝束的大漢，自北側策馬奔騰、霍地黃沙滾滾而來，待群眾束繩勒馬，為首者俐落翻身落地，他軀幹高大，眉濃顴高，耳長寬肩，儀表魁偉，正是張通烈。

張通烈揚名彰化縣大甲溪流域，主導著大肚溪以北、大甲溪南岸的墾業，並且醫術精湛，又有「北醫俠」之稱，因與岸裏社社人交好，去年被朝廷授予「通事」一職。此刻張通烈身後身後另外跟著數位神情剽悍、肅然的中年漢子，料想是張通烈長年以來的合作夥伴，不乏萬選劍派等武林好手。

相對於【藍張興】頭人顏克軍身長玉立，棗袍箭袖，自有一股士大夫的氣息洋溢，張通烈打扮既不似商販、亦非儒士，展露出是一股虯虯武夫的氣魄，這也與張通烈一行人，多為武行出身的背景息息相關。

顏克軍一眾緩緩出轎，便雙手負背，耳聽「興營」蘇越彙報狀況，目光僅偶爾瞥向南首的流匪與客戶，始終不發一語，至於他聽到藍良玉竟然開口允諾放人給客戶送人情之事，僅是蹙眉，正眼也不看向藍良玉。

「顏頭家，兩冬無見著，真失禮，毋知顏頭家過甲怎樣？一切敢有好、有平安？」張通烈雖是一方之霸，但畢竟不過三十五、六歲，自忖是晚輩，仍是主動走向顏克軍，拱手致意。

「平安？人無照天理，天無照甲子，你閣講著平安？阮替朝廷辦事誌，關押逆犯，是怎樣恁張大通事欲來攪吵？」顏克軍撩了撩袖口，冷言冷語。

「顏頭家，彼兩个……阮欲揣的彼兩个人，顏頭家就成做恁咧掠的時陣，佪就咧過程中拍死矣敢毋好？賣予阮一个人情，對恁【藍張興】嘛袂穲啊？」

「嘿呀，張通事的話嘛是我的心內話，較歹勢講爾啦……」藍良玉高聲附和，卻迎來顏克軍一道嚴峻的目光，登時闔上嘴巴，顏克軍繼妻薛夕照見狀，趕緊緩頰道：「良玉，頭家佇咧，事誌伊講準算，你就莫摻矣。」

「既然顏頭家欲踏遮硬，好啦，我張通烈是後輩，加問一句……顏頭家到底愛啥物條件，才願意予阮毛走俞鳳佮鄧焦彼兩个？」張通烈畢竟是習武之人，氣勢漸趨懾人，惹得站在顏克軍身後的隨扈石阜微挪腳板，摩擦到泥地的碎石，發出細微的聲響。

顏克軍始終一臉淡漠，彷彿不為所動，雙方默然了半晌，顏克軍才揚起手腕撥弄了袖口，瞅向張通烈，道：「張通事，兩个土匪的賤命，你是為怎樣一定愛討？為著遮共朝廷吵，何乜苦？」

張通烈又再次高舉雙臂，向顏克軍拱手行禮，恭聲道：「顏頭家，阮有鄉親……號做溫阿賢，一个老實古意的作穡人，規家伙仔煞予彼兩个頭牲仔樣仔刣刣死，我張通烈做人的老大，這公道我一定要替他們討！」

薛夕照道：「干焦一个老實古意的作穡人？張通事，敢按呢？為著一个老實古意的作穡人，恁就需要阮佇咧口供的訴狀頂上講白賊？」

張通烈冷然道：「薛頭家娘，雖然講咱是平齊歲，我嘛敬你是頭家娘，拆白共你講，無毋著，溫阿賢是一个普通的老百姓，嘛毋是阮親情五十，猶毋過人命大過天，伊來到岸裏就是阮兄弟！我做人大的就是愛替伊討公道，按呢有啥物奇怪？」

「歹勢啦！」高人魁笑臉盈盈打斷眾人，略為化解眼前僵持的事態，說道：「共兩位頭家攪擾真正是誠歹勢啦，猶毋過乎……趙丁火頭家厝內底的飯菜攏攢好勢，這陣孫祿孫知縣大人閣有阮阿爹……攏已經入坐矣，咧等遮的逐家，毋知是毋是會當請逐家徙一个步咧？」

彰化縣貓霧捒保
烏日庄．趙家大院外

烏日庄頭人趙丁火自宅設於謝王公廟東側，相距不遠，現正在自宅外頭大擺筵席，宴請諸羅知縣兼署彰化縣事孫祿坐主位，主桌上除了孫祿知縣之外，尚有【藍張興】顏克軍、張惠開兄弟、藍良玉四人，岸裏社通事張通烈、廖敦素以及秦燈心。

【高福盛】僅有半線庄（今彰化市）高濟芳與茄苳腳庄（今彰化縣花壇鄉）李湯二人，其餘人另有安排座位，放眼望去，圓桌以高濟芳頂了一個大肚腩，最為顯眼，而高濟芳胖則胖矣，其衣綢錦緞剪裁十分合身，甚至比孫祿知縣更為講究，他瞅見顏克軍夫人、薛夕照身旁站了位八歲大的男童，便把握機會開口道：

「顏頭家，恁這細漢後生，我高濟芳食遮濟歲，一看就知，伊生甲緣投，性格嘛條直大範，大漢以後一定會出脫的！」那高濟芳生得面闊口方，寬眉大眼一笑，圓滾滾的身軀，真似一尊和善的彌勒佛，耳聽他口不停歇地稱讚年僅八歲的顏幼嶼，身邊的李湯也附和說：「高頭家講的著，大漢以後，我相信查某囡仔見若看著伊乎……煞著頂腹蓋，食飯食袂落！僥倖啦，我上細漢的查某囝頂月日才出世，若是有緣份，嫁予恁兜細舍仔蓋好。」

「李湯兄，你按呢講足無意思的。我進前才知影，你共你毋知第幾个查某囝指予……」高濟芳若有所思望了張通烈、廖敦素等一眼，才道：「照你這款方式，世間上的英雄豪傑攏成做恁的親情。」

「話毋通按呢講，照你的講法，恁下底的烏溪第一高手，羅鏢頭這陣早早是阮兜的囝婿，哪會到今伊這陣猶是十一哥仔（單身漢）？」

「高頭家，閣有李頭家，真多謝恁看會起阮幼嶼，是各位頭家無棄嫌……話倒講轉來，阮幼嶼猶閣是一个囡仔，這款場合佇孫大人頭前按呢講，實在是失禮。」薛夕照被安排在次桌，他應聲接話時站起身子，同時也示意顏幼嶼躬身垂首致意，而主位上的顏克軍僅是默默品茗，面無表情；高濟芳遂轉了話題，又道：「張通事、廖頭家，閣有……李湯的親家公！恁坐落來到今，我攏無看著恁動箸，敢是有食袂習慣的所在……」

「阮今仔日來到遮，完全是因為孫大人的關係，結親家的事，我們現在有需要花時間討論嗎？」應話的是秦燈心，即秦潮生的父親。

烏日庄頭人趙丁火見秦燈心言語不善，立時高舉酒杯，道：「秦頭家，恁專工過來，袂記先敬酒敬恁一杯，是我趙丁火失覺察，攏是阮的毋著，請恁諒情。」

「唔……」秦燈心略略沉吟，張通烈即時高舉斟滿的酒杯，一飲而盡，高濟芳亦鼓掌致意，張通烈後正色道：「高頭家、李頭家恁莫誤會，是有正經的事誌欲共孫大人拜託，絕對毋是來遮牽親引戚。」一語畢隨之起身，吸引圓桌上眾人的目光，包括孫祿在內。

張通烈當即起身，恭聲道：「孫大人，舊年多謝譚知縣的提拔，予張通烈通做岸裏社的通事，猶毋過……孫大人應該嘛真清楚阮台灣是怎樣危險的所在，今年三、四月的時陣，阮庄頭有一个好朋友，號做溫阿賢，個規家伙仔予奸民刣了了，阮揣奸民的下落幾若个月，誠毋簡單才揣著……個現此時竟然佇咧顏頭家的手頭！孫大人，向望孫大人會當替阮諒情，央倩顏頭家共手頭彼兩个奸民予阮，阮才有法度替溫阿賢個規家伙仔報仇！」說著雙膝一曲，跪了下去，廖敦素與秦燈心見狀，亦隨同張通烈拜跪在地。

朝廷正七品官員孫祿頂戴花翎，身穿鸂鶒朝服，原籍河南，在康熙六十年間派赴台灣任職，六十一年改任諸羅縣知縣，今上三年八月逢「打廉庄生番殺人事件」，原彰化縣知縣譚緯正被控失職，因而丟官，彰化縣事遂先由孫祿暫代，孫祿派駐台灣年餘，孫祿已略通當地通行的河洛話，惟初來彰化縣，對當地派系不甚了然，委請原彰化縣府師爺龍才陞服侍，喝酒招呼過程中，龍才陞袖口遮掩耳鼻，不斷在孫祿耳旁低語，而孫祿一邊傾聽之餘，也靜心思慮如何處理事態。

「本官……本官對張通事的忠心，感覺真有誠意……嗯，龍師爺！」孫祿首度發話，眼神朝龍才陞示意，龍才陞趕緊將張通烈扶起，也一道拉起一旁的廖敦素和秦燈心，孫祿沉思片刻，才望向顏克軍，說道：「顏頭家，張通事伊頭拄仔講你手頭有兩个奸民，本官有事誌想欲親身來問話，提個兩个過來，顏頭家敢會允准？」

「孫大人欲提人，一句話就有夠。」顏克軍也是上桌後首次發言，口氣仍是一貫的冷硬淡定，顏克軍淡漠的神情令孫祿暗暗忐忑，苦笑一聲，揚起右手，高聲道：「攏提過來，本官準備來欣賞……啥物號做短命的面。」一兵丁前去客戶手上交涉，很快地，又是秦潮生、廖家姊弟並肩走過來，押送兩位衣衫破爛的流匪，便是俞鳳與鄧焦兩人。

廖敦素一見廖廷鋮左臂包紮處有血漬，忍不住啐了一聲，道：「你怎麼啦？跟人家打架打輸，不是跟你說過……沒本事就不要跟別人硬拚？」

「不是啊，你明明說我們做人要硬頸，打不過，加把勁啊才……」廖廷鋮反駁。

「臭小子，跟你阿爹頂嘴？」

「阿爹，你誤會了啦，廷鋮他的意思是……」

「完妹，你也一樣，廷鋮個性一向衝動，你做人阿姊的，怎麼不拉住他？」

「阿爹，我自己的問題，跟阿姊沒有關係，你幹嘛每次……」

「你兩個都好啦、不要再講，給我閉上嘴，退下！」廖敦素最後一句話雖然不大聲，但威嚴十足，廖完妹與廖廷鋮只得止住口，緩緩退步。

「草民……草民拜見孫大人，還、還有各位頭家！」俞鳳臉色蒼白，一旁的鄧焦全身不住顫抖。孫祿蹙緊眉頭，龍才陞道：「大人問話，頭攏擇起來，聽有無？」

「是……是……」

「關於張通事指證，恁兩人共溫、溫阿賢規家刣死的事誌，恁敢有話愛辯解？」龍才陞問，俞鳳忙道：「有！孫大人，阮是冤枉的，人真正毋是阮刣死的，請大人一定愛相信阮的清白！」

「是啊，孫大人，俞鳳講得沒有錯，溫阿賢的死跟我們沒有關係……」鄧焦囁嚅的語氣激怒張通烈，忍不住站起身，指著俞鳳和鄧焦破口大罵：「什麼冤枉？什麼清白？如果你們說得是真的，幹嘛到處躲躲藏藏？如果不是害怕心虛，你們那天幹嘛鬼鬼祟祟跑走？現在又說跟你們沒有關係，誰相信？」

「孫大人……阮真正冤枉啦，彼工阮做伙旋……是姑不而將……孫大人，請一定愛替阮做主啦！」俞鳳一邊叩頭一邊哀鳴，顏克軍漠然道：「做啥物主？做恁無下手刣溫阿賢的主？抑是做恁無摻入劉國化土匪內底，佮伊同齊做土匪的主？」

薛夕照道：「是啊，就算講恁真正無下手好矣，干焦隨人搶物件這條罪名，嘛有夠恁食免錢的飯。」鄧焦原本極力克制情緒，一聽聞薛夕照的冷言嘲諷，不禁大聲嚎哭了起來，道：

「我老家饑荒，我好不容易渡船到這……原本只是想尋找一可以安穩過日子的地方，幸運的話，還可以討一個妻子過完這輩子，想不到……想不到現在，居然連日子都過不下去……嗚嗚嗚嗚嗚……」

「早知拉尿，企到天光。（早知如此，何必當初？）」藍良玉冷不防說了句客語，現場的人微微一愣，其實藍家原籍漳州漳浦，當地客人不少，藍家原本也有客戶血統，客語對藍良玉並不陌生，他出言訕笑之後，龍才陸續道：「唉，佇遐啼啼哭哭也無較縒，莫呻矣，既然恁講家己委屈，就共事誌交代清楚，孫大人會踮遮來主持公道。」

俞鳳與鄧焦互看一眼，在張通烈的嚴厲盯視之下，不免有些遲疑，張通烈厲聲道：「俞鳳、鄧焦，既然知縣大人發話，你們就盡量講，若是我真的給你冤枉，張通烈一定設法把你兩人贖出來，當做我跟你們謝罪！」藍良玉倏地笑出聲，道：「張通事，咱這馬踏的地界，莫講乎……毋是無朝廷法度通管，佇縣爺大人面頭前講這款話敢好？」張通烈難掩怒氣藍良玉一眼，雙目潮紅，廖敦素趕緊拍了拍張通烈，張通烈悶哼一聲遂作罷。

俞鳳總算緩緩啟齒，說道：「阮兩人……欠溫阿賢錢的事誌通事毋知有捌聽過無？橫直……出事誌彼工前，阮對東勢角剉柴轉來，溫阿賢拍算講阮去做工課，阮有錢通還伊，就招阮去佃兜啉酒……」

藍良玉道：「你無想欲還錢，恁就冤家量債，無細膩共溫阿賢刣死？」鄧焦急道：「不是，絕對不是！是有番仔衝進來，我跟俞鳳……我跟俞鳳……」張通烈催道：「怎樣還不快說？」俞鳳見鄧焦說不下去，續道：「阮兩人卒仔啦……有三个強盜刣入來，阮隨就旋啊……有偌遠阮旋偌遠啊！紲落來的事誌阮就無知矣啦，真的啦，阮講的攏是真的。」

龍才陞道：「所以恁的意思，溫阿賢佪兜的死佮恁兩个無關係？」俞鳳、鄧焦連忙點頭附和，秦燈心卻道：「龍師爺，若是佪講的是誠實的，是按怎無愛轉來共阮好好解說？走甲離離，敢講佪兩个真正心內無鬼？」

鄧焦道：「大人還有師爺你可聽到？他、他們看到我們就喊殺喊宰，我們兩個，不是沒想過要回去解釋，我們偷偷爬回去的時候，一堆人圍在溫阿賢家，他們口口聲聲說人一定是現在不在場的人下手，說什麼兇手一定是我跟俞鳳，每個人都揚言要殺了我們替溫阿賢一家報仇……那個狀況……誰敢回去啊？」

俞鳳道：「呵，早知會給全社的人怪罪追殺，千錯萬錯，就是我們不應該落荒而逃，應該跟那群番仔火拚，力戰而死最好，至少還討得到身後名聲……」

藍良玉道：「是呀，拍損恁一雙好跤好手，啥物路無愛行，走去做土匪？敢有較贏？」俞鳳瞪大雙目，極力反駁地道：「恁好額人講話大聲，逐項事誌早早予恁佔贏啦！阮咧？命歪人醜，為錢賭性命，中間困難的所在，敢講你有法度……」龍才陞喝止道：「喂，這位可是藍提督的親情，注意站節。」

俞鳳悲恨難抑，無力地將頭垂下，只聽鄧焦苦著臉道：「真正毋是阮甘願去做賊做土匪，阮有影是……走無路……」語帶哽咽，眼淚又流下來了。

諸羅知縣孫祿靜靜思量兩方的話，低頭與師爺龍才陞交頭接耳一會，仍是搖頭嘆息，原本喧騰的酒桌，寂然了半晌，現場在座的人，都沒有人敢發出半點聲響，直到有道聲音，從不遠的河堤方向遠遠傳出：

「啟稟大人，草民以為……張通事對俞鳳佮鄧焦的事誌，確實有誤會。」

彰化縣貓霧捒保
烏日庄・謝王公廟前

伏躺在謝王公廟外牆的石振椅條上甫醒轉，強忍背部痠麻的不適感，昏昏頓頓挺起軀幹，在一旁看護的何勇趕緊伸出手臂，扶起石振。

「彼陣客人仔咧？」石振撫著前額。

「客人閣佇遐，大師兄你看。」石振循何勇手指的方向望去，那群墨衫客戶便站在己方人馬，約五、六個馬身長度，壁壘分明，秦潮生、廖家姊弟心心念念的兩名流匪，居然仍落在對方手上？石振精神抖振，慍聲道：「恁就按呢目珠金金看個提走彼兩个人？」

「大師兄，你較冷靜咧，拄才縣爺大人來矣，咱頭家，個客人的頭家，閣有【高福盛】的高頭家，這陣全部咧為日庄頭家個兜參詳事誌，所以咱袂使烏白振動，事誌就是按呢啦！」

「縣爺？」

「著，代理彰化縣的縣爺孫大人專工對諸羅過來，頭家佮師父個攏去接待，師父無允准咱下底的人過去，所以咱干焦會當佇遮等爾爾。」

「嗯……咦？黎洪伊人咧？我會記袂輸是伊共我損，伊死去佗位？是毋是閣烏白走？」石振邊說邊搗起隱隱作痛的後腦勺。

徐隆生恐石振又要追究下去，匆匆說道：「四師兄這馬綴咧張主母佮虹小姐邊仔，伊……這款遮爾正經的場合，伊是無可能烏白走啦……」

天地之中飄散著陣陣涼意，大肚溪上一泓清水迴盪，謝王公廟前茄冬樹垂葉晃落，輕墜至石振腳邊，他忽然注意到一枚輕舟緩緩而至，一名身形魁梧的漢子將船搖櫓至淺坪，他翻身下舟，將舟上的粗繩隨意綑套在岸上的木樁，全身綠衫鏢師打扮，顯然是【高福盛】手下裝束，下顎蓄有一叢剛硬如鐵針倒刺的黑鬍，不免令人聯想到……

石振不禁打起精神，全神關注，只見那人一臉從容，步履穩健，不急不徐穿越謝王公廟的人群，卻沒有在「興營」面前停留，而是在墨衫客戶一干人等面前停下腳步。

「兄台，我是高頭家下底的人，請問張通事可在？」出乎意料，那鏢師竟以客語問話。

「這位大哥找張通事，有何貴幹？」廖完妹應話之後，被秦潮生給擋在身後。

石振、徐隆、何勇等一干人等，與墨衫客戶有一段距離，僅能聽到零零落落的對話片段，石振心下犯疑之際，眼見似是獨目漢江豪傳達府方號令，要求客戶押送俞鳳、鄧焦至縣爺面前。秦潮生拉了廖完妹的衣袖，並對廖廷鋮叮囑幾句，便押著俞鳳，而讓江豪押著鄧焦，那黑鬍漢子也跟在他們腳步，向縣爺所在之處前行。

「咱嘛綴咧去。」石振起身往前，微微舒展筋骨，自覺已無大恙，徐隆卻道：「大師兄，師父有交代，驚講咱過去閣拍起來就毋好矣。」

「講是按呢講無毋著，猶毋過……我猶是感覺足無法度放心的，尤其是，我對……對……頭家閣有張主母的安全……」出乎意料，平素最少主見的何勇居然反駁徐隆。

「話講好勢，哪會愈講愈細聲？」徐隆忍不住挖苦起何勇，道：「頭家身軀邊有石阜，師父、阿洪嘛佇咧，良玉先生、張主母個身邊攏有人鬥顧，勇仔，你咧緊張啥貨？」

「五師兄，檢采講是因為四師兄無咧佬邊仔，你才變甲遮老實？」

「哇，這馬會唱聲？檢采講是因為四師兄無咧邊仔，你嘛變甲遮爾會曉講話？」

石振適才陷入思索，並未將何勇與徐隆的鬥嘴聲聽入耳，神情始終嚴肅，沉吟結束後，終於出聲道：「我猶是袂使放心，彼个【高福盛】的鏢師毋是普通的人，我決定猶是欲綴過去看覓，觀察一下才好。」

㈢大肚溪誓盟

彰化縣貓霧捒保
烏日庄・趙家大院外

「來者何人……？」孫祿眼尾一抬，便見一名身形偉岸的漢子入眼，身旁另站了位頭戴斗笠的獨目漢，同時並肩而立，高濟芳笑呵呵地道：「孫大人，這是是阮【高福盛】的鏢師頭手，號做羅辭，功夫是一等一的好，邊仔是一个我足重要的朋友，江豪，個兩人是師兄弟，這馬來的拄好，共孫祿孫大人跪拜。」

「是。」江豪與羅辭依言見跪拜，孫祿不忘打量眼前鏢師打扮的漢子，見他風塵僕僕，刺髯滿腮，神情不怒而威，不似一般江湖草莽，氣質與眾不同。

顏克軍挽了挽肘上的衣袖，一臉無事狀，站在圓桌後方的石紹南高聲說道：「羅鏢頭、江豪，足久無看著，今仔日看著恁舊頭家，哪會無出聲招呼？按呢的禮數，予人真感心。」

羅辭原本正眼凝視孫祿，他起身時拍拂起雙膝塵埃，彷彿無視石紹南與顏克軍，道：「羅辭的舊頭家是張定侯老官人……這我家已足清楚。」頓了頓，羅辭朝向張惠開拱手，道：「張頭家，這幾年來，【藍張興】扞甲聲勢真好，老頭家在天頂看著，定著足安慰。」

石紹南道：「確定？【藍張興】聲勢起來進前，你早早就離開去倚【高福盛】，這馬講這款話，毋是共阮譬相？」

「石師傅做你放心，我逐工為著【高福盛】四界走傱，無彼个工夫共恁【藍張興】譬相副洗。我這斗來，上主要是欲共孫大人佮各位頭家報告，溫阿賢個兜的事誌，確實佮俞鳳、鄧焦兩人無底事，向望孫大人佮張通事會當聽阮的說明。」

孫祿道：「張通事，廖頭家閣有秦頭家……本官是拍算來聽這羅鏢頭欲怎樣講，恁三个咧？敢有這意願？」張通烈沉吟片刻，餘光中瞥見秦潮生、廖完妹兩人挾劍倚立在不遠之處，後襬一揚，重新坐定圓椅，道：「當然，眼前這位羅辭，江湖當中有『烏溪第一高手』的威名，有機會見著伊一面我已經感覺足歡喜，伊對這層事誌若有了解，我嘛是足好奇聽伊欲講啥，羅鏢頭，請。」

「佇我開始講進前，有幾个問題想欲問，溫阿賢個兜的命案，發現的時陣，規个社干焦俞鳳佮鄧焦兩个人無咧現場？」

張通烈道：「除了個兩个，閣有柯左佮李化，阮攏有捌揣個的跡影，其中，李化已經死矣，聽講是走入去土界外，予生番銃殺，柯左到今猶閣人無影。」

龍才陞一凜，開口對俞鳳與鄧焦問道：「彼當陣佮溫阿賢啉酒的時，干焦恁佇咧現場？無其他的人？」俞鳳與鄧焦搖了搖頭，俞鳳忽然像想起什麼事，趕緊補充說道：「毋過，溫阿賢招阮去啉酒的時，柯左嘛佇咧，是行咧阮後斗……伊……伊彼工，是佮阮同齊去東勢角剉柴……」

「柯左？我還以為他跟李化一樣，都死在生番手上，凶多吉少，你們這麼一說……」張通烈為之色變。

「柯左這馬佇咧半線庄，是我下底的人咧顧。」羅辭語出驚人，引起現場墨衫客戶一陣耳語。

「著著著！伊、伊比阮加較有嫌疑著無？無的確……那群土匪是他串通的？」鄧焦差點跳了起來。

「恬起！」孫祿低吼一聲，道：「羅鏢頭話猶未講煞，恁攏莫遮爾激動，羅鏢頭，你繼續講，為怎樣柯左會佇你遐？」

「是，這事誌嘛無複雜，我來遮進前，攏佮阮鏢隊咧快官庄辦事誌，煞佇遐拄著一个身軀頂攏是血的人，伊講伊的名是柯左，岸裏來的客人，原本欲𤆬伊去報官，伊死活無愛，伊講伊本底想欲去大埔心（今彰化縣埔心鄉），行到遮毋捌路無細膩跋落山跤著傷，我就想講放伊一个人佇遐也袂使，就先共伊悉轉去半線庄歇睏，但是咧路途中，我就接著阮師兄仔的粉鳥，愛我緊趕來烏日庄遮，向望事誌攏會赴。」

張通烈、廖敦素、秦燈心三人互望，之後同時向高濟芳行禮，表達高濟芳部屬施救柯左的感謝之意，高濟芳謙謝幾句，張通烈不禁又問羅辭：

「柯左敢有共你講啥貨？阮揣無伊的下落嘛足久矣，到底是為啥物原因，伊毋願轉來岸裏社？出事誌也毋願意報官？」

「重點是……」師爺龍才陞補上一句，道：「這柯左佮溫阿賢的命案有啥關係？是按怎你講會當證明俞鳳閣有鄧焦的清白？」

羅辭道：「柯左佮我講是伊聽著無應該聽著的事誌，溫阿賢予人刣死，是岸裏社內底的人去倩的，伊有一个慣勢，食暗頓進前攏佇樹仔頂小睏一下，無細膩聽著，伊彼陣閣叫是是講耍笑，無囥咧心內，煞無想著，溫阿賢規家伙仔出事誌才知影是誠實的。」

「啥物？」張通烈滿臉詫然，「若是真正有這款事誌，是按怎伊無共我講，一个人暗崁遮久？」

「哪有啥物奇怪？」藍良玉雙眉微挑，口氣輕慢，「恐驚嘛是恁社內有頭有面的人，伊無膽講嘛是正常的。」

「烏白講，有本通事佇咧，我就無可能允准有人咧岸裏烏白刣人！」張通烈嗤之以鼻。

藍良玉道：「張通事，話毋通講傷早，這个人譬論講……我是講譬論講喔！譬論講是恁後頭咧？張通事，聽講你佮幾若个土目的查某囝結親，若是講恁後頭……喂喂喂，莫激動、莫激動，我是講闢論講……莫激動……」

張通烈原本握緊拳頭，作勢拍桌對藍良玉示威，連忙被座位旁的廖敦素、秦燈心強行拉住，好說歹說下才恢復冷靜，張通烈坐回位置，牙根仍然緊咬，傳出忿忿厚重的呼吸聲，直到他吐了口氣，道：「羅鏢頭，歹勢共你攪擾，你繼續講，柯左閣有講啥？」

羅辭道：「紲落來嘛無濟，逐家發現講溫阿賢出事誌，全社的人圍咧遐，喝聲欲替溫阿賢報怨仇、揣俞鳳佮鄧焦討公道的時，彼位指示竹雞仔去刣人嘛咧現場，佮逐家同齊喝聲，所以柯左感覺足驚的，伊感覺伊繼續蹛遐，早慢會煏空予彼人發現，所以伊就旋矣，嘛無願意閣轉去岸裏社，攏是這个原因。」

秦燈心道：「羅鏢頭，講句拆白的，阮猶無捌你，咱嘛無啥交情，阮是按怎欲相信你的話？」羅辭身旁的江豪淺咳一聲，首次在這個場合發言：「秦頭家，這話毋著！」

「嗯？」

「事誌就親像你講的，阮師細佮俞鳳閣有鄧焦兩人根本就無交情，替個講話，一仙五銀的好處攏無，若是秦頭家猶是張通事、廖頭家無愛相信，會當徙去半線庄親身行一逝問柯左，這馬知縣孫大人嘛佇咧，共柯左、俞鳳閣有鄧焦全部攏押去衙門內底，予孫大人一个一个審、一个一个問，溫阿賢的命案到底是怎樣，我相信真緊就有清清楚楚、明明白白的結果。」江豪振振有詞，令孫祿與龍才陞也不禁同時點頭附和。

張通烈斜眼望向躬身跪地的俞鳳和鄧焦兩人，琢磨江豪的話語，若羅辭提供柯左的供詞屬實，他們如此大張旗鼓和「興營」興師問罪，反而是己方理虧，也大大削弱自己的威望，手指敲了敲飯桌，沉聲道：「孫祿大人對諸羅來，毋知會咧彰化縣衙門偌久，有啥物愛審的、愛講的，孫大人拄咧現場，為怎樣現此時毋欲順紲交代？閣愛阮去半線庄？恁閒毋會核卵割來摕？（客語：多此一舉）」

顏克軍轉了轉手中空杯，垂目道：「張通事，孫大人閣有高濟芳頭家、李湯頭家……阮今仔日會來這个所在、趙丁火頭家會攢這桌飯菜，應該毋是專工來聽恁岸裏社的家內事。」

張通烈眼色一緊，手中的空杯不慎被迸出一道細微的裂痕，龍才陞趕緊陪笑出聲，道：「張通事，恁做你放心啦，咱……上重要的事誌參詳了後，孫大人閣會駐咧半線的縣城半月日，恁的事誌孫大人一定會主持公道，先暫時按呢啦，俞鳳佮鄧焦的事誌，阮較晚才來處理好無？」

「孫大人……」張通烈似是不願死心。

「好矣，」孫祿有些不耐，揮手打斷張通烈，轉眼又問：「你……羅辭，大清律法咧頂頭，若是天理昭昭，本官一定會還俞鳳佃兩个公道，猶毋過，真濟的話是袂使清彩講的，連傳話也袂使。羅辭，本官愛你來擔保，你傳達的話，逐一个字，攏是誠實的？」

羅辭單膝跪地，振聲道：「草民佮俞鳳、鄧焦今仔日是頭一擺見面，佮阮師兄講的仝款，完全無必要替佃兩个來攔，有影無影，開堂召見柯左，一問就知。」

張通烈咬緊牙關，羅辭一字一句聽得清晰入耳，雙手微微一顫，才鬆口氣說道：「多謝孫大人，話講轉來，嘛是愛多謝羅鏢頭願意顧慮阮的顏面。唉，顏頭家，害恁的人著傷，張通烈……佇咧遮共顏頭家先會一聲失禮。」

顏克軍道：「若是這層事誌會當煞鼓，石師傅後生的傷，嘛算是足有價值。」

高濟芳乾笑兩聲，歉然道：「兩位頭家，真正愛講失禮是阮啦，張通事伊嘛無毋著，我頭拄才聽阮後生講，攏是伊乎……放伊的下跤手人烏白來、烏白舞！石師傅的公子才會著傷，一切攏是阮的毋著……高人遠，閣覕咧後壁創啥？緊出來，共顏頭家謝罪！」

此番烏日庄三大墾戶首聚首，高人遠原本就出席與會，始終默默跟在高濟芳身後，安分守己，倒是那高人魁，一早就先出沒在烏日庄晃悠，先與烏日庄趙丁火和藍良玉接頭，若烏日庄有衝突發生，怎樣也算不到高人遠身上，高濟芳仍在現場當眾斥責高人遠，包庇高人魁之心不言而喻。

隨侍潘介預備發言反駁，高人遠卻伸肘頂碰潘介一記，才前行至高濟芳身側，高濟芳啐道：「徛我身軀邊物事？顏頭家佇頭前，過去，共顏頭家會失禮。」高人遠依言照辦，態度恭謹地向顏克軍賠罪，潘介忍不住撇開目光，懷帶怒意地在高人魁與葉水泱間來回逡巡。

高人遠半躬著身子行禮，顏克軍卻遲遲不叫起高人遠，就讓他維持姿勢不動，直到孫祿淺咳一聲，顏克軍才拂了拂袖口，「無事誌啦。」高人遠才順勢挺起身子。

「好啦、好啦，無事誌上好，孫大人罕得來咱遮，主要是欲佮咱做伙參詳按怎對付內山番的事誌。」龍才陞見到眾人不再劍拔弩張，乾淨俐爽地大聲說道：「逐家攏是彰化縣的百姓，咱彰化縣倚內山的所在，自南到北，一片一片足大一片，若是設隘寮、設地界，干焦靠一个地主佮頭家爾，是無法度應付的，所以乎……今仔日趁孫大人佇咧現場，毋但是【高福盛】的高頭家、李頭家，【藍張興】的顏頭家、張頭家，岸裏社的張通事，逐家討論看覓，看有法度同齊拍拚、出力，莫予個內山番仔簡單落山，刣死咱平洋的百姓好無？」

張通烈道：「這事誌阮本底就有咧處理，既然孫大人遮爾關心，阮好朋友廖敦素佃佇咧螺溪遐的事誌嘛差不多，真拄好，佃遐的人過來，會使增加阮遮的跤手。」張通烈等不知是否因適才添亂之故，此刻回答得非常乾脆。

高濟芳道：「孫大人的意思，拄好嘛是阮的意思，大人做你放心，設隘寮、招隘丁的事誌，我佮李湯一定加加頂真去辦。」

聽著高濟芳、張通烈接連表態願意配合，孫祿、龍才陞連連點頭，顏克軍仍默默不言，龍才陞問道：「顏頭家，高頭家佮張通事的意見你有聽著啊，毋知顏頭家心內是怎樣想的？有啥物意見敢會使講出來，予阮知影？」

顏克軍輕輕一哂，道：「我哪有啥物意見？這寡事誌就算講孫大人無交代，阮普通時仔嘛咧做，是毋是啊？高頭家？咱咧烏溪水頭萬斗六、北投社遐相拄，毋才是進前的事誌？」

朝廷開造戰船，顏克軍為了伐木的事業，在內山處廣設軍功寮，時不時與【高福盛】的勢力有爭地搶工等紛爭，除了黎洪和徐隆在六月間駐紮萬斗六和北投鎮番寨隘首馮剛之事之外，斷斷續續仍有大事小事不斷，從未止歇。

高濟芳皺眉道：「顏頭家，你嘛莫按呢講話，內山嘛毋是攏你的，起柴寮、起隘寮、招工人、倩隘丁，阮嘛是厚本，我是無想欲佇遮講啦，恁下底的人，有當時仔嘛是會去阮起的蹛，敢有乞丐趕廟公的事誌發生過？有啊！我敢有逐改攏計較東、計較西？無啊！」

這氛圍才好轉，眼見顏克軍、高濟芳似乎又要吵起來，龍才陞連忙勸道：「哈哈，顏頭家、高頭家，有話好好講啦，冤家宜解不宜結，逐家好好講話，向望紲落來攏會當好好合作，摻張通事鬥陣對付這个番仔落山，顏頭家、高頭家，官府遮是有誠心共恁拜託啦！」

高濟芳是生理人，翻臉跟翻書一樣輕鬆容易，登時換張笑臉，點頭稱好，只有顏克軍，他面無表情地道：「合作會使矣，若是有機緣，我嘛足想欲共高頭家、張通事仝款，好好交關，阮的交情就是無佪的好，莫怪阮是欣羨甲流瀾。」

「這顏老闆又是哪一齣？」孫祿低頭望向龍才陞。

「大人，這是卓登邦當知縣時期的恩怨，當時大肚溪南岸打成一片，死傷大部分是高家這的人，顏老闆最後關頭才派人調停，朝廷還為此表彰他們藍張興庄，給他們許多特權，高老闆這邊的人就不太高興了，別看高老闆這尊菩薩笑呵呵的，他還是常常放話顏家就是個撿菜尾，還四處邀功不要臉，氣憤難平。」

「所以兩家的樑子就結下了？」孫祿又問，聲音壓得很低。

「不只這樣啦，牽扯到田、園、水、人啊……包括那群穿黑衣的客人在內，這幾位老闆的樑子從來沒少過，畢竟……顏老闆兩位公子在調停和鎮壓上出力甚多，其中，顏老闆的大兒子還因此送命，所以高老闆說顏老闆是撿菜尾也不一定公平。」

「原來是這樣，還有什麼要特別留心的？」

「大人只要搞定顏老闆和高老闆，其他事相對好辦，高老闆本來就很好講話，而且他交遊實在廣闊，中部的熟番，只有他能搞定，連鹿仔港的【施長壽】也非常支持他。」

孫祿與龍才陞以官話交頭接耳一陣，注意力重新轉回面前，續聽這幾位頭家的交談。

「顏頭家，有啥物事誌，敢有法度拆白講？真歹勢，阮是客人，阮的老話（泛指漳泉話）無遮好，恁話若囥傷濟話，阮恐驚會聽袂出。」耳聽顏克軍有言外之意，廖敦素不禁出言質詢。

顏克軍撥了撥手袖，薛夕照當即道：「廖頭家，阮頭家無別項意思，阮就是足欣羨講，李湯頭家佮秦燈心頭家原來是遮爾仔好的交情，底時欲食喜酒的消息阮攏無接著通知。」

張通烈眉頭一沉，廖敦素卻先開口說道：「這事誌好講，顏頭家，恁囝按怎予阮退定，你敢猶記得？兩冬過去，阮查某囝猶未嫁出去，恁愛負責，咱閣有可能轉去以早仝款。」

顏克軍袖口一晃，道：「阮後生猶閣細漢，若是廖頭家無欲嫌棄，阮心腹的大漢後生，石振，統領『興營』的大師兄，敢有這个資格佮廖頭家的千金講親情？」

廖敦素略一沉吟，薛夕照也不忘補充道：「石振的大姊拄好嘛是顏頭家的大漢新婦，廖頭家，你會當好好斟酌一下。」原本站在廖敦素身後的廖家姊妹相互拉扯爭執，片刻後，廖廷鋮才笑嘻嘻快步到廖敦素耳旁低語，廖敦素展顏大笑，「好！事誌就按呢定矣。」

高濟芳大肚腩一低，隨手拉了拉腰帶，笑道：「廖頭家，恭喜恭喜，這斗的喜酒，有咱孫大人佇現場做見證，有影是足大的福氣啦！」

「呵呵……」孫祿亦鼓掌附和，正當圓桌上眾人歡笑連連之際，高人魁忽然走了過來，並對孫祿躬身拱手，孫祿問道：「這位是……？」

「這是阮的細漢後生，號做高人魁……阿魁仔，我猶未共你叫，你過來物事？」高濟芳語意略帶責難。

「阿爹，」高人魁面上微微一紅，略顯遲疑地望向高濟芳，低聲道：「你進前有共我講，講若是有機緣，嘛愛替我講親情……」

「啪！」高濟芳臉色一變，猛然拍起桌案，高人魁吃驚往後一跳，將話吐到一半，高濟芳斥道：「這馬啥物情形你袂曉看？你緊共我轉去，莫徛遮鎮地惹我受氣！」

孫祿倒是頗有興緻，隨意拿起酒杯，一飲而盡，道：「高頭家，本官無啥物特別啦，唯一有一點算是袂穤，就是本官這人公平，嘛莫予人有窮分的感覺，我既然見著廖頭家佮顏頭家的婚約，高頭家遮有啥物意愛的對象，本官嘛會使鬥你牽成。」

「孫大人，講誠實的，我……」

「我猶未講話，高家當時換你來做主？退落去！」

高人魁又看要插話，再度被高濟芳喝斥，高人魁滿臉委屈，卻也只得併退腳步，高濟芳忍不住搔了搔頭頂的瓜皮帽，周圍的目光都打量著他，都怪這個白目的兒子，未禁他同意擅自發言，連孫祿都在等待他開口，令他難以下台，與此同時，高濟芳不經意間與身旁的李湯目光交錯，一道念頭，如電光石火般迸現。

「呃……哈哈哈，孫大人……」高濟芳笑著向孫祿拱手，道：「是按呢啦，今才你嘛有看著，阮的這个鏢頭，羅辭，伊佇我遮緊欲十冬矣，是我足好足好的部下，攏是我這个頭家毋好，逐工叫伊走從袂煞，伊攏三十猶未結親，若是有這个機緣，孫大人會當替伊牽成，我就先替阮羅辭共大人說多謝。」

被點名的當事人羅辭展眉大愕，饒是他見過無數凶險場面，也不曾向今日一般，滿懷錯愕地呆立當場，直到他身邊的獨目漢江豪大力朝他後背一拍，「欸，陷眠呀？緊佮孫大人閣有高頭家說多謝啊？」在羅辭渾噩之際，高人魁卻搶先再度站在高濟芳身後，充滿惱意，急道：「阿爹，這佮你進前共我講的無仝款，你答允講欲替我共……」

「恬起，江豪、傅向陽，緊共這猴囡仔共我炁走！」高濟芳側過身揮舞手臂示意把高人魁趕走，他的大肚腩不慎卡住了飯桌，飯桌上的酒杯茶水顛了顛，好幾杯差點溢灑出去。

「錦舍、錦舍！聽頭家的，走啦……」

高人魁還想爭辯，兩支臂膀卻分別被傅向陽以及江豪給架住，原本高人魁還想對傅向陽咆哮洩憤，但見另一邊的江豪也動手制止，總算萬分勉強地退回圓桌後方，此刻高人魁雙目流瀉出滿滿的不甘，潘介斜眼望去，以不乏幸災樂禍的語氣，低聲對高人遠說道：「看看他，也會有這麼嘔氣的時候，算是替咱們出了一口怨氣。」高人遠點頭，沒有答腔。

「這是好事誌，本官當然願意牽成，猶毋過……」孫祿訝然於高人魁竟對高濟芳如此激動，忍不住好奇相詢：「高少頭家原本拍算怎樣……伊頭拄仔一直講啥？張……張？是毋是咧講張家抑是啥貨？」

「哎啊，」高濟芳連忙斟滿酒杯，起身向孫祿敬酒賠罪似的，「阮囝咧講耍笑，孫大人聽過笑笑就好矣啦，這杯酒……替阮彼个烏白講話的毋成囝處罰家己，失禮啦！」

「張家……張家毋是阮咧做主啦……」

當眾人目光集中在向孫祿敬酒的高濟芳上時，顏克軍不經意飄來一句話，一下吸引全部人的目光，而顏克軍神情絲毫不為所動，他緩緩將目光轉向張惠開、張惠秋兄弟，當場又惹得在場群眾喧嘩，高人魁悶聲在後頭，咬牙切齒。

張天虹瞪大雙目，吃驚地望向那位羅辭，對上眼只覺對方神情粗魯、兇惡地令人恐懼，一時間天旋地轉，竟自暈眩，伏在遠處觀察的何勇不禁大為焦急，他恨不得趕緊飛奔過去，沒想到顏克軍的隨扈石阜搶先一步，拍拍張天虹的肩膀，微微搖頭。

張天虹緩過神來，才聽【藍張興】二當家張惠開說道：「孫大人，阮阿姑拄好有一个契女，伊佮眼前這位羅鏢頭，有影是郎才女貌，我贊成這个婚事，請孫大人牽成。」

「誠好，既然孫大人佮惠開講好勢……」黎洪沒聽清顏克軍接續的話，腳步一顫，只想向前懇求張惠開收回成命，卻被張天虹抬手拉住手臂，張天虹勸道：「黎洪，你這馬拍算欲創啥……」

「我拍算欲創啥？嫁出去就毋是你，你閣敢問我拍算創啥？」黎洪當即不假辭色，張天虹一時語塞，黎洪手臂猛抽，張天虹不住併退雙足，再來竟是江嵐，他伸起手臂阻攔，橫擋在黎洪正前方。

「閃開……」黎洪緊咬下唇，神情極力克制，江嵐仍然晃頭，神情堅毅，「閃開……」黎洪又低喃一聲，江嵐反倒踏前半步，黎洪內心跌宕，忽而頹喪的跪坐在地，與江嵐腳跟那條黃土犬平肩而立，無力地垂下腦袋，雙肩微弱地顫動，似是抽咽。江嵐也跟著屈膝而跪，試探性伸出手，輕拍黎洪的雙肩，低語道：「我知影你足艱苦，毋過真正無法度，你一定愛好好保重家己……」。

「喝！」渾厚的叱吒聲響徹雲霄，張天虹再度回過頭，「興營」徐隆像脫韁野馬似的，不顧一切地衝出人群，直直奔向羅辭，拔刀猛斫。

「鏗！」饒是羅辭素有「烏溪第一」的江湖威名，對徐隆如此氣勢，也不由得吃了一驚，當即抽刀迎擊。

「五師兄，我知影你咧想啥，毋過現此時有孫大人、各位的頭家攏佇咧，你定著愛忍耐，抰使遐爾衝碰！」為免事態擴大，何勇撲上前，攬住徐隆雙臂。

「你知影我啥貨？你知影我啥貨？你講矣你哪會毋講？你自細漢意愛的人，敢有捌親像貞兒仝款，一擺閣一擺、遐爾仔清清彩彩予人指來指去？」徐隆體魄健壯，不僅塊頭比何勇高、氣力更在何勇之上，拉拉扯扯之間，強橫地將何勇甩出，何勇狼狽地跌坐在地。

徐隆掙脫何勇之後，如猛虎出閘，攻勢不斷，招招狠絕，橫砍側劈的刀招悉數毫無保留，更帶有著玉石俱焚的狠勁，似是極欲致對方於死地，望之不禁駭然。

「興營」徐隆勇武之名，【藍張興】眾佃戶等早略有耳聞，卻從沒幾個人正眼看過徐隆幾次，今日首見徐隆力戰羅辭，虎虎生風，迅如飛龍，凌厲狠辣，無不膽寒，心中不免對於顏克軍這個墾戶首更畏然生敬。

正當大家關注卯足全力鬥狠的徐隆，接招的羅辭僅是不急不徐地反握刀柄，使得是與常人殊異的反刃刀法，眼見他全採守勢，以反手掛刀的刀法，執刀的右手前後掄動，不急不徐地接下徐隆所有的殺著，幾招來回下來，徐隆已是滿身大汗地張口狂喘。

羅辭衣襟飄飄，神情顯得泰定，低眉打量略有折痕的刀柄，不禁嘆道：「這位少年家，咱兩人是有偌深的冤仇？你敢有需要按呢……抰輸共我刣死才甘願？」

徐隆盯視羅辭，一手搗起胸口，企圖壓抑胸腔狂躁亂跳的心臟，沒錯，他與羅辭素無冤仇，他痛恨自己身份卑微，婚事僅能任人擺弄，也怨恨自己怯弱無用，沒有帶著黎貞高飛遠走的勇氣，眼前的人……不論他是誰，就要成為取代他婚配的對象了，累積許久的鬱悶，再也無法令他鎮靜，他只想舉起刀，朝對方全數傾瀉他的滿腔怒火。

「我共你刣死，頭家才會共命令收收轉去，我共你刣死，貞兒就毋免嫁予你！」

「貞兒？」羅辭忍不住笑出聲，「這个查某囡仔的名真好聽。」

「恬恬，我毋允准你的喙講著這个名！」徐隆怒目皆裂，再度將他的髮辮拋甩纏繞頸項，揮掌凌空拍出，掌力一催，便如一道無形的兵刃，朝羅辭推送而去，羅辭不敢怠慢，雙目凝神，吸了一口氣，也是一掌如排山倒海之勢，鋪天蓋地而去。

羅、徐雙掌碰撞、內力相激，「砰」了一聲，兩人撤掌後身子各自一騰，只見羅辭長身而立、紋風不動，而徐隆為了穩住身子，腳足似不得已往後一踏。

「少年人，我勸你較緊煞鼓，趁這陣……事誌猶未遮嚴重的時，莫拍矣。」

「啥物煞鼓、啥物莫拍？無可能啦！」徐隆立時重整態勢，蹲低馬步，儼然蓄勢待發，此時徐隆面色潮紅，騰騰殺氣外顯無存，望之令人不寒而慄，卻有一人膽敢縱身一躍，逕自欺到徐隆的正前方，出乎眾人意料之外，那是馮子德。

「阿九，哪會是你？你緊閃開！」羅辭驚愕之餘，趕緊上前，作勢拉開馮子德。

馮子德巍然不動，他的乍然現身，令徐隆略略鎮定下來，他此刻不得不大抽口氣，質問道：「這馬是按怎？阿九，連你嘛欲共我擋是毋是？你緊閃！你若是毋閃，我算到三……莫怪我無共你警告！」

馮子德無懼眼前粗聲大氣的徐隆，正色道：「徐隆，你聽我講……」

「一……兩……」

「佇快官庄的時陣，羅大哥捌救過你一改，你一直想欲共伊說多謝的，你攏忘袂記矣？」

「！」徐隆僵直當場，目光苦澀地在馮子德和羅辭兩人間逡巡，石振與何勇逮住時機從後頭攬住他。

「五師兄，咱來走啊……」

「嗚……嗚嗚……」

徐隆心懷不甘地垂下頭，表情扭曲，拼命克制著無聲的淚水，漸漸灑落衣襟。

徐隆造成騷動，很快就被孫祿等人當沒有發過一樣平息，對那些大人物而言，這不過是場微不足道的小風波而已。諸羅知縣孫祿繼續與倚靠彰化縣內山的大墾首【藍張興】、【高福盛】和大甲溪南岸張通事等商議，劃定好隘寮守衛範圍，相約若欲內山侵擾，應互相馳援，或支援物資、人力等，很快便達成共識，在烏日庄締結「大肚溪誓盟」。

在散會之際，「興營」總教頭石紹南總算走到江豪身前，面色不善地質問道：「客人柯左的事，恁消息傳甲有夠緊，緊甲我攏毋知是該毋該相信。」

「我若是無這款才調，買賣消息的生理早就換人做啊。」江豪摘下斗笠，微笑。

「客人仔佮【高福盛】是當時鬥搭上的？」石紹南問，江豪唇齒一晃，右側臉龐上的刀疤隨之拉長，卻沒回應。

「江豪，你無聽著？我敢有需要閣愛講一遍？」

「唉，好啦，我共你講，這消息我早早就共短刀會通知過，煞落尾是按怎予人壓落，我就毋知！」

石紹南正自凝思，江豪拍了拍石紹南的肩，說道：「這幾句話就算是……多謝【藍張興】替阮師弟講親情的答禮，毋免謝啦！」

㈢九月風颱無人知

彰化縣貓霧拺保
藍張興庄・張家大院

【藍張興】張妙娘有女出嫁張燈結綵，出迎前夜，盥洗之後，年輕的少女長髮披肩，黎貞獨坐梳妝檯，反覆凝望著銅鏡反射的自己，銀製水珠狀耳鉤，緊緻合身的大紅襟，繡著金線絲鑲邊的鳳凰圖騰，眼見鏡中的自己華貴大方，黎貞嘴角微微一揚，沒想過自己也能如此好看，一切，還真是多虧張家的福氣。

暮色流轉，外頭喇叭嗚奏聲響始終不斷，黎貞漸漸對那些吵雜的聲音有些麻木，連同他的思緒亦隨著咚咚的鼓聲，越來越沉。

「叩！叩！」

「蔭仔？是你就入來呀！」

「是我。」是歐陽嫌。

「嫌仔阿姆……」黎貞抬起眉，歐陽嫌小心翼翼推開房門，微胖的身軀腳步很慢，總是有倒映銅鏡的那一刻，與黎貞視線交會在鏡面上，歐陽嫌眼皮的烏青清晰可見，唉，阿姆到三更半夜就會驚醒、睡不安穩的老毛病，似乎沒有好轉過。

「恁母仔若有這个福氣看著你媠甲按呢就好矣，唉……」當歐陽嫌將雙手搭在黎貞的肩頭，黎貞周身如遭雷擊一般，雙手掩唇，斗大淚珠傾瀉而下。

「嫌仔阿姆，若是早知影……我佇恁身軀邊的時陣遮短，我一定會加倍共你友孝……你悉阮悉到大漢，我煞……煞袂使……」

歐陽嫌輕撫著黎貞的髮絲，黎貞摀著臉哭了一陣，等著黎貞擤擤鼻涕，情緒稍稍平復後，才開口道：「貞兒，我有一層足要緊的祕密愛共你講，本底，我是按算一世人园咧腹內，隨我佮棺柴枋……」

「阿姆，攏到這个坎站，你毋共我講嘛無要緊才著……」

「毋著，顛倒是到這个坎站，我無共你講才是袂用得！」

吉時已至，黎貞換穿上成套的鳳冠霞帔，他在李蔭娘的陪伴下，走入廳堂，張妙娘與石阜已坐在廳堂之上，等待黎貞進行跪拜之禮，身後遠遠傳來一陣敲鑼打鼓的鳴響，來自烏溪南岸迎娶的隊伍已在張家大院外等候多時。

黎貞朝遠方夾雜的人群中匆匆一瞥，此時此刻，他忽然希望能夠看到徐隆，想見他，卻只冀望聽到他親口說後悔，又說不清自己是怎麼樣的心情面對未來的夫婿。

今年三月份，黎貞得知自己被許配給顏季崑時，他記得他是怎麼請求徐隆帶他出走的；可是徐隆多方推諉，四月到七月間，徐隆先後在萬斗六社駐紮，六月份被押送到半線庄盤桓期間，黎貞一個人孤守藍張興庄捱到八月，總算盼到徐隆九死一生地返回藍張興庄，黎貞歡天喜地之餘，徐隆態度怯弱，屢次避而不見……九聲火炮緊急召令聲響起後，徐隆又是如此狠心，粗暴地將自己推開……

「砰砰砰砰砰砰砰──！」爆竹聲轟隆隆地作響，蓋過了全場七嘴八舌的嘈雜聲。

紅巾從頭頂蓋落，黎貞的視線漸漸被遮蔽，徐隆終究沒有出現。

「袂赴矣……」

羅辭假九品官服、緞帶胸花新郎喜服來迎，來自泉州的鏢隊趟子手也一身喜氣洋洋，扛著單頂花轎，隨他們的大哥迎娶嬌娘來歸，自然包括江達在內。在場的許多人都是第一次見到羅辭，見他黑髯兩腮，根根如鐵，眼神炯然，舉手投足之間，當真豪邁颯然。

張惠秋拿著竹竿，象徵性地阻止羅辭進門，隨後張惠秋接過新郎的紅包，竹竿一提之後，黎洪卻硬生出現，擠入張惠秋之前。

「四師兄！」在旁觀禮的何勇極力拉走黎洪，生恐四師兄給現場添亂，但黎洪卻沒有移動半分。張惠秋蹙眉道：「黎洪，莫亂矣，緊閃一爿！」黎洪撇著嘴看著張惠秋，心中有氣，大力推開何勇，隻手倏地拎著一大罈酒在羅辭的眼前一晃，大聲道：「欲悉新娘走，甲這規酒矸的酒啉予焦，一屑仔酒水嘛袂使予恁舅仔睹！」

張惠秋道：「黎洪，你較正經啦，莫佇遮亂，這酒矸遮大，伊哪有可能……」張惠秋開口勸說，羅辭已接過酒罈，咕嚕咕嚕地大口將酒水一飲而盡，張惠秋、黎洪、何勇等不禁瞠目結舌。

「好酒！」羅辭哈哈大笑，翻手將酒罈倒懸，果真一滴不剩。

「婧啦、咱大的就是婧氣啦！」迎娶隊伍中的江達、廖必捷和林億安鼓掌叫好。

黎洪大為怔忡，張家不少熟悉黎貞與徐隆之事的下人開始竊竊私語，南岸來的新郎倌儀表魁偉、不怒而威，一派風霜之姿，似乎比稚氣猶存的徐隆更可靠。黎洪不覺臂膀一垂，頹然地將身子一側，讓出空位給羅辭進門。

頭戴鳳冠的黎貞依稀聽到外頭一陣騷動，好奇地往外一望，忘記自己眼睛給紅布遮著，什麼都看不見。他才霍然想到，他並未親眼看過年歲長他一輪夫君的模樣；現今也僅能從紅巾飄盪的縫隙，若隱若現見到新郎官佈滿厚繭的掌心，緩緩地伸向自己。

羅辭與黎貞交拜之後，李蔭打著傘，陪著黎貞與新郎倌走到轎口，他聽到了歐陽嫌與黎洪的聲音，黎貞情難自禁地停下腳步，作勢舉步走向歐陽嫌。

李蔭暗暗拉住黎貞，低聲勸道：「貞兒，你袂當按呢……按呢禮數無合！」黎貞相應不理，逕自走向衣著樸素的歐陽嫌，款裙下拜。

「貞兒！」李蔭拉不住黎貞。

「嫌仔阿姆，阿兄，貞兒走矣……恁兩个……一定愛好好保重。」

「嫌仔阿姆，你呔會哭甲按呢啦？結親是歡喜的事誌，你愛笑啦！」

「我才毋是哭，我、我是傷歡喜啦！貞兒，我想袂著，你……閣願意叫我這聲阿姆……好矣啦，你緊起來！予新郎倌等按呢毋好……」

「嫌仔阿姆，毋管過去有發生啥物事誌，攏總是你共阮育飼大漢，我有啥物好怨慼你的？貞兒後日就是羅家的人，阿姆我猶是仝款彼句，千萬愛照顧好自己……嗯？」黎貞隱約感到身側一陣晃動，原來是新郎倌羅辭見新娘拜伏歐陽嫌，亦展袖拜倒，以額觸地，沉甸甸地「叩」了一聲，宛若一記悶槌，響徹在張家大宅的庭院之上。

黎貞五味雜陳，不知如何言語，好在紅色布幔隔住了他的面容。

「夫人請起。」羅辭伏地後起身，攤開的掌心，輕慢地伸向黎貞。

彰化縣貓霧捒保
烏日庄口・埠頭客店

羅辭乘轎騎馬，與轎夫一起步行回庄，路途單頂花轎給轎夫扛著，黎貞偷偷掀開紅巾，從隙縫中窺探田園風光，這是他第一次看到藍張興庄以外的世界，不禁屏息凝神，生怕錯過半分此生難以再見的景緻，迎娶的隊伍沿途敲鑼打鼓，終於抵達烏日庄的渡頭。

「踏步吞，好，垂手！」

「好，垂手！」

轎子碰觸地面「喀嗒」發出一聲，轎中新娘的心跳一頓，遠方突然傳來一陣陣清晰的叫喚：「貞兒，等咧！你、你毋通走！」徐隆的嘶吼聲，令黎貞原本恬淡如湖面的塵心，又被迫驚瀾了起來。

「喂，阮大嫂的名，敢是你通清彩叫的？」迎娶隊伍的廖必捷喝斥，吃力抵住蠻勁發作的徐隆，徐隆相應不理，眾人無奈只得出手推擠……徐隆卻全不當一回事，兀自朝新娘紅轎撲去，嘴角給人迴到，滲出鮮血亦渾然不覺。

黎洪與何勇嗣後跟在徐隆腳步，雙雙匆匆趕到烏日庄口，兩人親見徐隆幾近瘋狂的荒唐模樣，心有不忍，趕緊上前勸阻他，卻被一個滿臉坑疤的男子給制止住。

「喂，你是啥物人？」何勇神情戒備。

「勇仔，伊是曹貓仔，我有熟似，無要緊。」

何勇一奇，回望黎洪，黎洪一臉鎮靜，聽那曹斐說道：「恁就放伊去，今仔日若是莫予伊起痟一下，伊是袂收煞的……」黎洪眨了眨眼，狐疑道：「曹貓仔你呔會佇遮？敢講你今仔日嘛是予倩來鬥羅鏢頭娶某？」曹斐搖首道：「毋是，逐年這个時陣，我攏會來遮，祭拜我一个朋友……」

「朋友？」黎洪微感蹊蹺，還欲相詢，卻被徐隆殺豬似的吼叫聲給打斷。

「貞兒！我這斗是認真的！我悉你走，我咒誓，我會照顧你一世人、一世人攏袂對你受氣，我佇咧講你敢有聽著？貞兒，我悉你走、綴我走好毋好？」

「徐五哥，你嘛莫按呢嚷，按呢嚷傳出去足歹聽，拜託一下，莫共阮歹過啦！」江達大手從徐隆背後一拎，將徐隆與轎子的距離架遠了好大一個跨步。

「江達！你、你知影啥貨？你毋知我的心情……就莫對我指指揬揬！江達，我閣講一擺，共我放開！」

徐隆正忙與江達拉扯之際，那花轎恰巧停放在渡頭登舟處，身旁的李蔭已經開好傘，地板鋪著一席長毯，紅巾遮面的黎貞探出身子，羅辭彎身，手扣在新娘的手上，牽著新娘緩緩下轎。

「嗯……大舅彼關猶未過煞，夫人，你敢有想欲共伊見面？」

「免矣……我佮伊早早無話通講，你……請官人較緊共伊趕走。」

黎貞掌心一緊，朦朧之中，紅巾掩面的黎貞隱約知曉對方點了頭。

不遠處徐隆依然猛烈地與江達僵持，待徐隆見到穿著新郎倌服的羅辭朝自己走來，他益形激動，不知從哪冒出的力氣，猛然將高大魁梧的江達硬生摜倒，毫無章法地撲向羅辭，羅辭出腳一拐，徐隆足底浮虛，正面撲地猛摔，好不狼狽。

「貞兒，你敢是遮絕情？真正決定按呢……嫁予別人？」徐隆倒在地上，語氣滿是不捨，他陡然伸出手，抓住羅辭腳踝與衣角，兩人拉扯一番，就要將羅辭的衣服給扯破。

羅辭見徐隆糾纏不休，舉目微仰，怕是誤了吉時，嘆了口氣，「失禮啦！」抬足朝徐隆胸口重重一踹，這一下彷彿讓徐隆全身骨頭都散了，他放聲哀鳴，才終於鬆脫了雙手。

黎洪與何勇將頭撇過，不忍再看，而黎貞宛如一尊披著紅衫的木偶站在原地，對於適才徐隆造成的騷動，置若罔聞。

徐隆大字橫躺，緊閉雙目不住大聲喘氣，鮮血緩緩從鼻口冒出，劃過他的眼角，彷若血淚。當徐隆再度重啟雙目，給一片腥紅暈染的顛倒世界中，黎貞一身紅絳，靜靜站在船仔店的小舟旁，可是，徐隆看不見他此刻的表情，一陣痛徹心扉的絕望淹沒了他。

「請夫人放心，我拄才有站節的。」羅辭附耳在黎貞身邊低語，黎貞沒有反應，再度伸出手讓羅辭牽著，接著在羅辭與李蔭的攙扶下登上船，朝南而去。

埠頭船伕吆喝，人客討價還價，水鳥長鳴。

絡繹不絕的船隻逕自大肚溪溪上穿梭不休，而徐隆終於再也看不見黎貞的身影。

徐隆胸口劇烈起伏的抽起咽來，聽不見江達對他的勸慰與安撫，他連江達什麼時候回到迎娶的隊伍之中也渾然不知，只感全身窒息難受，然後他吃力地翻過身軀，胸口的疼處湧起一陣作噁煩悶，狂吐一地，徐隆再也忍不住滿腔的悲慟，不顧眾目睽睽，臥伏在地上，嚎啕大哭。

「轉去啦……阿隆，咱做伙轉去啦……」黎洪不停在徐隆耳旁勸說，說著與何勇拉起徐隆的臂膀，將哭得不能自抑的徐隆給扛了起來，順手替他拍掉衣襟上沾染滿身塵土。

曹斐直挺挺地待立岸口，始終旁觀不語，直到天頂飄起微薄細雨，西側一片紫橘詭奇的雲霞光彩，才醒覺周遭空氣的流動異常凝滯，喃喃道：「人講九月風颱無人知，真正有影。」

雍正三年．終

番外篇：戊戌年大洪

我自幼沒有父母，帶著我長大的，是我的外祖母，他主持過很多場祭儀，是阿束社內最受人敬重的女巫，他很老很老了。

在我印象中，他是個嚴肅的長者，我只看過他笑一次；那日我被麻繩綑綁，背脊、肘臂身上多處被尖針敲刺，讓我多次痛到快暈眩，他們說這叫「文身」，而替我文身的女人對我外祖母說，從來沒有一個孩子，像我這麼會忍耐，我身上的刺花工整、上色均勻，是他這輩子最得意的傑作，終於，我第一次看見外祖母笑彎了眼角，而外祖母的這抹微笑，幾乎使我流盡了一生的眼淚。

「有沒有人能夠帶我離開這個地方？」這個念頭，第一次浮現在我的腦海。

文身之後，外祖母對我不再動不動喊打喊罵，甚至漸漸讓我管事，還記得前一陣子，阿束社內的人為了與漢人往來的事爭執不休，社內的人大多數多持反對與漢人往來的意見，外祖母是唯一力排眾議、堅持阿東社應該要多與外人交流的人，他是社內德高望重的長老，他的意見，也漸漸為社內接受，事實上這些年來，漢人時不時送來布匹、鐵器、鳥銃等物件，交換我們的鹿皮與鹿脯，我們也確實需要銀兩來支付番餉給漢人官府；所以，不論我們願不願意，我們是愈來愈倚重與漢人的交易了。

不過，儘管外祖母嘴上開明，他實際上並不喜歡與漢人說話，於是交涉的差事，自然是由我出面，日子久了，阿東社就屬我的漳泉話最好，還有人會教我認起字來。

來交易的牛車商隊很多，喜歡跟我說話的漢人也越來越多，雖然社內的女人看不慣，那群女人嘴上嫌棄，對我手頭的銀器還不是喜歡地不得了？

常常交易的漢人商隊中，我最為喜歡半線庄大戶高家的貨，因為他們家送來的布匹色彩鮮艷，出手也最為慷慨大方，高家押貨的頭人叫做傅春，他個頭不高，相貌普通，但非常會講話，我很喜歡跟傅春說話，久而久之，高家的貨都是由我出面接洽。

「像你遮爾美麗的姑娘，佇遮爾破破爛爛的所在徛起……連鞭掠魚、連鞭飼豬……真拍損啦！你若是妝娗起來，媠媠的衫穿落去，我敢予你掛保證，全半線庄無一个查某人會當佮你比啦！」傅春常常將我捧到天上去，我自然知道他在巴結我，但奉承話聽多，還是挺開心的，我由衷喜歡聽他介紹半線庄，他可把那的繁華講得天花亂墜，什麼燈火通明，一條街上任何古怪的東西都有賣，一年到頭都有慶典表演可以看……我聽著不禁有點心動，若非顧慮外祖母，我還真想跳上傅春的車，到半線庄那見識見識……

那次送走傅春之後，我開始在心中暗暗盤算他下一趟來訪，一定要認真跟他商量去半線庄的事，等待的日子意外地久，我總算盼來了高家的牛車，但這回押貨的頭人卻不是傅春，我本來很失望，沒好氣地打量那眼生的領頭人之後，眼睛不禁為之一亮。

那頭人身段挺拔，雙目漆黑斗大，炯炯有神，雖是漢人髮式，輪廓分明是咱們巴布薩，漢服下掩蓋的圖騰隱約可見，即便放眼整個阿束社，沒有一個人有他一半的男子氣概，我一時興起，留他在我阿束社過了一夜。

「你的刺花，真美。」他語氣僵硬，看來他不擅長與女子交談，讚美我的詞彙有限，甜言蜜語我聽多了，沒聽過這麼生硬的語調。

「我叫阿介，半線社頭目的外甥，我和半線庄高頭家的兒子也是兄弟，只要你願意，可以去半線庄找我。」

「你可以留下來。」我摟著他低語，月夜的烏雲遮蔽了我失守的嘴角，出乎意料的，他全身顫抖起來，將我攬得好緊好緊，只是當破曉雞啼，夢話是帶不過夜的，至少，我是如此想的。

我和半線社頭目外甥的事，隔天便傳開了，原先我沒怎麼放在心上，沒想到，有個叫末仔（Bia，巴布薩語：葉子）的男子，居然不知好歹地向我問罪。

「我為了你，跟我牽手離開，你不能這樣對待我！」

「我從來沒答應要跟你在一起。」

「你又不是不清楚，我牽手還沒找到其他對象前，我就是沒辦法和你在一起啊！」

「你是不是聽不懂人話？我就沒有要和你在一起呀！」

末仔的臉抽蓄起來，我還以為他會對我拳打腳踢，這樣也好，我更能順理成章甩掉他，沒想到，這傢伙當場就哭了，說他對我是真心的，求我不要這樣對他；此情此景，只讓我更加討厭眼前這個男人，我不停對他咒罵，他卻依然連著好幾日糾纏我，甚至時不時出現在我家外頭徘徊，直到……

連幾夜下了豪雨，外祖母在家中盯望外頭黑雲，手上菸斗的白煙盤旋而升，沒入了屋頂，他忽然吩咐我，要我跟他去附近的山崗巡視，踏出社寮沒多久，我立刻看到末仔鬼鬼祟祟的身影，他就像隻煩人的蒼蠅，趕都趕不走。

外祖母像渾不放在心上似的，我們三人不發一語地走著，一路上氣氛凝結，我心中暗暗有氣，還都是那個未仔害的！不久，天頂下起又急又猛的雨，未仔呆愣在原地，久久不動，我忍不住撇過頭喚了他幾聲，但轟隆隆的大雨掩蓋了我的聲音，他好像沒有聽見，我索性也不理會他，挽著外祖母的手，往後頭的莿桐林處，尋找避雨的地方。

轟然一聲巨響，聲響之大，天空就像被撕開一個大裂縫似的，大雨滂沱，黑漆漆的天色，好似太陽永遠不會再度昇起，我心下暗暗恐慌，不禁再回頭探去，未仔卻已經不在原地。

我安置好外祖母，不放心地折返山崗，眼前令我雙足發軟，不知何時，山崗下溪水暴漲，轉眼就淹沒了我們阿束社社寮，溪水上茅草散逸、漂流木載浮載沉，儘管許多人飛快地掙扎上岸，但仍是不少人被洪水給沖走，他們淒絕的表情、哭天搶地的哀叫聲，雞鴨豬一齊在洶湧的水面上悲鳴，我不敢再多看一眼。

那些僥倖上岸的社人，默默聚集到了外祖母那頭，每一個人都是精疲力竭、驚魂未定的樣子。我淋著雨，在山崗那頭不知失神了多久，才終於看見未仔步履蹣跚抱著一個小男孩，交給一個雙目含淚的婦女，然後他掛著疲憊的笑容，搖搖晃晃走向我。

「你知道你在做什麼？」我惱怒地質問，雨水噴濺在我的臉孔上，顫抖的聲音根本不像我自己。

「我要你知道，什麼是真男人、真英雄！」末仔捶打自己的胸膛，豪邁地說，當下我只覺得他瘋了，禁不住想斥責他，只是忽然又來了位婦人，激動地打斷我們，那婦人一手拉住末仔的手腕，另一手指著遠方，我才注意到溪水暴漲遠方的石塊上，還有一名嚎啕大哭的小女孩，那婦女強自吞嚥逆風，高聲哭喊：「末仔，拜託你，救救我的女兒吧！」

我出手推開了那婦人，不要說暴漲的溪水多麼洶湧了，末仔現在已經很疲倦了，再下水可能會要了他的命，馬上要那女人不要那麼自私，但那婦人死活不肯，與我推推拉拉地吵起來，在我沒留意的時候，末仔已縱身跳入洶湧的溪水，之後的事態，正如我所說的……末仔與那位小女孩淹沒在洪水之中……再也看不見他們的身影。

那名婦女嚎啕痛哭，口中不斷痛罵末仔無用，他怎麼好意思這麼說？末仔這條命，就是因為他才賠上的啊！但更奇怪的是，我竟不禁附和起那名婦女，聲嘶力竭地大吼：「裝什麼大英雄？你這個沒有用的男人，你就是永遠都這麼沒有用！」

我不自覺佇立在四周毫無遮蔽的高崗之上，全身早已溼透，大雨噴濺我的臉龐，在逆風中迎視著被大洪水淹沒的社寮，風聲、雨聲、轟隆隆的飛沙走石，以及哀鴻遍野的哭喊聲掩蓋了我的知覺，我一點也不覺得寒冷，眨眼之間，金色的光芒穿透了陰霾厚實的雲團，揮灑在狂風暴漲的溪水之上，天頂浮現了若隱若現的彩虹，此情此景，我竟然還覺得很美。

阿東社被洪水淹沒之後，外祖母率著社人搬遷到半線社左近的山崗，重新生活。然而，外祖母像變了個人似的，終日神色渙散，消沉憔悴，昔日的威嚴不在，再也無法令我感到畏懼，遷移新址的社寮極其簡陋，處處破敗，整座阿東社顯得了無生氣，每個人都灰頭土臉地自怨自艾，但日子仍是要過下去，於是我……又是我……總是我……必須要強自打起精神，飼雞、餵鴨，日復一日。

「有沒有人能夠帶我離開這個地方？」這念頭再度浮現時，傅春載著漂亮的銀器布疋出現了，他這回認真地對我說，像我這樣漂亮的姑娘，高家的少爺一定會中意，到時候我想要比這些精緻百倍的東西，通通都不是問題。

當日，我離開了阿東社，再也沒回去過。

透過傅春的引薦，我很快就見到高家的二少爺，他說起話確實頗討人喜歡，笑起來還有兩個燦爛的酒窟仔，當高家二少爺笑臉盈盈地問我最想要什麼禮物時，那高家中忙進忙出的丫鬟長工，服飾各個鮮艷好看，不禁令我面帶欣羨，然而，高家二少爺像是得知我心意似的，立刻為我訂做一件圓立領的長袍素緞，原來這就是美夢成真，我真的好開心好開心。

幾日過後，我將一頭烏黑的長髮梳上髮髻，換穿一身大紅色百蝶金紋織衣衫，開開心心地走在半線街上，我心想，此時的我應該就像一個普通的漢家姑娘吧？不過，當我手掌一翻，手背上的花紋不禁令我沉重起來。

我沿街探聽去除刺花的辦法，很快就有人建議我去找東南街角的蔡老頭，得知這消息之後，讓我樂不可支，偏偏在此時，有人伸出手粗魯地扣住我的手臂，令我無法邁步移動。

「你要做什麼？」阿介大聲質疑，我竟有種人贓俱獲的羞辱感。

「你才欲創啥？共手予我放開！」

「我剛都聽到了……去掉這身圖騰……祖靈可是會哭泣的！你的心，都不會痛嗎？」阿介漆黑的雙目不住上下打量，他見到我這一身漢服，就像被飼養多年獵犬反咬一口的獵人，露出受傷的表情。

「你這人足奇怪，講啥番仔話？我一句話攏聽無啦！」

「我不相信，你怎麼會有這種想法？」阿介恍若無聞，神情很是激動。

「痟的，你認毋著人啦！我毋熟似你，痟豬哥，緊共我放開！」

阿介的脾氣如我想像中的執拗，我們就在半線大街上拉拉扯扯，為了擺脫他，我只好硬起心腸，直接扯破手肘上的衣衫，隨手抽了藏在腰際上的彎刀，虛晃一揮，阿介也不閃避，便在他的手臂上畫下一刀，血噴了一地，大街上見了血，開始有耳語指責我是個瘋女人，發起狠來揮刀亂砍，不少人因此驚聲尖叫，有些人渾身顫抖地佇立原地，原本吵鬧的街坊登時寂靜下來。

「你是刁工毋閃，刁故意予我歹看面是毋是？」我惡狠狠地瞪著他，沒好氣地丟下這句。阿介面無表情，手臂上的鮮血汩汩而流，滴答滴答了幾聲，才聽他開口說道：「你就這麼做漢人？這帶刀的習慣怎麼沒改掉？」

「死番婆！」那些圍觀的閒雜人等開始鼓譟起鬨。我微微一怔，低眉一瞥，原來適才衣衫一扯，我肘臂上的刺花暴露出來，哼，這身刺花，真是可惡！

「番婆！」

「番婆！」

其他人開始此起彼落的應聲，他們就像咬不了人的狗，仗著人多勢眾，無一不帶著指責的目光對我叫囂。我冷冷一笑，他們對我一無所知，還好意思在這起鬨？

「恁攏予我恬去！」阿介大喝，他不知是什麼身份，這群漢人居然還真的就安靜了？然後我皺起眉頭，原來他的漢人話是這樣好，我不禁有些忌妒，他又接著講：「我正經共恁逐家警告，若是有啥人加講一句五四三，我潘介一定會叫高家大少爺共恁全部趕出去，攏毋免閣數想後擺會當佇阮半線徛起！」阿介一邊發話，我還沒有回應，他絲毫不顧手臂的傷口，不分由說地扯著我，遠離那群圍觀的好事流氓八婆。

我一邊被他不情願地拉著，餘光卻注意到被我鑿破口子的袖口下，青色的刺花透著血漬隱隱發亮，目光再順著他臂肘向上望去，眼見他素淨合身的服飾，一如漢人的髮辮在他穿戴整齊的脊梁上起伏晃動，一股沒來由的情緒湧上我胸口，待我回過神來之後，我手上已多了半截髮辮。

阿介臥伏在地，背襟給鮮血暈染成一片殷紅，他吃力地以手肘撐地，以愕然不解的眼光回望向我。

「不要以為你開口阻止他們，我就會感謝你……」眼見阿介狼狽的醜態，我難掩得意地說，阿介卻瞪大了雙瞳，那雙漆黑斗大的眸子中情緒如流水般迅速飄閃，先是遍滿驚奇與錯愕，接著是一股憂傷，最後化成一片柔和。

「你還是講了咱的話。」

我不覺退了兩步，全身熱辣難當，當下即轉身逃開。

「美麗圖騰的女孩，你有什麼困難，說出來，讓我幫你，不要抹去它！」

他懇切真摯的語氣，就像哄小孩似的，卻惹得我想放聲大笑。

「站住，別走呀！」

我將拎在手上的半截髮辮隨手一拋，凌亂的髮絲，猶如鹿兒亂蹄飛濺下的草灰飄散開來，阿介仍不死心的喚著我的名字。

「不……不要再那樣叫我，我不想聽……！」我趕緊加快腳步，愈跑愈急，內心流轉著這樣的念頭，不停閃爍：

「事實就像你看到的那樣，你重視你自己的傳統或圖騰什麼的，是你自己的事，為什麼要拉下我？我想要在這每天穿得漂漂亮亮、過著輕輕鬆鬆的生活，為什麼要被大家指指點點？到底有什麼不對了？」

癸卯年因應朱一貴走反，朝廷在彰化設縣，縣城置於半線庄，我在高家的日子過得愈來愈好了。戊戌年大洪以前的時光，偶爾會重現在我的夢裏；聽說，外祖母的身子依然硬朗，只是愈來愈老了。

然後，我伸個懶腰，心思很快又飄到其他地方，繼續過著我的日子。

本故事啟發於黃叔璥《番俗六考》：「舊阿束社，於康熙五十七年大肚溪漲，幾遭淹沒，因移居山岡。今經其地，社寮就傾，而竹圍尚鬱然蔥蒨也。過此，則極目豐草，高沒人身；中有車路，荒蓁埋輪。涉大肚溪，行山麓間，竹樹蔽虧，遠岫若屏，幾不知為文身之鄉矣。」

【附錄】康熙、雍正年間・台灣中部大事紀

清朝紀年	公元年	大事紀（I）	大事紀（II）	備註
康熙四九年	一七一〇	台灣北路營參將張國（泉州人），在大肚溪北岸辦「張鎮庄」，招募漢籍移民在大墩一帶開墾。		
康熙五五年	一七一六			
康熙五六年	一七一七			
康熙五七年	一七一八	戊戌年大洪水，南岸阿束社（原彰化縣和美鎮）覆滅後，遷村至望寮山（今八卦山）北側山麓（今彰化市境）。		
康熙五八年	一七一九	九月發生貓霧捒社（巴布拉族）殺害張鎮庄佃民九人事件，張鎮庄被勒令廢庄遺民。		
康熙五九年	一七二〇			

清朝紀年	公元年	大事紀(I)	大事紀(II)	備註
康熙六〇年	一七二一	朱一貴、杜君英造反，攻陷府城，朝廷派施世驃、藍廷珍來台灣平亂，七月活捉朱一貴，杜君英向北（諸羅縣）逃竄，九月自首，朱一貴事件結束。	藍廷珍時任南澳鎮總兵，渡海來台前先在湄洲恭請媽祖金身來台，供奉於台南大天后宮。	
		福建水師提督施世驃同年病故。		
康熙六一年	一七二二	藍廷珍（漳州人）接任福建水師提督，朱一貴事件結束後，藍廷珍率兵巡台，眼見大肚溪以北（今台中市區）一片荒野，興起開闢良田之心。		
雍正元年	一七二三	清廷鑑於諸羅縣幅員過於廣闊，管理不易，新設彰化縣縣治設於半線庄（今彰化市），縣域含括北至大甲溪、南至舊虎尾溪，不含今南投縣魚池鄉含日月潭等內山區域。	藍廷珍將原奉台南大天后宮的媽祖移奉至台中大墩地區，開辦「藍興媽祖」。（今台中萬春宮前身） 大甲溪南岸，「番仔駙馬」張達京（潮州大埔人）出任岸裏社通事。	二〇二三年即彰化置縣300年。

清朝紀年	公元年	大事紀(I)	大事紀(II)	備註
雍正二年	一七二四	彰化縣首任知縣談經正上任，任內倡建「觀音亭」。（今彰化市開元寺）	設立藍張興庄，彰化縣知縣談經正同意核發墾號「藍張興」，委任管事蔡克俊，開墾原屬貓霧拺領地的台中盆地南緣，原張鎮庄領域。	二〇二四年即「藍張興」墾號核發300年。
雍正三年	一七二五	清廷在台灣設立戰船建造廠，故於台灣內山處廣設「軍工寮」（或作「軍功寮」）以便伐木，中部地區匠寮多設於今彰化、南投及台中交界的丘陵地區，隨著匠寮朝內山區域推進，漢人亦競相往山區墾殖。	八月四日，骨宗事件初發生，打廉庄民李諒被割去頭顱，彰化知縣談經正被問罪革職，原彰化知縣缺由諸羅縣知縣孫魯暫代。 八月十七日，彰化藍張興庄、十月九日，彰化縣東勢、十月十六日，彰化縣南勢庄都發生出草事件。	本作《藍張興》本傳第一部起始年份。

清朝紀年	公元年	大事紀（I）	大事紀（II）	備註
雍正四年	一七二六	農曆二月至十一月，台灣中部陸續發生十二起出草事件。 決意興兵鎮壓，年中開始徵召軍隊及壯丁，並結合平埔族人組成數千人的討伐軍隊，採南北夾擊為討伐策略，史稱「水沙連之役」。 十二月三日清軍兵分兩路上山討伐水沙連諸社，十二月十三日攻破水沙連（今日月潭一帶），並擒下首領骨宗、麻思弄。	彰化知縣張縞上任（具體上任時間不詳，但當發動水沙連戰役時，張縞確定已經上任）	
雍正五年	一七二七	雍正五年（一七二七年）正月九日，台灣廈門道吳昌祚率軍押解涉案人員前往台灣府城發禁，喧騰中台灣一時的「骨宗事件」至此落幕。		

清朝紀年	公元年	大事紀(I)	大事紀(II)	備註
雍正六年	一七二八		彰化知縣張縞卸任，湯啟聲接任。	
雍正七年	一七二九	福建水師提督藍廷珍病逝後，朝廷追查「藍張興庄」高達有四九三甲隱田未申報繳稅，朝廷追徵供耗，造成佃農大量逃亡。	彰化知縣湯啟聲卸任，張與朱接任。	
雍正八年	一七三〇	原「張鎮庄」的張家勢力與藍家同用墾照【藍張興】，今年度另行申辦墾照【張盈科】，拆夥自立。	彰化知縣張與朱卸任，路以周接任。	

國家圖書館出版品預行編目（CIP）資料

藍張興：大肚溪南北岸的拓荒者們（第一部 雍正三年）
/ 舟集著 . -- 初版 . -- 新北市：斑馬線出版社 , 2024.08
面；　公分

ISBN 978-626-97832-9-8（平裝）

863.57　　113006190

藍張興
大肚溪南北岸的拓荒者們（第一部 雍正三年）

作　　者：舟　集
總 編 輯：施榮華
封面設計：余佩蓁

發 行 人：張仰賢
社　　長：許　赫
副 社 長：龍　青
總　　監：王紅林
出 版 者：斑馬線文庫有限公司
法律顧問：林仟雯律師
本書獲得國藝會文學創作補助

國|藝|會
NCAF

斑馬線文庫
通訊地址：234 新北市永和區民光街 20 巷 7 號 1 樓
連絡電話：0922542983

製版印刷：龍虎電腦排版股份有限公司
出版日期：2024 年 8 月
I S B N：978-626-97832-9-8
定　　價：460 元